일본 근·현대 문학사

김 석 자

제이앤씨

한마디로 일본 문학이라고 하면 구승(口承)에 의해 이야기로 전해지고 노래로써 구승(口承)되어온 문학, 주로 신화, 전설, 설화, 가요 등의 구승문학 시대를 시작으로 해서 현대에 이르기까지의 문학을 말한다. 간단히 시대적으로 구분해보면 다음과 같다.

上代문학(大和, 奈良시대의 문학), 中古문학(平安시대의 문학), 中世문학(鎌倉, 室町시대의 문학), 近世문학(江戶시대의 문학), 近代문학(明治44년(1868~1911), 大正14년(1912~1925), 昭和63년(1926~1988)시대의 문학)을 말한다.

현대문학이란 일반적으로 昭和25년(1950년) 이후부터 平成元年(1989년) 이후 현재까지의 문학을 말한다. 본 교재에서는 근대문학과 현대문학만을 언급하기로 하겠다. 그런 의미에서 일본의 근대에서 현대에 이르기까지의 문학이 어떻게 발전해 왔는지 고찰해 보기로 한다. 일본 근대의 출발은 1868년 년호가 明治로 바뀌고 수도가 東京으로 정해진 때 부터이다. 明治시대로 접어들면서부터 서구 문화와 서구 문학의 압도적인 영향하에 중층적인 일본문학의 전통과 사회의 급격한 변화속에서 비틀거리며 상처를 입고 시행착오를 되풀이 하면서 오늘의 독자적이고 보편적인 문학으로 발전시켜왔다. 따라서 明治시대부터 각 시대의 중요

문학사조를 중심으로 작가와 작품을 선택하여 작품의 독자적인 가치와 일본 근·현대 문학사의 전체적인 흐름을 쉽게 이해할 수 있도록 집필하였다.

　오랫동안 대학에서 일본 근·현대문학사에 대한 강의를 하면서 이것저것 자료를 모아 강의를 하다가 체계적으로 정리된 교재의 필요성을 느끼게 되었다. 이 교재는 그동안에 강의 자료를 모아 연구 고찰한 것을 학생들이 쉽게 이해할 수 있도록 체계적으로 정리한 것이다.

　첫째 : 책의 구성은 각 시대의 문학사조에 따라 대표적 작가와 작품을 선정하여 작품의 독자적인 가치와 문학사적인 의의를 이해하는데 도움이 되도록 하였다.

　둘째 : 대표적인 작가와 작품을 설명하고 작품의 줄거리도 넣어 학생들의 흥미를 유발시키고 작품의 가장 인상 깊은 장면의 원문을 일부분 발췌하여 작품의 맛을 볼 수 있게 했으며 독해력 향상에도 도움이 되도록 읽기 쉽게 하기 위하여 작품원문에 모두 ふりーがな를 달았다.

　셋째 : 일본문학 일본어학을 전공하는 학생들이기 때문에 작가 이름, 작품명, 지명 등의 고유명사 표기는 모두 일본어로 표기했고 읽는데 어려움이 없도록 모두 ふりーがな를 달았다.

　넷째 : 학생들이 일본어로 꼭 기억해 두었으면 하는 중요 사항 3개 정도는 『近代日本文学小辞典』에서 원문 그대로 인용해 놓았다.

　아무쪼록 미력하나마 대학에서 일본문학, 일본어학을 전공하

는 학생들을 비롯하여 이 책을 읽는 모든 분들께서 일본 근·현
대문학사를 체계적으로 이해하는데 도움이 되길 바란다.

　끝으로 이 책을 출판하는데 힘써주신 제이앤씨 출판사 관계자
여러분과 도와주신 모든 분들께 감사드린다.

2008년 6월

김 석 자

일본 근·현대 문학사

1. 근대문학의 개관(槪観)

　근대의 출발은 1868년 년호가 明治(めいじ)로 바뀌고 東京(とうきょう)가 수도로 정해진 때 부터이다. 德川(とくがわ)시대의 봉건제도는 폐지되고, 明治 신정부는 선진제국과의 격차를 줄이기 위해 문명개화라는 구호아래 과감한 개혁을 단행하게 되는데 이에 보조를 같이하는 문학도 또한 새로운 시대에로 나아가게 된다.

　明治 신정부는 신분제도의 폐지, 폐번치헌(廃藩置県(はいはんちけん) : 전국을 군, 현으로 개정한 행정상의 대개혁), 학제의 발포, 태양력의 채용 등, 새로운 체제를 확립시키기 위하여 안간힘을 다하여 근대화를 서두르지 않을 수 없었다. 그 결과 급속한 서구화 정책과 부국강병 정책을 취하게 되어 국수주의나 자유민권운동의 대두를 보게 된다.

　문학도 明治 시대에는 문명개화의 이름아래 서구의 신지식 소개의 계몽운동이 성행되었고 그 대표적인 인물이 福沢諭吉(ふくざわゆきち)이다.

ふくざわは『西洋事情』, 『学文のすすめ』 등을 써서 기본적인 인권을 확립시키고, 독립자존을 가르치고 공리주의, 실용주의를 설명하였으나, 구체제를 타파하고 새로운 시민사회를 지향한 明治 초기의 근대화도 문학에 있어서 쉽게 새로운 것을 창조해 내기에는 그 힘이 성숙하지 못했다. 강력한 바람은 일고 있었지만 근세 이래 戯作문학(착한 것은 권하고 악한 것은 벌한다는 권선징악적인 내용이 주류)의 전통이 답습되고, 계몽운동가들에 의해 외국 문학이 소개되어 번역문학이나 정치소설이 유행하였다.

이어서 1885년 坪内逍遥가 일본 최초의 근대소설의 이론서인 小説神髄를 발표하여, 소설에 있어서 있는 그대로를 묘사해야 한다는 写実主義에 입각한 구체적인 소설작법을 제시하였고, 언문일치 구어체로 발표된 二葉亭四迷의 『浮雲』, 山田美妙의 『武蔵野』 등의 작품에 의해 근대문학의 방향이 구체화 되었다. 1887년 말에 있었던 청일전쟁의 승리는 시점이 국내에서 국외로 옮겨지고 종래의 맹목적 서구화에도 반성적 태도가 엿보이게 되어 국수주의가 태어났다. 국수주의 영향으로 尾崎紅葉, 幸田露伴을 중심으로 의고전주의 시대가 온다. 그러나 이것을 비판해서 일어난 것이 北村透谷를 선구자로 잡지 「文学界」를 중심으로 낭만주의 문학운동이 일어난다.

낭만주의 이후, 19세기 말에 유럽에서 일어난 자연주의 운동의 유입으로 자연주의 문학시대가 오게 된다. 러일전쟁 직후 1906년 島崎藤村의 『破戒』, 1907년 田山花袋의 『蒲団』이 발표되므로서 일본의 독자적인 자연주의 문학이 전성기를 맞이하게 된다.

자연주의 문학이 성행했던 시기에 문단의 주류와는 관계없이 독자적인 문학활동을 한 작가로 森鷗外(もりおうがい)와 夏目漱石(なつめそうせき)를 들 수 있다. 이 두 작가는 서양문화를 바탕으로 일본 근대문학 발전에 지대한 공헌을 하였으며, 후세에 남긴 영향도 크다.

또한 永井荷風(ながいかふう)와 谷崎潤一郎(たにざきじゅんいちろう) 등의 耽美派(たんびは), 武者小路実篤(むしゃのこうじさねあつ)와 有島武郎(ありしまたけお) 등의 白樺派(しらかばは), 각자 자신의 이야기를 그대로 묘사하는 사소설 등등의 근대 문예사조도 여러 갈래의 경향을 띠게 된다.

제1차 세계 대전 후 자본가와 노동자 계급간의 대립이 심각해지고 그것은 군국주의적 압력으로 진행되어 갔다. 1920년대에 들어 프로레타리아 문학이 일어나게 되고, 川端康成(かわばたやすなり)와 横光利一(よこみつりいち) 등의 新感覚派(しんかんかくは) 문학운동이 일어난다. 프로레타리아 문학은 전향문학과 표현의 자유를 요구하는 민주주의 문학으로 발전하고, 예술파는 신심리주의라는 모더니즘으로 발전하여 1945년 이후 전후파문학으로 이어진다.

전후에는 기성작가들의 활약이 컸고, 대표작가로는 ながいかふう의『勲章(くんしょう)』, たにざきじゅんいちろう의 『細雪(ささめゆき)』 등이 있으며, かわばたやすなり는『雪国(ゆきくに)』을 완성시키고, 일본의 전통미를 나타내는『千羽鶴(せんばずる)』,『山の音(やまのおと)』 등의 명작을 남겼다. 그 외에도 많은 작가들이 활동하였으며, 패전 후의 사회 혼란과 퇴폐풍조속에 방황하는 인간군상을 묘사한 작품이 많다. 전후 세대의 등장으로 일본 근대문학은 새로운 전기를 맞이하게 된다. 1955년 石原慎太郎(いしはらしんたろう)의『太陽の季節(たいようのきせつ)』에서 기성세대의 윤리관에 반역하며, 자신들의 사랑의 가능성을 찾아 방황하는 청춘소설로 폭발적인 센세이션을 불러일으켰다. 『太陽の季節』가 芥川상을 받아 평론가들 사이에 논쟁이 벌어지는등 일개 문학작품이 커다란 사회문제로 발전했다. 「태양족」이라는 유행어가 생겨나고, 문학에 별 관심이 없는 청소년들조차 「신쨩」(신타로의 애칭)을 동경하고 황홀해 하는 형편이었다. 작가가 이토록 스타가 되다시피한 일은 일본 역사상 처음 있는 일이었다. 이 사건을 계기로 소설도 작가도 전후에 이상 발달한 매스컴 속으로 휩쓸려 들어가게 된다. 전쟁후 10년이 지난 1955년경은 일본은 상대적 안정기에 접어들어 무엇인가 쇼킹한 것을 원하고 있었을 때 『太陽の季節』가 출현하여 청소년들을 열광시킨 것이다. 뒤이어 1957년 開高健의 『裸の王樣』, 1958년 大江健三郎의 『飼育』 등이 새로운 문학시대가 탄생했다는 사실을 증명해 주었다.

60년 안보투쟁(미·일 안보조약 개정 반대운동)과 한국전쟁 후 일본 경제의 고도성장을 배경으로 소시민적 일상성의 회복과 동시에 현대의 다양한 특색을 반영하여, 작가들도 각자의 개성을 나타내기 시작했다. 1968년에 川端康成가 『雪国』로 노벨문학상을 받음으로써 일본 문학은 새로운 국면을 맞이하게 된다.

石原, 大江, 開高등으로 대표되는 순수 전후파 작가들이 서구나 미국 등의 젊은 세대의 영향을 받아 모방한 것이 아니고 일본 현실에 자주적으로 대결하여 신문학을 모색하는 중에 현대 세계의 공통적인 세계관, 인생관, 문학관을 갖는 세대로 태어났다는 사실이 주목할 만하다. 1994년에 大江가 일본에서 두 번째 노벨상을 수상했을 때, 스웨덴 아카데미는 노벨상 수상 이유에 대하여 「시적 상상력에 의하여 현실과 신화가 밀접하게 응축된 상상의 세계를 묘사해내고, 현대 인간 양상을 충격적으로 묘사했다.」고 하였다.

여기에 대해 大江 자신은 「내가 노벨문학상을 받게된 것은 일본의 현대문학이 그동안 쌓아온 업적 덕분이다. 나는 앞으로도 늘 불안속에서 살아가는 인간의 내면을 묘사하는 작품을 계속 쓰도록 하겠다.」고 수상소감을 밝혔다. 수상 소감에서도 알수있듯이 大江는 일관되게 현대의 불안한 삶을 살아가고 있는 인간의 내면 세계를 묘사하여 독자들에게 희망을 제시해주는 작가이다.

1976년에 『限りなく透明に近いブルー』로 村上竜가 등장하고, 1979년에 『風の歌を聴け』로 村上春樹가 등장하고, 몇 년 후인 1987년말에 『キッチン』으로 吉本ばなな가 등장했다. 이러한 신세대 작가들이 등장함으로써 1970년대까지의 시대 감성과 결별하게 된다. 大江健三郎의 시대가 전중, 전후의 시대 상황을 벗어나지 못했다면 이 신세대 작가들은 그런 상황을 배재하고 현재 처해있는 사회를 허구의 거리로 만들고 그곳에서 살고 있는 인간들을 묘사한다. 주인공이 보고있는 세계는 전중이나 전후의 세계가 아니라 현재의 세계, 미래의 세계인 것이다.

이상과 같이 일본 근·현대문학은 140년 정도의 역사밖에 안된다. 그것도 서구 문화와 서구 문학의 압도적인 영향, 중층적인 일본문학의 전통과 사회의 급격한 변화속에서 비틀거리며 상처를 입고 시행착오를 되풀이 하면서도 독자적이고 보편적인 문학으로 발전시켜온 것이다.

근대문학의 특질

근세(近世)에서 근대(近代)로

근대문학이란 근세문학의 기반인 근세봉건사회를 부정하고 근대시민 사회의 성립과 때를 같이하여 시작되는 문학이다. 따라서 근대문학이 추구하는 것은 근대사회에서 살아가는 인간의 제반 문제라 고 할 수 있다. 그러므로 근대문학은 근세문학과 직선적으로 연속되는 것이 아니고 이두문학 간에는 어떤 종류의 질적인 상의점이 있게 마련이다.

그러나 역사적인 관점에서 볼 때 이두문학은 결코 완전히 단절되어있는 것은 아니며 단절 가운데에도 연속이 존재하고 있다는 것은 부정할 수 없다. 왜냐하면 근세문학과 근대문학은 함께 일본이라는 토양위에 성립되는 것이며 문학 표현에 있어서도 불가결 의미체인 일본어를 가지고 있기 때문이다. 일본 근대문학은 근세봉건사회의 풍습으로부터의 해방을 추구하고 서구문학의 영향을 받아 근대 시민 의식에 입각하여 성립한 문학이라고 할 수 있다.

2. 小説・評論

1) 이행기(移行期)의 문학

근세적 문학관으로부터 근대적 문학관으로의 이행기에는 우선 江戸 말기부터의 전통적인 수법에 의한 明治의 신풍속을 묘사한 희작(戱作) 문학의 흐름이 있고 여기에 문명개화의 홍수속에서 태어난 번역소설이나 자유민권 운동의 음성을 모태로한 정치소설 계열이 동반됨에 따라서 소설에 지식인층의 정열의 대상으로서의 새로운 가능성이 열리게 되었다.

(1) 戱作文学

げさく란 뜻은 위안거리로 만드는 것, 또는 그 작품의 뜻으로 문학사상에서는 근세후기의 読本, 洒落本, 黄表紙 등을 말한다. 이러한 작품의 작자는 스스로를 희작자(げさくしゃ)로 칭하고 이러한 소설관은 明治초기까지 계승되어지고 げさく문학의 흐름으로서 취급되었다. 대표 작가에는 かながきろぶん이 있다.

仮名がき魯文(1829~1894)은 明治 신정부의 뜻에 따라 권선징악을 주제로 하여 새로운 세태를 풍자하고 골계화(滑稽化)한 흥미본위의 문학 작품을 발표했다.

대표작에는 ろぶん의 『西洋道中膝栗毛』와 『安愚楽鍋』 등이다. 특히 이들 작품은 문명개화의 풍속을 풍자하고 골계화하여 평판을 얻고 재빨리 문명개화의 흐름을 타 널리 유행하게 되었다. 『せいようどうちゅうひざくりげ』는 근세시대 작가 十返舎一九의 작품 『東海道中膝栗毛』를 모방하여 쓴 작품으로 주인공 弥次와 喜多가 橫浜의 상인을 따라 중국 上海로부터 영국 런던의 박람회에 가는 이야기이다. 여행 중의 실패담을 익살을 통해 개화기의 세태를 풍자적으로 묘사한 작품이다.

『あぐらなべ』는 式亭三馬의 작품 『浮世風呂』를 모방하여 쓴 작품으로 소고기 전골 음식점에 모여서 음식을 먹으면서 나누는 서민들의 세상 이야기를 통해 문명개화 시기의 서민생활과 풍속을 풍자적으로 묘사한 작품이다.

(2) 政治小説

정치소설은 자유민권운동의 선전과 계몽수단으로서 작자의 정치적 주장의 실현과 인간해방을 목적으로 함과 동시에 외국의 혁명문학의 번역(飜訳)이나 번안(飜案)으로 시작된 것이었다. 대표작가에는 矢野竜渓(1850~1931)의 『経国美談』이 있다.

『けいこくびだん』은 특히 고대 그리시아의 역사에서 테마를 취재한 작품이다. 東海さん士(1852~1922)의 『佳人之奇遇』는 작자와 동명의 주인공을 등장시켜 세계의 약소민족의 비극의 분노를 절절히 묘사하여 웅대한 로망성과 창작 동기의 선명함에 의해 당시의 청년들에게 열광적인 지지를 얻었다. 이어서 末広鉄腸의 『雪中梅』 등이 발표되었으나 정치가 풍속적 레벨에까지 후퇴되어 쇠태해 갔다.

2) 写実主義

사실주의는 현실을 있는 그대로 표현하려고하는 작가 태도를 축으로 하는 창작방법이다. 坪内逍遥가『小説神髄』에서 권선징악의 전통적 공리적인 문학관을 타파하고 세태나 인정 특히 인간의 심리를 사실적으로 분석하고 묘사하는 소설의 사실주의를 주장했다.

二葉亭四迷가『小説総論』에서 한층 더 발전시켰다. 이러한 사실주의 정신에 입각하여 활발한 창작 활동을 한 작가에는 尾崎紅葉를 중심으로 한 「硯友社」문학 그룹의 동인들과 幸田露伴 등이 있다.

(1) 坪内逍遥(1859~1935)

つぼうちしょうよう는 1859년 岐阜県에서 출생하였고 소설가, 극작가, 평론가, 교육자 등으로 많은 활약을 하였다. 1883년 東京大学 政治経済科를 졸업하고 東京専門学校 교사가 된다. 특히 대학 재학중부터 번역에 종사하는 등 문학에 관심을 가지고 공리적인 문학관을 타파하려고 문학 개량의 움직임을 일으켜 1885년부터 다음해에 걸쳐 소설 이론서『小説神髄』를 출판했다. しょうよう는 권선징악의 전통적 공리적인 문학관을 타파하고 세태나 인정 특히 인간의 심리를 사실적으로 분석하고 묘사하는 소설의 사실주의를 주장했다.

그의 주장은 문학은 도덕의 종복이 아니고 정치선전의 수단도 아니며 또한 하나의 위로물이 아닌 인정을 묘사하고 세태와 풍속을 묘사하는 독자적인 사명을 가지고 있다고 설명했다. 또한 본인의 소설이론을 직접 실천에 옮긴 실험적 소설『当世書生気質』를 출판했다. 내용은 당시의 서생들의 모습을 생생하게 묘사하고 있으나 한 인간의 심리 묘사에 까지는 이르지 못해 피상적인 사실에 그치고 있다는 평을 받았다.

1891년 잡지「早稲田文学」을 창간하여 森鴎外와의 사이에 문학논쟁(没理想論争)을 벌였다. 한편 연극 특히 사극(史劇)의 개량에 주목해『桐一葉』를 발표했다. 그 후 早稲田中学校 창립에도 관계하여 교장이 되자 윤리 도덕 교육에 몰두했다. 퇴직 후 熱海에 거주하면서 세익스피어 전집 번역에 전념하여 전 40권을 1928년에 완성했다.

坪内逍遙의『小説神髄』를 구체적으로 설명하면 아래와 같다.

『小説神髄』評論。1885~86年刊、全9冊。合本上下、86年刊。上巻は小説総論、小説の変遷、小説の主眼、小説の種類、小説の裨益に分れ、小説の原理論が説かれている。すなわち、小説が芸術的に独自の価値を持つこと、作者は勧善懲悪にとらわれることなく写実しなくてはならぬこと、特に人間の心理を描くべきことを説いた。下巻は小説の作法で、小説法則総論、文体論、小説脚色の法則、時代物語の脚色、主人公の設置、叙事法に分れ、これからの新小説の創作方法にふれたものである。未熟な点、矛盾したところ

など欠点も見えるが、日本で最初に書かれた小説体系であり、その意味は大きい。また同時代や後代への影響も大きかった。

「三好行雄, 浅井 清 編『近代日本文学小辞典』有斐閣, 1981에서 인용 p.165」

▶『小説神髄』上巻「小説の主眼」

小説の主脳は人情なり。世態風俗これに次ぐ。人情とはいかなるものをいふや。曰く、人情とは人間の情欲にて、所謂百八煩悩是れなり。夫れ人間は情欲の動物なれば、いかなる賢人、善人なりとて未だ情欲を有ぬは稀れなり。賢不肖の弁別なく、必ず情欲を抱けるものから、賢者の小人に異なる所以、善人の悪人に異なる所以は、一に道理の力を以て若しくは良心の力に頼りて情欲を抑え制め煩悩の犬を払うに因るのみ。(中略) 此人情の奥を穿ちて、賢人、君子はさらなり、老若男女、善悪正邪の心の内幕をば浅す所なく描きいだして周密精到、人情を釈然として見えしむるを我が小説家の務めとはするなり。よしや人情を写せばとて、其皮相のみを写したるものは、未だ之れを真の小説とはいふべからず。その骨髄を穿つに及び、はじめて小説の小説たるを見るなり。

「『小説神髄』上巻 중에서」

(ふーう、はーわ、かーこ、やーよ、さーそ、らーろ)

　소설에서 가장 중요한 것은 인정이며, 세태와 풍속은 그 다음이다. 인정이란 어떠한 것을 말하는가. 말하자면, 인정이란 인간의 욕정으로서 이른바 백 여덟 가지의 번뇌가 그것이다. 그런데 인간은 정욕의 동물인고로, 어떠한 현인 선인이라 해도 지금껏 정욕을 가지지 않는 일은 드물다. 현인이나 불초의 구별 없이, 반드시 정욕을 간직하고 있

기 때문에, 현자가 소인과 다른 연유, 선인이 악인과 다른 연유는 오직
한 가지 도리의 힘이나 양심의 힘을 빌어 정욕을 억제하고, 번뇌의
개(犬)를 물리치는 것에 기인할 따름이다. (중략) 이 인정의 깊숙한 곳
을 파고들어 현인, 군자는 말할 것도 없고, 남녀노소 선악정사(善惡正
邪)의 마음의 내부를 남김없이 묘사하여 주밀정도(周密精到), 인정을
명백하게 보여주는 것을 우리들 소설가의 임무라고 보는 바이다. 만일
인정을 묘사한다고 그 피상적인 것만을 묘사하는 것은 진실된 소설이
라고 말할수없다. 그 골수를 파고 들으므로서 비로소 소설이 소설다움
을 보는 것이다.   (『小說神髓』중에서)

(2) 二葉亭四迷 (1864~1909)

　ふたばていしめいは 1864년 東京에서 출생하였다. 소년 시절
에는 아버지를 따라 名古屋, 松江등에서 생활했으며 15세때 東
京에 돌아와 처음에는 군인을 지망하여 육군사관학교 시험에 응
시하지만 실패한다. 3번을 도전하지만 실패하여 외교관으로서
조국을 위해 일해 보겠다는 새로운 꿈을 가지고 東京 외국어 학
교 러시아어과에 입학한다.

　1881년부터 1886년까지 6년간 재학하는 중에 러시아 문학에
매력을 느껴 러시아 문학의 대표적인 작품은 거의 독파하는 한편,
페린스키의 평론 등에도 심취하여 문학적 자질을 키워갔다.
1886년에 つぼうちしょうよう의 권유로『小說總論』을 발표했지
만 しょうよう의『小說神髓』를 훨씬 뛰어넘는 이론 수준에 달하
고 있었다. 1887년에 つぼうちしょうよう의 이름으로『浮雲』제

1편을 출판. 다음해에 『うきくも』 제2편을 출판하고 ツルゲ-ネフ 의 『あひびき』, 『めぐりあひ』 등을 번역하여 주목을 받게 된다. 1889년 창작을 단념하고 내각 관보국 고용원(內閣 官報局 雇員) 이 되고, 나중에는 육군대학과 とうきょう 외국어 대학에서 로시 아어를 가르친다. 국제문제에 대한 열의와 관심이 많았던 ふたば 는 나중에 북경에서 일하지만 1904년에 귀국해서 大阪朝日^{おおさかあさひ}신문 とうきょう 출장원이 된다. 신문사에 근무하면서부터 다시 창작 을 시작해 『其面影^{そのおもかげ}』, 『平凡^{へいぼん}』 등을 발표한다. 1908년에 朝日 신문 특파원으로 러시아에 부임하지만 건강이 악화되어 귀국하는 배 안에서 46세의 나이로 세상을 하직하게 된다.

　　二葉의 대표적인 작품 『浮雲^{うきぐも}』를 소개하면 아래와 같다.

▌작품 『うきぐも』

　　작품 『うきぐも』는 1887년에 제1편, 1888년에 제2편이 각각 출 판사 金港堂^{きんこうとう}에서 간행되었고, 제3편은 1889년부터 연재된 것을 1891년에 합본하여 きんこうとう에서 간행하였다. 『うきぐも』는 일본의 근대 문학 속에서 지식 청년의 고민과 근대적 불안을 묘사 한 최초의 소설이며, 언문일치체(소설의 회화 부분에 구어체를 사 용하여 말하는 것처럼 쓰는 방법) 로 쓰여진 일본 근대 문학사를 장식하는 최초의 작품으로도 유명하다.

　▶ 작품의 줄거리

　『うきぐも』의 주요 등장인물은 청렴결백하고 요령이 없는 內海 文三^{うつみぶんじょう},

요령이 좋은 출세주의자 本田 昇(ほんだのぼる), 변덕이 심한 아름다운 소녀 お勢(せい), お勢의 어머니 お政(まさ)이다. 内海文三는 静岡(しずおか) 출신으로 14세 되는 해에 아버지가 돌아가시고 나서 とうきょう의 숙부집에 맡겨졌다. 숙부집에는 숙모 お政, 딸 お勢, お勢의 남동생이 있었다. 남동생은 장난꾸러기이고 お勢는 응석받이 딸로 자랐다. 어느날 갑자기 内海文三는 관청에서 면직을 통고 받는다. お勢와 ぶんじょう는 한지붕 밑에 살게 되면서 부터 순수한 사랑의 싹을 틔우기 시작했다. ぶんじょう가 관청에서 근무한지 2년이 지나고 어느 정도 돈도 저축 되었기 때문에 숙모인 おまさ는 ぶんじょう의 어머니를 모셔와 두사람을 결혼시킬려고 생각했었다. 그런데 갑작스런 ぶんじょう의 실직에 おまさ의 마음이 변하는 것이다. 어느날 분죠의 친구이자 동료인 혼다 노보루가 놀러왔다. 노보루는 자주 놀러와 오마사의 마음에도 들고 오세이와도 친하게 되었다. 오세이는 분죠에게 마음이 끌리면서도 사회생활에 능숙한 노보루에게도 관심을 갖게 된다. 노보루는 과장의 마음에 들은 탓에 면직도 면하게 된다. 노보루는 오마사와 오세이와 함께 団子坂(たんこざか)에 국화꽃 구경을 갔다. 분죠에게도 같이 가자고 했지만 분죠는 딱 잘라 거절했다. 분죠는 이러한 새로운 상황에 적절하게 대응하지 못한채 집안에서 고립되어 갔다. 어느날 분죠가 2층에서 내려와 안방을 엿보았더니 노보루가 와있고 그옆엔 오세이가 바싹 붙어 앉아 있었다. 외출하려고 하는 분죠를 불러세운 노보루는 지금 관청에서 면직된 사람중에서 2, 3명 복직할 수 있게 되었으니 과장에게 잘 말해 복직을 주선해 주어도 괜찮겠냐고 물었다. 분죠의 표정에 참을 수 없는 불쾌함이 나타난다. 분죠는 오세이 앞에서 노보루를 모욕주고 싶었지만 적당한 말이 없어 뛰쳐

나오자 뒤쪽에서 비웃음 소리가 터져 나왔다. 분죠는 화가나고 분했다. 무엇보다 오세이 앞에서 모욕을 당한 것이 분했다. 분죠는 오세이를 새로운 사상과 성격의 소유자라고 생각하고 있었다. 확실히 오세이는 새로운 교육을 받긴 했지만 평범한 성격의 처녀였다. 분죠와 오세이의 사이는 점점 서먹서먹해지고 오마사는 혼다 노보루에게 신뢰를 더해 감에 따라 분죠를 무시하게 된다. 분죠는 오세이를 사랑하기 때문에 집을 나가지도 못하고 노보루와 절교하려 하지만 상대방이 받아들이지 않는다. 분죠는 오마사가 권하는 취직자리도 거절해 버린다. 오마사의 분죠에 대한 태도는 점점 냉담해지고 분죠는 불안하고 초조할 뿐이다. 그러나 노보루와 오세이의 사이가 별로 진전되지 않은 것을 보고 오세이의 마음이 자기에게 돌아올 것이라고 생각하게 된다. 분죠는 그 생각에 대한 믿음 때문에 거북스러운 집을 나가지 못하고 있다. 이작품은 미완성으로 끝났다.

(작품의 줄거리는 대부분 김석자, 『현대일본문학100선』단대출판부, 1999에서 인용했음. P.2~P.3 이후부터는 페이지만 표기함.)

▶ 작품 원문 『浮雲』

「お袋の申通り家を有つようになれば到底妻を貰わずに置けますまいが、しかし気心も解らぬ者を無暗に貰うのは余りドットしませぬから、この縁談はまず辞ッてやろうかと思います」ト常に異ッた文三の決心を聞いてお政は漸く眉を開いて切りに点頭き、「そうともネそうともネ幾程母親さんの機に入ったからって肝腎のお前さんの機に入らなきゃア不熟の基だ。しかしよくお話しだった、実はネお前さんのお嫁の事に就ちゃア些イと良人でも考えてる事が

あるんだから、これから先き母親さんがどんな事を言っておよこし
でも、チョイと私に耳打してから返事を出すようにしておくんなさ
いヨ。いずれ良人でお話し申すだろうが、些イと考えてる事があ
るんだから …… それはそうと母親さんの貰いたいとお言いのはど
んなお子だか、チョイとその写真をお見せナ」といわれて文三はさ
もきまりの悪るそうに、「エ写真ですか、写真は …… 私の所には
有りません、先刻アノ何が …… お勢さんが何です …… 持って
往っておしまいなすった ……」トいう光景で母親も叔父夫婦の者
も宛とする所は思い思いながら一様に今年の晩れるをを待詫びて
いる矢端、誰れの望みも彼れの望みも一ツにからげて背負って立
つ文三が (話を第一回に戻して) 今日思懸けなくも …… 諭旨免職
となった。さても星煞というものは是非のないもの、トサ昔気質
の人ならば言う所でも有ろうか。

일본 근·현대문학 발전에 크게 기여한 言文一致를 구체적으
로 설명하면 아래와 같다.

▶ 言文一致

言文一致を通して国語・国字・文体などの改良を図ろうとする
運動。1866年頃から 1946年頃まで続けられ、その結果として現在
のような口語文体が定着した。この運動の中で最も効果的だった
のが小説における文体改良で、明治末にはほぼ完全に口語文体が
定立した。それは単に文化改良を促進したというにとどまらず、

文体の変革を通して文学者の意識を変革し、結果として近代文学の自立をもたらした。

小説における言文一致は小説の会話の部分に口語体を使用する手法で、それは江戸時代からあり、一般的文章表現を口語化する運動も明治初年からあった。しかし、内容と表現の一致を求める作家的自覚に基づいて、小説の地の文を「だ」調で書き表した二葉亭の『浮雲』、『あひびき』の試みは、小説文体上の一大革命であった。同じころ、山田美妙も「です」調の『武蔵野』、『蝴蝶』で言文一致体を使って小説を書いていたが、二十年代中期以降、雅俗折衷体が勢力を取り戻した。言文一致体の復活は、尾崎紅葉が『多情多恨』(明治29)などで洗練された「である」調を確立して以降のことであり、明治四十年代に入って近代小説唯一の文体として確立し、白樺派の作家たちによって完成された。

(3) 森鴎外(1862～1922)

もりおうがいは 1862년 石見(현 島根県)에서 출생하였다. 모리 집안은 대대로 津和野 藩主의 전담의사였다. とうきょう대학 의학부를 1881년 최연소로 졸업하고 육군 군의관으로 임관했다. 그 후, 1884년에 육군 위생 제도 조사 및 군대 위생학 연구를 위해 독일에서 유학하고 1888년에 귀국 한다.

귀국 후 군의관으로서 공무에 종사하는 한편 문학 활동도 시작한다. 번역시 집『於母影』와 일본에서 최초로 본격적인 문예평론잡지 「しがらみ草紙」를 창간한다. おうがい는 이 잡지를 무대로 해서 몇 개의 논쟁을 전개하게 되는데, つぼうちしょうよう와의 사이에 행해진 『没理想論争(문학에 있어서 이상의 유무에 관한 논쟁)』은 특히 유명하다. 사생활에서는 赤松 登志子와 결혼하나 1년후에 이혼한다. 1890년 『舞姫』, 『うたかたの記』를 발표한다. 1891년에는 『文つかい』를 발표하며 동시에 의학박사가 된다. 의학방면에서도 최고 지위인 육군군의총감에 까지 올라 활약한다. 1909년 『半日』, 『仮面』 『大発見』, 『発禁』 등을 발표하며, 그외에도 많은 작품과 번역등 다방면에 걸쳐 활약했다. 1916년 육군을 퇴직하고 『高瀬舟』, 『阿部 一族』 등 역사소설을 개척한다. おうがい는 군인, 의사로서의 역할도 충분히 이행함과 동시에 문학자로서도 夏目漱石와 나란히 일본 근대문학의 거봉으로서 독자적 입지를 구축하게 된다. 1922년에 61세의 나이로 세상을 하직했다.

坪内逍遥와 森鴎外 사이의 문학 이론 논쟁을 구체적으로 설명하면 아래와 같다.

没理想論争(문학이론 논쟁)

당시의 おうがい는 유럽(ヨーロッパ)을 모범으로 하는 절대적인 비평기준의 확립을 계몽활동의 중심에 두고 있었다. つぼうちしょうよう가 잡지 「早稲田文学」에서 평자(評者)의 주관을 비평하는 귀납적 태도 「帰納的批評」「没理想」을 주장했을 때, おうがい는 일본에서 최초의 본격적인 문예 평론 잡지 「しがらみ

草紙」에서 활발한 소설론을 「標準」「理想」을 중시하는 입장에서 しょうよう와의 사이에 격렬한 논쟁을 벌이게 되었다. 이렇게 해서 「没理想論争」라고 불리우는 逍遥와 鴎外 사이의 대논쟁이 반년이상이나 계속 되었지만, 논쟁의 과정에서 시종 우위를 차지했던 おうがい도 구체적인 비평기준은 거의 제출하지 못하고 논쟁은 실질적인 결과없이 종료되었다.

▌작품 『舞姫』

작품 『まいひめ』는 1890년에 잡지 「国民之友」에 발표되었다. 작자가 자신의 독일 유학 경험을 바탕으로 쓰여진 작품이며, 집안이 좋고, 장래가 촉망되는 유학생 太田豊太郎와 가난한 집안의 춤추는 소녀 エリス의 이룰 수 없는 비극적 사랑을 묘사한 소설로 おうがい 문학의 하나의 좌표가 되는 작품이다.

▶ 작품의 줄거리

『舞姫』의 주요 등장인물은 독일 유학생 太田豊太郎와 가난한 춤추는 소녀 エリス이다. 대학을 수석으로 졸업한 오타는 관비로 독일 유학길에 오른다. 오타는 학문에 열중하고 성실하여 다른 유학생 동료와 맥주를 마시거나 당구를 치러가는 일도 없었다. 이 때문에 같은 일본 유학생 그룹과 친하게 지내지 못했고, 그것으로 인해 훗날 상처를 받게 된다. 어느날 오타는 저녁 무렵 산보를 하고 아파트로 돌아가려고 크로스텔 거리의 오래된 사찰 앞을 지나가려고 하는데 닫혀있는 문에 기대어 울고 있는 소녀를 보았다. 나이는 17, 8세정도로 발자욱 소리

에 놀라 뒤돌아보는 소녀의 모습이 너무나도 청순하고 슬퍼보여 오타는 무심결에 말을 걸었다. 왜 울고 있는지 물어보자 소녀는 놀란 표정이었으나 오타의 얼굴에서 진실한 표정을 보았는지 자신이 처한 사정을 들려준다. 아버지가 돌아가셨는데 장례치를 돈이 없다는 것이다. 오타는 소녀에게 시계를 풀어 준다.

이때부터 오타와 에리스의 교제가 시작된 것이다. 두 사람의 교제는 순수한 것이었지만 일본인 유학생 동료들 사이에 소문이 퍼지고, 어떤 자가 그 사실을 장관에게 보고하게 된다. 이 사건으로 오타는 면직되어 버린다. 만일 곧 귀국 한다면 여비는 지급하겠지만 계속 베를린에 머문다면 공식적인 원조는 없다는 것이었다. 그러나 에리스와 오타의 관계는 이 사건을 계기로 더욱 깊어져 갔다. 이 때 도와준 친구가
相沢謙吉이다. 그는 어느 신문사 통신원 일을 소개 시켜 주었다. 덕분에 베를린의 에리스 집에서 하숙을 하며 즐거운 나날을 보냈다. 그러던 중 1888년 겨울이 닥쳐왔다. 에리스는 임신을 하게 되고 오타는 불안을 못 이겨 방황하고 있던 차에 아이자와로부터 편지가 왔다. 자신이 天方장관과 동행하고 있어서 오타를 통역으로 추천하는 대신에 에리스와의 관계를 정리할 것을 충고하는 내용이었다. 만일 이 구원의 손길에 매달리지 않는 다면 조국도 잃어버리고 명예를 회복하는 길도 막힐 것 같아 오타는 아이자와의 의견에 따르기로 한다. 돌아가서 에리스에게 뭐라고 말할까 괴로워 하며 길을 헤매며 걸었던 오타는 그 날밤부터 고열로 드러눕게 된다. 정신을 차렸을 때에는 에리스는 아이자와로부터 사정을 듣고 너무 놀란 나머지 정신 이상이 되어 있었다. 에리스의 살아있는 송장을 안고 끝없는 눈물을 홀린 것이 몇번이었을

까. 결국 아이자와와 상의 끝에 에리스의 어머니에게 생활비를 충분히 주도록 하고 가엾은 미친여자의 뱃속에 있는 아이가 태어날 때의 일도 그녀의 어머니에게 맡겨버린 것이었다. 아이자와와 같은 좋은 친구는 세상에서 다시 얻기 힘들 것이다. 그러나 귀국하는 오타의 가슴 한구석에는 아이자와를 미워하는 마음 또한 남아 있는 것이었다.

(p. 8, 9)

▶ 작품 원문

後に聞けば彼は相沢に逢ひしとき、余が相沢に与へし約束を聞き、またかの夕べ大臣に聞え上げし一諾を知り、俄に座より躍り上がり面色さながら土の如く、「我豊太郎ぬし、かくまでに我をば欺き玉ひしか」と叫び、その場に僵れぬ。相沢は母を呼びて共に扶けて床に臥させしに、暫くして醒めしときは、目は直視したるまにて傍の人をも見知らず、我名を呼びていたく罵り、髪をむしり、蒲団を嚙みなどし、また遽に心づきたる様にて物を探り討めたり。母の取りて与ふるものをば悉く抛ちしが、机の上なりし襁褓を与へたるとき、探りみて顔に押しあて、涙を流して泣きぬ。

これよりは騒ぐことはなけれど、精神の作用は殆全く廃して、その癡なること赤児の如くなり。医に見せしに、過劇なる心労にて急に起りし「パラノイア」といふ病なれば、治癒の見込なしといふ。ダルドルフの癲狂院に入れむとせしに、泣き叫びて聴かず、後にはかの襁褓一つを身につけて、幾度か出しては見、見ては歓歓す。余が病牀をば離れねど、これさへ心ありてにはあらずと見ゆ。たをりをり思ひ出したるやうに「薬を、薬を」といふのみ。

余が病は全く癒えぬ。エリスが生ける屍を抱きて千行の涙を濺ぎしは幾度ぞ。大臣に随ひて帰東の途に上ぼりしときは、相沢と議りてエリスが母に微なる生計を営むに足るほどの資本を与へ、あはれなる狂女の胎内に遺しし子の生れむをりの事をも頼みおきぬ。嗚呼、相沢謙吉が如き良友は世にまた得がたかるべし。されど我脳裡に一点の彼を憎むこころ今日までも残れりけり。

3) 擬古典主義

明治時代 극단적인 개화열기로 맹목적 서구화에 대한 비판과 반성의 태도가 엿보이게 되었다. 근대문학이 서구화 되어가는 반동으로 일본의 전통이나 고전문학을 재평가하자는 움직임이 나타난 것이다. 그 중심인물이 尾崎紅葉, 山田美妙 등이고 그들이 결성한 것이 硯友社이다.

尾崎紅葉와 幸田露伴의 시대
おざきこうよう こうだろはん

(紅・露시대)
こう ろ

(1) 尾崎紅葉(1867~1903)
おざきこうよう

尾崎紅葉 1867년 12월 東京에서 출생하였다.
おざきこうよう

아버지 谷斎, 어머니 庸의 장남이며, 아버지는 상아조각의 명
そさい よう
인이다. 紅葉는 東京대학 국문과를 중퇴했으며, 6세때 어머니를
여의어 외가댁 조부모에 의해서 양육되었다.

こうよう는 1883년 東京대학 예비학교 재학중에 山田美妙등
やまだびみょう
과 함께 문학결사 硯友社를 결성하여 잡지 我楽多文庫를 창간
けんゆうしゃ がらくたぶんこ
하여 문학활동을 시작한다. 1889년『二人比丘尼色懺悔』로 문단
ににんびくににいろざんげ
에 등장하여 각광을 받는다. 전기 대표작으로 1890년『伽羅枕』
きゃらまくら
1892년에『三人妻』등 여성이 주인공인 소설을 특기로 여성을 묘
さんにんづま
사하는데 뛰어난 문장력으로 이미 20대 중반에 문단의 대가로
주목받았다. 泉鏡花, 小栗風葉 등 제자 육성에도 많은 힘을 쏟았
いずみきょうか おぐりふうよう
다. 언문일치체로『多情多恨』을 발표하고 1897년 최후의 대작
たじょうたこん
『金色夜叉』에 착수해 신문 독자들에게 널리 환영받지만 위암으
こんじきやしゃ

로 완성하지 못하고 1903년 만35세의 나이로 세상을 하직했다. 『金色夜叉』에 너무 심혈을 기울였기 때문에 일찍 세상을 하직했다는 일설도 있다.

山田美妙가 硯友社를 이탈한 뒤 けんゆうしゃ의 리더(リーダー) おざきこうよう는 때마침 국수주의적 기운을 타고 눈깜짝할 사이에 일파를 통솔하여 문단의 주도권을 장악했다. 같은 시기에 こうよう의 화려함과는 대조적으로 동양풍의 힘차고 웅장한 작품을 특징으로 하는 신인작가 幸田露伴이 나타나 しょうよう, しめい, おうがい 등이 연달아 멀어져간 후의 문단에 「紅。露」시대라고 불리우는 시기를 형성했다.

(2) 幸田露伴(1867~1947)

1867년 7월 東京에서 출생하였다.

아버지 成延, 어머니 楢의 4남이며, 아버지는 幕府의 주지승이었지만, 明治 유신(維新)에 의해 집안이 몰락하였다. ろはん은 東京 사범학교 부속 초등학교를 졸업한 것 외에는 이렇다할만한 학력이 없어서 아버지의 뜻에 따라 電信修技학교에 입학, 다음해에 졸업하여 전신기수로서 北海道에 부임한다. 1887년 21세때 사직을 하고 東京에 돌아와 문학에 뜻을 두고 공부하는 중에 친구에 의해 江戸 시대 작가 西鶴를 알게되고 그로부터 작가 尾崎紅葉를 소개 받는다. 1889년에 『露団団』을 발표하여 문단에 등장한다.

ろはん은 1889년에 발표한 『風流仏』는 문단 출세작이 된다.

계속하여 『五重塔』를 발표하여 당대의 대표적인 작가로 인정받게 된다. 불교사상을 중심으로 한 동양적 사상의 표출은 서양일변도의 풍조속에서 문명비판을 하였으며 문명의 개화와 지나친 서양화에 대하여 조금은 반성적 태도를 가진 지식층에게서 공감을 얻었다. 특히 남성적이며 힘찬 작풍은 여성적이고 섬세한 こうよう와 대조를 이루어 明治 20년대를 대표하는 작가가 됨과 동시에 「こう。ろ」시대를 장식하였다. こうよう의 대표작 『金色夜叉』와 ろはん의 대표작 『五重塔』을 소개하면 다음과 같다.

■『金色夜叉』

작품 『금색야차』는 1897년 1월부터 1902년 5월까지 読売 신문에 연재 되었다. 1898년에 전편, 1899년에 중편, 1900년에 후편, 1902년에 속편, 1903년에 속속편을 출판사 春陽堂에서 간행했다. 주인공 貫一는 은행가의 아들 富山의 부에 현혹된 약혼녀 宮로부터 배반 당한다는 줄거리로, 금전욕을 긍정하는 당시의 시대 풍조를 맞이하여 연재중에도 영화로 상연되는 등, 일본 明治시대 최대의 인기소설로 몇번이나 연극, 영화화 되었다. 미완성으로 끝났지만 작자의 최후의 대작이다.

▶ 작품 줄거리

『금색야차』의 중요 등장인물은 고아인 間貫一, 田沢집안의 외동딸 宮, 재산가 富山唯継 이다. 일찍 양친을 잃은 강이찌는 시기사와의 집에서 거처하게 된다. 강이찌는 올 여름에 대학에 들어가게되면 미야와

결혼하기로 되어 있었다. 미야도 순수한 성격에 성실한 강이찌를 좋아했고 강이찌의 친구들도 두사람의 미래를 축복해 주었다. 어느날 강이찌가 학교에서 돌아오자 어머니와 미야가 없었다. 아버지 陸三(りゅうぞう)에게 물어보자 熱海(あたみ)에 갔다고 한다. 4,5일 아타미에 가는데 왜 말도 하지 않고 갔는지 강이찌는 이상하게 생각했다. 수일후 아버지 류죠로 부터 미야를 다른집에 시집보낸다는 말을 듣는다. 은행가의 아들 도미야마가 구혼해 온사실을 털어 놓으면서 미야도 그 사실을 받아들였다는 것이었다. 강이찌는 아타미에 있는 미야에게로 달려갔다. 미야의 마음을 돌려보려고 강이찌는 금력으로는 도미야마와는 비교도 안되지만 애정으로는 도미야마 같은 사람 백명이 와도 자신의 사랑의 십분의 일도 사랑할수 없다고 설득해보지만 허사였다. 강이찌는 미야에게 누가 내가 어떻게 됐냐고 물으면 그 멍청한 사람은 1월 17일 밤에 정신이 이상해져 아타미의 해변에서 행방불명이 되었다고 말을 하라는 말을 남기고 그날 이후로 미야의 앞에서 모습을 감추었다. 그후 강이찌는 돈 때문에 가장 소중한 사람을 빼앗겼다고 생각한 그는 냉혹한 고리대금업자가 되었다. 그는 명예도 사랑도 모르는 인간이 되어 버렸다. 한편 강이찌와 헤어진 미야는 그와 헤어지고 나서 비로서 얼마나 그를 사랑하고 있었는지를 깨닫는다. 미야는 도미야마의 부인이 되어서 금전적으로는 고생하지 않았지만 단지 인형과 같은 존재에 지나지 않았다. 미야는 도미야마와 결혼한지 6년이 되도록 따뜻한 가정을 이루지 못했고, 도미야마는 매일 밖에서 외로움을 달래는 형편이다. 미야는 강이찌에게 몇번이나 편지를 써 보내지만 강이찌로 부터는 아무런 대답이 없었다. 그러던 어느날 갑자기 강이찌의 집을 방문하게 되

었다. 제발 전후 사정을 들어 달라고 사정을 하지만 강이찌는 결단코 용납하지 않는다. 미야는 눈물을 흘리며 돌아간다. 옛 친구 荒尾譲介로부터의 충고에도 불구하고 강이찌는 미야를 용서하려고 하지 않는다. 어느날 밤 꿈을 꾼후 부터 마음이 조금씩 변하기 시작한 그는 도미야마에게 버림받은 미야의 처지를 알고부터는 그녀의 진심을 호소하는 편지를 읽기에 이르렀다.

본 작품은 여기까지로, 미완성으로 끝났지만 거의 결말에 가까워졌다고 볼 수 있다. (P. 20, 21, 22)

▶ 작품원문

「どうして、貫一さん、どうしたのよう！」

貫一は力無げに宮の手を執れり。宮は涙に汚れたる男の顔をいと懇に拭ひたり。

「ああ、宮さんかうして二人が一処に居るのも今夜ぎりだ。お前が僕の介抱をしてくれるのも今夜ぎり、僕がお前に物を言ふのも今夜ぎりだよ。一月の十七日、宮さん、善く覚えてお置き。来年の今月今夜は、貫一は何処でこの月を見るのだか！再来年の今月今夜 …… 十年後の今月今夜 …… 一生を通して僕は今月今夜を忘れん、忘れるものか、死んでも僕は忘れんよ！可いか、宮さん、一月の十七日だ。来年の今月今夜になつたならば、僕の涙で必ず月は曇らして見せるから、月が …… 月が …… 月が …… 曇つたらば、宮さん、貫一は何処かでお前を恨んで、今夜のやうに泣いてゐると思つてくれ」

宮は挫ぐばかりに貫一に取着きて、物狂う咽入りぬ。

「そんな悲い事をいはずに、ねえ貫一さん、私も考へた事があるの

だから、それは腹も立たうけれど、どうぞ堪忍して、少し辛抱して
ゐて下さいな。

■『五重塔』
　　작품『오층탑』은 1891년부터 1892년 까지 신문 国会에 연재
되었다. 비범한 목수 十兵衛는 목수의 우두머리인 源太를 제쳐
놓고 오층탑을 건설한다. 의리 인정을 무시하고서라도 자기의 의
지를 관철시키려는 주인공에게서 봉건제도로 부터의 해방과 독
립자존이라고 하는 明治의 신사상의 반영이 엿보이며, 겐타에게
서는 관용이라고 하는 귀중한 인간성이 나타나 있다. 이 소설을
발표함으로서 작가의 문단적 지위를 확립한 작품이다.

　　▶ 작품 줄거리
　『오층탑』은 谷中感応寺에 5층탑이 지어지게 되면서 목수의 우두머리
인 川越의 源太에게 이 일이 맡겨지기로 되어 있었고 또한 본인도
맡아서 하고 싶어 하였다. 그런데 또 한사람 5층탑이 지어진다는 소문
을 듣고 그 일을 맡아 하고 싶어 하는 사람이 있었다. 그는 평소에
겐타의 신세를 지고 있는 十兵衛이다. 쥬베의 실력은 겐타가 보증할
수 있을 정도로 확실했지만 처세가 서투르고 일도 잘 맡아오지 못한
다. 동료들은 그에게 느림보라는 별명을 붙여 주었다. 겐타의 부인과
동료들은 쥬베에게 은혜를 모르는 사람이라고 질타했다. 겐타도 불쾌
하게 생각했지만, 쥬베는 생각을 바꾸지 않았다. 탑의 건축이 결정되
자 쥬베는 주지스님 朗円을 찾아와 눈물을 흘리며 구구절절이 자기

마음을 털어 놓았다. 일생에 한번 솜씨를 발휘해서 그 결과에 의해서 자기의 존재를 세상에 알리고 싶고 후세에도 이름을 남기고 싶은 것이다. 그러한 쥬베의 기분을 이해하는 사람은 단 한사람 주지스님 로엥 뿐이었다. 며칠 후 주지스님은 겐타와 쥬베를 불러 서로 양보해줄 것을 권하고 두 사람이 상의해서 결정하라고 한다. 겐타는 곰곰히 생각한 끝에 탑을 공동으로 짓자고 말하고 자신이 주가되고 쥬베가 부가 되어 지을 것을 제안했지만 거절당한다. 겐타는 한발짝 더 양보해서 그러면 쥬베가 주가 되고 자신이 부가 될 것을 제안하지만 그것도 거절 당한다. 무슨 일이 있어도 쥬베는 혼자서 탑을 세우지 않으면 안된다고 주장한다. 어쩔수 없이 두사람다 사직을 하고 두사람 중 누구에게 맡겨지든 승복하기로 하고 스님에게 명령을 내려줄 것을 부탁한다. 수일 후 탑은 쥬베에게 맡겨지도록 명령이 내려졌다. 겐타는 남자답게 그결과를 기뻐했고 쥬베를 도와주려 했으나 쥬베는 그것도 거절한다. 겐타도 정말 의리가 없는 녀석이라고 화를 낸다.

탑 건축 공사가 시작되자 쥬베의 열의는 대단하였다. 어느날 겐타의 제자 清吉가 쥬베에 대한 증오가 폭발해 왼쪽 귀를 자르고 어깨에 상처를 입히지만, 일은 쉬지 않고 계속한다. 쥬베의 열의가 현장 사람들의 마음을 움직여 탑은 훌륭하게 완성된다. 낙성식 전날 밤 20, 30년에 한번 있을까 말까하는 폭풍이 東京를 휩쓸었다. 하룻밤 지나서 東京 전체에 큰 피해를 입었지만, 탑은 못하나 느슨해지지 않았고 판자하나 벗겨져 떨어지지 않았다. 사람들은 혀를 내둘렀고 쥬베에 대한 평판이 대단했다. 낙성식날 스님은 일부러 겐타를 불러 쥬베와 함께 탑앞에 세우고 「江都의 쥬베가 이것을 짓고 川越의 겐타가 이것을 이루었다」

라고 기록했다. 스님이 만면에 웃음을 띠고 돌아보자, 쥬베와 겐타 두 사람 다 말없이 엎드려 있을 뿐이었다. (P. 11, 12)

▶ 작품원문『五重塔』

去る日の暴風雨は我等生れてから以来第一の騒なりしと、常は何事に逢ふても二十年前三十年前にありし例をひき出して古きを大袈裟に、新しきを訳も無く云ひ消す気質の老人さへ、真底我折つて噂仕合へば、まして天変地異をおもしろづくで談話の種子にするやうの剽軽な若い人は分別も無く、後腹の疾まぬを幸ひ、何処の火の見が壊れたり彼処の二階が吹き飛ばされたりと、他の憂ひ災難を我が茶受とし、醜態を見よ馬鹿慾から芝居の金主して何某め痛い目に逢ふたるなるべし、さても笑止彼の小屋の潰れ方はよ、又日頃より小面憎かりし横町の生花の宗匠が二階、御神楽だけの事はありしも気味よし、それよりは江戸で一二といはるゝ大寺の脆く倒れたも仔細こそあれ、実は檀徒から多分の寄附金集めながら役僧の私曲、受負師の手品、そこにはそこの有りし由、察するに本堂の彼の太い柱も桶でがな有つたらうなんどと様ざまの沙汰に及びけるが、いづれも感応寺生雲塔の釘一本ゆるまず板一枚剥がれざりしには舌を巻きて讃歎し、いや彼塔を作つた十兵衛といふは何とえらいものではござらぬ歟、彼塔倒れたら生きては居ぬ覚悟であつたさうな、すでの事に鑿啣んで十六間真逆しまに飛ぶところ、欄干を斯う踏み、風雨を睨んで彼程の大揉の中に泰然と構へて居たといふが、其一念でも破壊るまい、風の神も大方血眼で睨まれては遠慮が出たであらう歟、甚伍朗このかたの名人ぢや真の棟梁ぢ

や、浅草のも芝のもそれぞれ損じのあつたに一寸一分歪みもせず退りもせぬとは能う造つた事の。いやそれについて話しのある、其十兵衛といふ男の親分がまた滅法えらいもので、若しも些なり破壊れでもしたら同職の恥辱知合の面汚し、汝はそれでも生きて居られうかと、到底再度鉄槌も手斧も握る事の出来ぬほど引叱つて、武士で云はば詰腹同様の目に逢はせうと、ぐるぐるぐる大雨を浴びながら塔の周囲を巡つて居たさうな。いやいや、それは間違ひ、親分では無い商売上敵ぢやさうな、と我れ知り顔に語り伝へぬ。

暴風雨のために準備狂ひし落成式もいよいよ済みし日、上人わざわざ源太を召び玉ひて十兵衛と共に塔に上られ、心あつて雛僧に持たせられし御筆に墨汁したゝか含ませ、我此搭に銘じて得させむ、十兵衛も見よ源太も見よと宣ひつゝ、江都の住人十兵衛之を造り川越源太郎之を成す、年月日とぞ筆太に記し了られ、満面に笑を湛へて振り顧り玉へば、両人ともに言葉なくたゞ平伏して拝謝みけるが、それより宝塔長へに天に聳えて、西より瞻れば飛檐或時素月を吐き、東より望めば勾欄夕に紅日を呑んで、百有余年の今になるまで、譚は活きて遺りける。

明治시대에 가장 큰 세력을 가지고 있었던 문학 그룹 硯友社를 소개하면 아래와 같다.

硯友社 明治18年(1885年)東大予備門などの学生であった尾崎紅葉、山田美妙、石橋思案、丸岡九華らによって結成された日本最初の

文学結社。同人雑誌『我楽多文庫』を創刊した。当初は遊戯的要素の強いものであったが、やがて社員に川上眉山、巌谷小波、広津柳浪、江見水蔭らが加わり、次第に文学的姿勢を高めていった。その間88年に美妙が離反したが、89〜90年の『新著百種』などを通じて社員たちは文壇に進出していき、また社の中心人物紅葉の読売新聞入社などで活躍の場を広げた。さらに紅葉門に泉鏡花、小栗風葉、徳田秋声らが入門、小波、水蔭らにも入門者があり、また出版社博文館などを掌握し、文壇の一大勢力となった。全体的な作風としては、明治20年代末に至り次第に写実主義的色彩を強めている。その功績としては、小説の改良、小説家の社会的地位の向上などがあげられる。1903年の紅葉の死前後にその結社性を薄めていった。

「三好行雄, 浅井 清 編『近代日本文学小辞典』有斐閣, 1981에서 인용. P.88」

4) 浪漫主義

낭만주의는 유럽에서 17C 이후의 고전주의나 18C의 합리주의에 대한 저항으로 일어난 문예사조이다. 일본에서는 개성이나 자아의 해방을 감성의 방면에 추구하는 문학경향으로서 明治 20년대부터 30년대에 걸쳐서 융성했다. 시민사회의 성숙에 따라 개성적 자아에 눈뜨고 개인의 절대화를 주장한 것이다. 20년대의 「文学界」와 30년대의 「明星」을 중심으로 森鷗外, 国木田独歩의 초기작품, 泉鏡花의 소설, 高山樗牛의 평론 등을 대표로 들 수 있다.

(1) 北村透谷와 「文学界」

연애찬미 사상을 대담하게 수장한 『厭世詩家と女性』에서 참신한 평론가로서 주목받은 とうこく는 1893년(明治26) 島崎藤村, 上田敏과 함께 잡지 「文学界」를 창간했다. 잡지 「文学界」는 1893년에 기독교적 여성계몽잡지 「女学雑誌」로부터 독립하여 만들어지게 된 것이다. 잡지 「文学界」에 『人生に相渉るとは何の謂ぞ』, 『内部生命論』 등의 역작 평론을 연이어 발표하여 공리적인 것을 부정하고 연애찬미와 생명감의 충실을 외침과 동시에 동인 전체를 이끌고 낭만주의 문학운동의 거점을 구축했다. 문단에서 지배적인 「硯友社」의 반봉건적 문학에 불만을 품고 기독교 정신의 영향아래 자아의 해방을 추구했다.

とうこく는 또한 기독교 계통의 평화운동에도 정력적인 활동을 계속했지만 이상을 추구하는 격렬한 정열 때문에 심신을 급속하게 소모시켜 다음해 겨우 25세의 젊은 나이에 자살로 생을 마감했다.

(2) 社会와 自然 (日清전쟁 ~ 日露전쟁의 시대)

日清전쟁(明治27~28)으로부터 日露전쟁(明治37~38)에 이르는 10년간은 일본의 자본주의가 본격적인 발전기에 들어감과 동시에 자본주의의 모순이 들어나기 시작하는 시기이다.

자본주의 모순이 사회적 모순으로 나타나 그것이 문학적 반영으로 저변의 여성의 비애를 묘사한 樋口一葉의 소설이나

広津柳浪 등의 悲惨小説(悲惨小説 : 일청전쟁 직후 広津柳浪는 『変目伝』, 『黒蜥蜴』 등의 작품에서 심신에 결함을 가진 주인공의 비극을 주제로 해서 사회의 어두운 면을 비추어내는 작품을 연이어 발표했다. 이러한 경향을 가진 소설을 悲惨小説 또는 深刻小説이라고 불렀다) いずみきょうか, 川上眉山 등의 観念小説(観念小説 : 일청전쟁 직후 나타난 신경향의 소설 중에 작자의 항의나 주장이 나타난 작품군에 대해서 붙여진 명칭임)이 일청전쟁 직후의 문단에 붐을 일으켰다. 또한 그들을 지지했던 평론가 田岡嶺雲의 활약이 있었다. 이러한 경향에 연이어 현실의 사회적 모순에 육박하는 「社会小説」을 원하는 목소리가 높아져 尾崎紅葉의 『金色夜叉』, 徳富蘆花의 『不如帰』가 기록적인 베스트셀러(베스트셀러)가 되었다.

현실의 과학적 객관적 관찰을 내걸은 ゾライズム(프랑스 자연주의 대표작가 エミールゾラ가 주장한 이론으로 인간의 성격 형성에 있어서 유전과 환경을 특히 중시하는 이론으로 전기 자연주의 라고도 함)에 깊은 영향을 받은 小杉天外『はつ姿』, 『はやり唄』나 永井荷風『地獄の花』등의 작품이 주목을 받은 것은 그러한 사회적 기운과 무관하지 않다.

또한 이 시대는 「自然」에 대한 문학적 관심이 높아졌던 시기이기도 하다. 二葉亭四迷의 번역이 선두를 잡은 근대적 자연묘사의 계통으로부터 蘆花의 『自然と 人生(明治 33년)』, 国木田独歩의 『武蔵野(明治34년)』 등의 산문시적 자연문학이 탄생되었다. どっぽ는 그 후 사회에 적응할 수 없는 나약한 인간들에게 주목해 서정성을 삭제하고 부정적 현실의 냉철한 관찰자로 전향하여 「ありのままに見、ありのままに書く(있는 그대로 보고 있는 그대로 쓴다고)」하는 의미에서의 자연주의에 접근해 갔다.

(3) 樋口一葉(1872~1896)

一葉는 1872년 3월 東京에서 출생하였다.

아버지 則義, 어머니 あやめ의 차녀이다. 아버지는 농민 출신이었지만 東京에 상경하여, 신분을 사서 하급 무사가 되었다. 一葉가 태어났을 때에는 東京의 하급관사였다.

일본 최초의 여류 직업 작가이다. 1889년에 아버지가 병사하고부터는 가장으로서 생계를 유지하기 위해 평생 고생하게 된다. 때문에 いちよう가 받은 학교 수업은 전부 합해도 3년이 안되고 초등학교 조차 만족스럽게 졸업하지 못한다. 11세에 青海학교 고등과 4급을 수석으로 수료한 이후로는 학교에 다닌적이 없다. 1886년 中島歌子의 하기노야 학원에 입학해 和歌와 고전문학을 공부한다. いちよう는 이때부터 일기를 쓰기 시작해 중간에 끊긴 적도 있지만 죽을때까지 44권의 『一葉日記』를 남겼다. 明治27년 『大つごもり』에서 돌연 문학적 재능을 발휘한다. 이후 유곽지대(吉原) 주변을 무대로한 소년 소녀들의 덧없는 사랑을 아름다운 문장으로 묘사해낸 『たけくらべ』, 창부라고 하는 최저변의 여성들의 만족하지 못하는 애증비극을 묘사해낸 『にごりえ』, 『十三夜』, 등의 명작을 연이어 발표해 일천전쟁 직후의 문단에 아름다운 광채를 빛냈다. 이들 작품은 모두 가난한 여자 가장으로서

필사적으로 살아가려고 하는 작가의 생활체험에서 작가적 성숙을 가져오게 되었다. 그중에서도 『たけくらべ』가 森鴎外와 幸田露伴에게 격찬을 받아 작가로서의 위치를 굳히게 되었다.

1896년 작가로서의 명성이 높아가는 중에 폐결핵으로 인해 24세의 젊은 나이로 병사했다. 15세때부터 죽음 직전에 이르기까지 상세한 일기가 남겨져있고 그 문학성도 높이 평가되고 있다.

▌『たけくらべ』

작품 『키재기』는 1895년 1월부터 1896년 1월까지 잡지「文学界」에 연재되었다. 1897년 출판사 博文館에서 간행한 一葉 全集에 수록되었다. 사춘기 소년소녀의 첫사랑의 얘기 속에서의 미묘한 심리적 변화를 시정 풍부하게 묘사한 작품이다.

▶ 작품 줄거리

『키재기』는 吉原 유곽 근처의 大音社앞을 무대로 여름부터 초겨울까지의 계절속에서 이루어진 소년소녀들의 첫사랑 얘기라고 볼 수 있다. 요시와라 유곽의 大黒屋의 양녀 美登利는 14세이며 正太郎와 三五郎 등의 表町組의 아이들과 놀고 있었다. 이 오모테조에 16세의 長吉를 골목대장으로 하는 横丁組가 대립하고 있다. 요코쬬조에는 田中屋의 부모는 없지만 고모가 잘 키워서 애교도 있고 인기가 있는 쇼타로와 竜華寺의 주지스님의 아들 信如가 있다. 신뇨는 15세로 학교 성적도 좋고 인망이 있다. 쬬키찌는 그러한 신뇨에게 너는 그저 아무것도 하지 말고 요코쬬조의 참모로 뽐내기만 하면 된다고 하면서 자신의 조의 참모가 되어줄 것을 부탁하여 설득시킨다. 그러한 신뇨에게 선심을 잘쓰고 억척스러운 미도리는 호의를 품고 있었다. 센조쿠진쟈(千束神社)의 여름 축제의 밤, 요코쵸조가 오모테조에게 싸움을 걸어왔다. 요코쵸에 살고 있으면서 부모의 의리 때문에 오모테조에 속해있는 사부고로에게 양다리 걸친놈이라며 난폭한 짓을 한다. 사부고로를 감싸주려한 미도리는 쵸키찌의 진흙 묻은 신발로 얻어 맞는다. 신뇨는 이 싸움에 대해서는 아무것도 모르고 있었지만 미도리는 신뇨가 꾸민일로 오해하고 분해서 어쩔줄 모른다. 다른 사람들 앞에서는 신뇨의 험담을 하지만 내심으로는 신뇨에 대한 감정을 정리하지 못한다.

신뇨와 미도리는 같은 학교에 다니고 있다. 어느날 넘어져서 진흙 투성이가 된 신뇨를 미도리가 도와주자 그것을 본 친구들이 「藤本^{ふじもと}는 중인 주제에 여자하고 얘기하고 있다. 아마도 미도리는 후지모토의 안주인이 되려나보다」라고 놀려댔다. 그후 신뇨는 다른 사람들이 떠들어대는 것이 싫어서 미도리를 피하게 되었다. 하지만 미도리는 별로 신경쓰지 않고 친절하게 말을 걸어오기도 하고 하교길에 길가에 피어있는 꽃을 신뇨에게 부탁해 꺾어 오게도 하였다. 그러나 미도리도 신뇨의 너무 재미없어 하는 태도에 기분이 상한다. 어느 사이에 길가는 도중에 만나도 인사도 나누지 않는 사이가 되어 버렸다.

어느 비오는 날 미도리가 창문 넘어로 밖을 바라보고 있자, 다이코쿠야 앞에서 어떤 사람이 게타의 끈이 끊어져 난처해하고 있었다. 누구인지도 모르고 헝겊 조각을 가지고 나온 미도리는 그사람이 신뇨라는 것을 알고 얼굴이 빨게 진다. 평상시 미도리라면 패기없다고 웃어버리고 욕설 한마디 퍼부었을텐데 오늘은 문뒤에 숨어서 우물쭈물 하면서 가슴이 뛰는 모습이 평소와는 달랐다. 신뇨도 돌아보고 미도리라고 알아채자 역시 말도 못하고 식은땀이 흘렀다. 미도리는 말없이 헝겊 조각을 문사이로 던져 주었다. 그 이후로 미도리는 여자다워 졌다고나 할까 옛날의 활달했던 미도리가 아니었다.

어느 서리가 내려 추운날 아침 손으로 만든 수선화가 대문 사이에 꽂혀 있었다. 누구의 짓인지도 몰랐지만 미도리는 왠지 그리운 생각이 들어 선반 꽃병에 꽂아두고 외롭지만 청초하게 느껴지는 그 꽃을 바라보고 있었다. 다음날은 신뇨가 승려로써 수행하기 위해 떠나는 날이다. 두사람은 서로 사랑하면서도 서로 다른 길을 걸어야만 되는 것이다. (P. 14, 15, 16)

▶ 작품원문

『たけくらべ』＜十二＞

見るに気の毒なるは雨の中の傘なし、途中に鼻緒を踏み切りたるばかりは無し、美登利は障子の中ながら硝子ごしに遠く眺めて、あれ誰れか鼻緒を切つた人がある、母さん切れを遣つても宜つ御座んすかと尋ねて、針箱の引出しから友仙ちりめんの切れ端をつかみ出し、庭下駄はくも鈍かしきやうに、馳せ出でて縁先の洋傘さすより早く、庭石の上を伝ふて急ぎ足に来たりぬ。

それと見るより美登利の顔は赤う成りて、何のやうの大事でも逢ひしやうに、胸の動悸の早くうつを、人の見るかと背後の見られて、恐るゝ門の待へ寄れば、信如もふつと振返りて、此れも無信に腸を流るゝ冷汗、跣足になりて逃げ出したき思ひなり。

(4) 泉鏡花 (1873~1939)

泉鏡花 1873년 2월 石川현에서 출생했다.

아버지 清次, 어머니 鈴의 장남이며, 北陸英和학교를 중퇴했다. 아버지는 명인 기질의 조각공이며, 어머니는 가면 음악극에 뛰어났다. きょうか 문학에는 아버지 집안의 공인의 피와 어머니 집안의 예능의 피가 하나가 되어 흐르고 있다. きょうか 10세때 29세의 어머니와 사별했다.

1890년 당시 문단에서 최고의 인기를 누렸던 尾崎紅葉의 제자로 출발했다. 초기작품에는 악을 미워하는 정의감과 젊은 어머니와 사별한 어머니에 대한 사모의정이라고 하는 2개의 모티브가 인정된다. 전자의 계열에 속하는 『夜行巡査』, 『外科室』 등으로 관념소설로 명명되어 신진작가로서의 지위를 확립한다.

그러나 1894년 1월에 부친이 서거하자 조모와 동생을 부양하는 생활의 곤란을 맛보기도 하며 자살의 유혹에 사로잡힌 적도 있다. 얼마 안 있어 후자의 모티브를 주측으로 하는 환상미의 세계 창조에 화려한 재능을 발휘하기 시작해 1896년 『照葉狂言』을 読買신문에 발표하여 날카로운 문제제기를 하는 관념적인 작풍에서 일대 전환한 청신한 서정성을 묘사했다.

드디어 1899년 『高野聖』를 발표하여 스승인 こうよう를 능가할 정도의 인기 작가가 되었다. 『高野聖』는 1900년 잡지 「新小説」에 발표했다. 高野山에 적을 두고 있는 45세가량의 스님이 수행 도중에 산기슭의 찻집에서 약장사와 알게 된다. 산길에 접어들자 길이 두갈래로 갈라져 있어 약장사가 길을 잘못알고 간 것이 걱정이 되어 따라간다. 산속의 작은 집에는 백치의 남편과 살고 있는 여자가 있다. 이 여자에게는 사모해서 접근해 오는 남자를 금수로 변하게 하는 신비스러운 신통력을 가지고 있다. 스님은 욕념을 끊고 겨우 위험으로부터 벗어나는 줄거리로, 화려한 문체와 신비성이 풍부해, 어느 시대의 독자에게도 신선한 경이로움을 던져주는 泉きょうか의 대표작이다.

(5) 社会小説

비참소설이나 관념소설의 부자연함을 탈피하여 사회의 본질에 다가서는 새로운 소설의 출현을 요구하는 明治30년 전후의 「社会小説」론은 직접적으로는 볼만한 성과는 남기지 못했다. 그러나 집안의 봉건적인 에고이즘에 희생되어 죽어가는 주인공의 「아 괴롭다! 괴롭다! 이제 여자로는 태어나지 말자」라고 하는 탄성에 주제를 응축시킨 德富盧化의『不如帰』나 애인을 빼앗긴 돈의 힘에 복수하기 위하여 帝国大学에로의 진학을 포기하고 고리 대금업자로 변신되어간다고 하는 새로운 타입의 주인공을 만들어낸 尾崎紅葉의『金色夜叉』가 대단한 판매기록을 올린 것은 단지 스토리의 통속성에 의한 것뿐은 아니었다.

그것은 그들의 작품에 당시의 사회모순과 봉건성을 남겨놓은채 급속하게 발전되어가는 자본주의로부터 생긴 모순이 강하게 반영되어진 것이 널리 독자의 공감을 얻었기 때문이다. 盧花에게는 鹿鳴舘시대(ろくめいかん은 1883년 東京 日比谷에 세워진 사교장으로 조약개정을 하기위해서 ろくめいかん에서 가장무도회를 개최하는 등 소위 말하는 ろくめいかん시대가 현출되었다. 당시의 서구 유럽의 문화를 마구 받아드리는 풍조의 상징이지만, 얼마 안 되어 国粋主義의 풍조도 높아져 갔다.)의 정계의 내막을 묘사해낸 『黒潮』와 같은 의욕적인 시도도 있어서 스케일이 큰 사회성을 나타냈다. 明治30년대 후반에는 木下尚江가 등장하여 『火の柱』, 『良人の 自白』을 발표하여 사회소설의 선구가 되었다.

5) 自然主義

일로(日露)전쟁 직후의 다음해(明治39~1906)부터 大正초년에 걸쳐서 수년간으로 일본의 근대문학은 겨우 성립기를 맞이했지만 그 선구가 된 것이 자연주의이다.

자연주의는 19세기 말 프랑스를 중심으로 하여 일어난 문예사조이며 에밀졸라가 주장한 문학이론으로 인간이나 현실을 자연과학적 방법으로 관찰하여 있는 그대로를 묘사하는 것이다.

일본 자연주의의 출발은 청년시대에 낭만적인 시를 쓴일이 있는 30대의 작가들을 중심으로 일어난 이 새로운 문학운동은 봉건적인 여러 습관에 대한 위화감을 기초로 하면서 硯友社적 소설관을 부정한 客観描写의 주장과 심한 자기고백에의 욕구라고 하는 2개의 요소를 처음부터 내재시킨 특색을 가지고 있다. 게다가 당시는 천황제 국가 권력이 점점 강대해져가고 있는 시기였다. 그 때문에 일본 자연주의에 있어서는 ロ聲에 대한 비판이 사회와

의 대결이라는 방향으로 나아가지 않고 반대로 초기에 보여진 반항의 정열이 단기간에 식어져서 작가의 신변에만 시야를 좁혀 있는 그대로만 묘사한다고 하는 리얼리즘이 주류가 되었다. 결국은 개인의 내면을 깊이 파고드는 방향으로 발전해 사소설로 변모해 갔다. 자연주의는 일본 근대문학에 커다란 영향을 주었다.

다음은 自然主義 원문을 그대로 인용해 놓았다.

自然主義：19世紀後半、ヨ-ロッパ、とくにフランスに起った、自然科学の方法を導入した文学的営為。最も顕著な例はゾラである。日本においては、20世紀のはじめ小杉天外や永井荷風らによってゾラの方法が試みられたが、十分な成果をみるに至らなかった。日露戦争後、合理主義的精神と個人の自覚が叫ばれ、ゾライズムの写実的観察態度と、日本では完全に成熟せず現実に生動していた個の解放、自我拡張を求める浪漫主義とが合体して、日本独自の性格をもつ自然主義が形づくられた。具体的には、1906年に島崎藤村の『破戒』が、07年に田山花袋の『蒲団』が出て自然主義の方法が定まり、ついで徳田秋声、正宗白鳥らの作家や島村砲月、長谷川天渓ら評論家の活躍があったが、わずか数年で行き詰ってしまった。それは、因襲に対する反抗、現実社会の矛盾をリアルに暴露することはあっても、社会的な広がりを持つに至らず、そのため根本的な解決は不可能で、人生の悲惨醜悪は克服できぬものとして諦視してしまう心境に進んでいったからである。日本の自然主義は近代リアリズムの一つの到達点を示し、

個人解放の役目を果したが、同時にこの流れの延長に私小説、心境小説が生じてくることにもなった。『近代日本文学小辞典』

(P.114-115)

日本自然主義의 性格

　자연주의시대의 도래를 결정지은 작품은 明治39년 島崎藤村
의『破戒』와 明治40년 田山花袋의『蒲団』이다. 그후 とうそん은
『春』부터『家』에 있어서 작자 자신을 파고드는 경향으로 향하
고, かたい도『生』이하의 삼부작에서 역시 자신의 주변을 계속
묘사해 두사람은 보조를 맞춘 듯한 코스로 나아갔다.

　또한 주의 주장이라고 하는 것을 전혀 가지지 않는 德田秋声
의 수수한 작품이 각광을 받는 단계에 이르러 일본 자연주의의
기본적 성격은 거의 결정되었다. 본토박이 자연주의 작가라고 불
리우는 주관성이 강한 작품을 쓴 正宗白鳥나 新自然主義를 제
창한 岩野泡鳴와 같은 개성도 이색적인 존재의 영역에 머물렀다.

(1)　島崎藤村(1872~1943)

　島崎藤村는 1872년 長野현에서 출생했다. 아버지 正樹, 어머
니 縫의 사남이며, 칠형제의 막내이다. 明治(현 明治学院大学)학
원 본과 졸업. 島崎 집안은 江戸 시대 무사 등이 숙박하는 공인된

여관), 촌장 등을 맡아본 구가였다. 아버지는 平田派의 국학에 심취한 이상파의 사람이었다. 생가의 몰락에 따라 1881년 10세때 東京에 상성하여, 결혼한 누나 집에서 초등학교를 다니고 이후 계속해서 남의 집에 맡겨져 양육 되었다. 일찍부터 거북스러운 식객생활을 경험했다. 明治 학원에서 기독교 영향을 받아서, 졸업후 明治 여학교 영어 교사로 부임하여 일했다. 그 무렵 평생의 선배가 되는 北村 透谷를 알게 되어 잡지「文学界」창간에 참가했다. 제자 佐藤輔子와 연애관계로 고민하다 학교를 사직하고 교회도 그만두고 여행을 떠난다. 10개월 동안의 방황 끝에 돌아와 다시 明治여학교에 복직하게 된다.

잡지「文学界」로부터 출발해『若菜集』,『一葉舟』,『夏草』,『落梅集』으로 낭만적 서정 시인으로서 명성을 얻는다. 그러나 1899년경부터 자연과 인생에 대한 관심을 가지고 이윽고 소설로 전향해 자연주의와 작가 藤村의 탄생을 고하는 기념비적인 작품『破戒』를 발표해 작가적 지위를 확립하게 된다.

이후 藤村은 부락문제에 대해서 인식의 부정확함을 남긴 채, 청춘의 고뇌를 소재로 한『春』을 발표하여 田山花袋의『蒲団』과 함께 일본자연주의 문학을 정착시켰다. 이어서『家』에서 자신을 포함한 島崎일가족의 사실에 입각하여 구가의 혈통의 숙명을 추구한다고 하는 방향으로 리얼리즘을 심화 시켜갔다.

1910년에『家』를 발표하나 부인이 네 아이를 남겨두고 사망했다. 때문에 집안일을 도와주고 있던 조카딸과 과실을 범하고 이 문제에서 도피하기 위해 프랑스로 떠난다.

만년에는 프랑스에서 얻은 동서문제의 인식을 바탕으로『夜明け前』를 완성하고 일본펜클럽이 결성되어 초대 회장으로 추대된다. 1943년『東方の門』연재 중에 72세에 뇌일혈로 서거했다.

■『破戒』

작품『파계』는 1906년에 초판 1500부를 자비로 출판하였으나 눈깜짝 할 사이에 다 팔릴 정도로 힛트작이 되었다. 피차별 지역 출신의 청년 교사 瀬川丑松가 사회에서 살아남기 위해서는 출신을 감추라고 하는 아버지의 엄명과 불합리한 피차별과 싸우며 당당하게 살아가는 선배사이에서 고민하다 선배의 죽음을 계기로 출신을 고백하는 과정을 묘사한 소설이며, 또한 이작품은 일본 자연주의를 대표하는 작품이며, 작자의 소설가로서 위치를 확립시킨 제일 작이다.

▶ 작품 줄거리

『파계』는 피차별부락 출신의 청년 교사 瀬川丑松는 長野의 사범학교를 졸업하고 信州飯山 초등학교에 재직하고 있다. 사회에 나가 출세하려면 절대로 혈통을 밝혀서는 안된다는 아버지의 엄명에 따라 출신을 감추고 살고 있다. 스스로 출신을 당당하게 밝히고 불합리한 차별과 싸우는 선배 猪子蓮太郎 사이에서 고민하고 있다. 우시마츠는 교내에서도 아이들에게 인기가 있지만 교장이나 동료인 勝野文平는 그를 어떻게 해서라도 배척하려고 생각하고 있었다. 그와 친하게 지내는 사람은 사범학교 때의 친구 土屋 銀之助와 나이먹은 교사 風間, 그리고 그의 딸 お志保 뿐이다.

天長節가 지났을 쯤 목장을 하고 있던 아버지가 소뿔에 받혀 급사했나고 하는 선보를 받고 우시마츠는 고향에 돌아간다. 아버지는 마지막 돌아가시면서도 우시마츠에게 「잊지말라」는 말을 남기시고 가셨다고 한다. 우시마츠는 한번 결심하면 끝까지 관철하시는 아버지의 대단한 성격에 두려움과 최후의 「잊지말라」는 말에 감동하기도 했다. 고향에 돌아오는 도중, 선거 응원으로 信州를 순회하고 있는 이노코를 만나 각별하게 며칠을 보냈다. 그동안에 몇번이고 아버지의 엄명을 깨고 이노코에게만은 자신의 출신을 밝히려고 번민한다. 그때마다 아버지의 목소리가 마음속에서 들려와서 결국 밝히지 못하고 이노코와 헤어져 버린다.

후타나누까(죽은지14일째)가 지나자 우시마츠는 고향을 떠나 이야마에 되돌아왔다. 蓮華寺의 하숙집에 돌아오자 우시마츠의 출신을 알고 있다고 하는 정치가 高柳 利三郞라는 남자가 방문하기도 하고 학교 교사중에서 부락민 출신자가 있다고 하는 소문이 퍼져 그의 비밀은 서서히 폭로 되려 했다. 우시마츠는 피할 수 없는 운명에 불안을 느꼈고 무엇보다 자신의 출생이 오시호에게 알려지는 것이 두려웠다. 우시마츠는 존경하는 이노코가 심혈을 기울여 쓴 책을 양심에 가책을 느끼면서 팔아먹고 마시지도 못하는 술을 마시고 옛 동료였던 카자마의 가난한 생활을 도와주는 것으로 자신을 조금이라도 위로해보기도 한다. 매년 내리는 많은 눈이 내렸다. 우시마츠가 마을을 걷고 있으면 그의 뒷모습을 보고 부락 출신자라고 수군거릴 정도로 소문은 퍼져갔다. 그때 이노코가 이야마에 왔다는 것을 알고 이번에야말로 고백해야지

하고 그의 하숙을 방문하지만 이노코는 반대파에게 습격당해 어이없는 최후를 마쳤던 것이다. 우시마츠는 소리쳐 울었다. 부락출신임을 부끄러워 하지 않고 당당하게 싸웠던 용감한 이노코의 생애와 비교해 보면 자신의 인생은 얼마나 거짓에 찬 인생인가. 그것을 깨달은 우시마츠는 아버지의 엄명을 깨고 모든 것을 고백하려고 결심한다.

그날 우시마츠는 학교에 가서 학생들 앞에서 부락출신이라고 고백한다. 학생들은 놀라서 얼굴을 쳐들기도 하고, 입을 벌리기도 하고, 열심히 시선을 집중시키기도 했다. 우시마츠는 친구 긴노스케에게도 몇번이고 용서를 빌었다. 긴노스케는 우시마츠의 고뇌를 알고 그를 구하려고 노력했다. 우시마츠는 오시호에게도 출신을 고백하는데 시호는 그를 동정할뿐만 아니라 눈물을 흘리며 위로 했다.

드디어 우시마츠는 학교를 사직하고 이노코의 유골을 안고 미망인과 東京로 떠나게 되었다. 東京로부터 미국의 텍사스로 건너가게 될지도 모른다.

떠나는 날 긴노스케를 비롯해 시호와 가르쳤던 제자들이 배웅해 주었다. 「안녕히 계세요」 그것이 시호에 대한 우시마츠의 마지막 말이었다. 아침부터 진눈깨비가 쏟아지는 속을 우시마츠를 태운 썰매가 미끄러지기 시작하고 그의 볼에 뜨거운 눈물이 흘러 내렸다. (p. 35, 36, 37)

▶ 작품원문

警察署へ行った弁護士も帰って来て、蓮太郎のことを丑松に話した。上田の停車場で別れてから以来、小諸岩村田、志賀、野沢、臼田、その他到るところに蓮太郎が精しい社会研究を発表したこと、それから長野へ行きこの飯山へ来るまでの元気の熾盛であっ

たことなぞを話した。「実に我輩も意外だったね」と弁護士は思出したように、「一緒に斯処の家を出て法副寺へ行くまでも、あんな烈しいことを行ろうとは夢にも思わなかった。毎時演説の前には内容の話が出て、こう言う積りだとか、ああ話す積りだとか、克く飯をやりながらそれを我輩に聞かせたものさ。ところが、君、今夜に限ってはそんな話が出なかったからねえ」といって、嘆息して、「ああ、不親切な男だと、君始め － まあどんな人でも、我輩のことをそう思うだろう。思われても仕方無い。全く我輩が不親切だった。猪子君が何と言おうと、細君と一緒に東京へ返しさえすればこんなことは無かった。御承知の通り、猪子君もああいう弱い身体だから、始め一緒に信州を歩くと言出したときに、どの位我輩が止めたか知れない。その時猪子君の言うには、『僕は僕だけの量見があって行くのだから、決して止めてくれ給うな。君は僕を使役うと見てもよし、僕はまた君から助けられると見られても可 － とにかく、君は君で働き、僕は僕で働くのだ。』こういうものだから、それ程熱心に成っているものを強いて廃し給えとも言われんし、折角の厚意を無にしたくないと思って、それで一緒に歩いたような訳さ。今になってみると、噫、あの細君に合せる顔が無い。『奥様、そんなに御心配なく、猪子君は確かに御預かりしましたから』なんて － まあ我輩はどうして御詫をして可か解らん」 こう言って、萎れて、肥大な弁護士は洋服のままでかしこまっていた。その時は最早この扇屋に泊る旅人も皆な寝了って、たださえ気の遠くなるような冬の夜が一層の寂しさを増

して来た。日頃新平民と言えば、直に顔を皺めるような手合にすら、蓮太郎ばかりは痛み惜まれたので、殊にその悲惨な最後が深い同情の念を起させた。「警察だっても黙って置くもんじゃ無い。見給え、きっと最早高柳の方へ手が廻っているから」と人々は互に言合うのであった。

(2) 田山花袋(1872～1930)

田山花袋는 1871년 群馬현에서 출생했다.

아버지 鋪十郎, 어머니 てつ의 차남이며, 어려서 아버지를 잃고 가난한 소년기를 보냈다. 일찍이 한학을 공부하고 東京에 상경해서 영어를 공부 하면서 서구 문학과 가까워지며 점차로 문학에 마음을 쏟았다.

1891년 尾崎紅葉를 방문하여 그의 소개로 江見水蔭의 문하가 되어『瓜畑』을 발표하여 작가로 출발한다. 1893년에『小詩人』을 발표하고 1899년 博文館에 입사하여 편집 일을 하는 한편『重右衛門의 最後』를 발표하여 전기 자연주의의 일익을 담당하게 된다. 평론「露骨나る 描写」에서 자연주의를 선언하고 일, 러 전쟁에서 博文館의 사진반으로 종군한다. 그 체험에 의해 방관적 태도와 사실 있는 그대로 묘사하는데 확신을 얻는다.

조라이즘(ゾライズム)에의 심취와 서정시인적 자질을 병존시키면서 明治30년대를 보내온 かたい가 1908년 작품『蒲団』을 발표하여 일본 자연주의를 정착시킨다. 이어서『生』,『妻』,『縁』,『田舎教師』등에 의해 작가적 지위를 확립하고 藤村과 함께 자연주의의 중심적 존재가 된다.

田山かたい는 1899년에 결혼 했지만 후에 화류계 여인과 알게 된다. 그것에 의해서 인생의 충실, 사랑의 불안과 회의를 강하게 실감한다. 그 후에 발표된 『髻』, 『春雨』, 『残る花』, 『百夜』 등에 는 그러한 것이 잘 반영되어 있다. 그 외에도 많은 작품을 발표하 고 1930년 후두암으로 타계했다.

▌『蒲団』

작품 『이불』은 1907년 9월 잡지 新小說에 발표했다. 처자가 있 는 중년의 문학자 竹中 는 일상생활에서 권태를 느끼고 깊은 고독 에 빠져있던 차에 젊고 아름다운 여제자를 만나 활력을 되찾고 사랑하면서 고뇌하는 심리적 갈등이 잘 묘사된 소설이다. 島崎藤 村의 『破戒』와 함께 일본 자연주의 문학의 대표작이며, 사소설 이라고 하는 일본 독자적인 형식의 선구적인 작품이기도 하다. 또한, 작자를 당시 문단의 중심적 작가로 밀어올린 문제작이다.

   ▶ 작품 줄거리

『이불』은 처자가 있는 중년의 문학자 竹中 時雄는 평범한 일상생활 속에서 걸작을 쓸려고 하는 의욕도 없고 근무처의 일도 재미없고 가 정에서도 권태를 느끼며, 깊은 고독에 빠져 있었다. 거기에 神戸의 여 학원 학생 横山 芳子가 존경의 열의를 담은 편지를 보내 왔다. 내용은 꼭 제자가 되고 싶다고 애원했다. 다께나가는 여자의 몸으로 문학자가 되려고 하는 것은 분별없는 짓이라고 답장을 보냈다. 그로부터 두사람

사이에 편지 왕래가 시작되고, 드디어 요시꼬는 부모의 허락을 얻어 다께나가의 집에 기숙하며, 여학원에 다니는 한편, 다께나가로부터 문학 수업을 받게 되었다. 그것은 다께나가의 세 번째 아이가 태어나서 얼마 안되는 때였다. 아름다운 제자가 같은 집에 살면서 선생님 선생님하고 따르는데 다께나가는 가슴을 설레게 되었다. 지금까지 고독하고 쓸쓸한 생활에 요시꼬의 젊은 매력이 활력을 불어넣어 주었다. 허지만 아내의 질투로 다께나가는 고민한 끝에 요시꼬를 아내의 언니집에 맡겼다. 요시꼬는 여학생으로서는 복장이 화려하고, 금반지를 끼고 유행을 쫓는 멋쟁이였다. 그러한 요시꼬에게 애인이 생겼다. 4월에 귀향해 9월에 상경할 때에 同志社 대학의 학생 田中秀夫와 京都 嵯峨에서 이틀을 함께 보낸 일이 발각된 것이다. 요시꼬는 이 연애는 신성한 것이고 죄를 범한 것이 아니라고 하지만 다께나가는 사랑하는 사람을 빼앗겼다는 생각에 괴로워한다. 무엇보다도 여제자를 자신의 애인으로 할 수 없다는 것에 질투와 미움과 회한의 생각들이 그의 머리속을 스쳐 지나간다.

드디어 다나까가 요시꼬를 따라 東京에 왔다. 다께나가는 요시꼬를 자기 감독하에 두고 싶어 자기 집으로 들어오게 한다. 얼마있자 다나까는 京都에 돌아가고 다께나가는 요시꼬를 독점할수 있어 안심하고 만족 한다. 그런데 그로부터 1개월 뒤 다나까는 학교를 그만두고 일개월 정도의 생활비를 준비해가지고 상경한 것이다. 평화롭던 다께나가의 기분은 일시에 사라져버렸다. 그는 자신의 기분을 억누르고 두사람을 위해서 희생할까, 아니면 이일을 요시꼬의 부모에게 보고해서 일거에 망쳐버릴까도 생각했다. 다께나가는 두사람의 뜨거운 사랑을 볼때마다 가슴을 태우고 죄도 없는 아내에게 마구 화풀이를 하고 술을 마신다. 그 다음해 일월 일로 출장을 가있을 때 요시꼬로부터 편지가 왔다. 거기에는 다나까와 둘이서 일하면서 살고 싶다는 것이 쓰여져 있었다. 다께나가는 따뜻한 보호자 입장에서 요시꼬의 아버지를 상경하게 했다. 드디어 아버지가 상경해서 네 사람이 모여서 상의한 결과 다나까가 京都에 돌아가는 것이 가장 좋은 방법이라고 설득했지만 그는 뺀들뺀들 발뺌을 한다. 게다가 다나까의 요시꼬에 대한 소유자 같은 태도에 다께나가는 요시꼬에게 기만당했다고 생각한다. 신성한 사랑이라고 하는 것은 모두 거짓이고 사가에서 두사람은 이미 관계를 갖었던 것이다. 다께나가는 괴롭고 화가 났다. 이쯤되자 보호자를 포기하고 아버지와 함께 고향으로 돌아가게끔 했다. 이렇게 해서 요시꼬는 일용품만 챙겨서 눈이 붓도록 울면서 아버지에게 이끌리어 고향으로 돌아갔다. 그후 다께나가는 혼자서 이층 요시꼬의 방에 올라가 아직 보내지 않은 그녀의 이불을 꺼내 그녀의 냄새를 맡으면서 얼굴을 파묻고 울었다.(p. 42, 43, 44)

▶ 작품원문

芳子が今日は先生少し遅くなりますからと顔を赧くして言った。
「彼処に行くのか」と問うと、「いいえ！一寸友達の処に用があって寄って来ますから」

その夕暮、時雄は思切って、芳子の恋人の下宿を訪問した。
「まことに、先生にはよう申訳がありまえんのやけれど……」長い演説調の雄弁で、形式的の申訳をした後、田中という中背の、少し肥えた、色の白い男が祈祷をする時のような眼色をして、さも同情

を求めるように言った。

時雄は熱していた。「然し、君、解ったら、そうしたら好いじゃありませんか、僕は君等の将来を思って言うのです。芳子は僕の弟子です。僕の責任として、芳子に廃学させるには忍びん。君が東京にどうしてもいると言うなら、芳子を国に帰すか、この関係を父母に打明けて許可を乞うか、二つの中一つを選ばんければならん。君は君の愛する女を君の為めに山の中に埋もらせるほどエゴイスチックな人間じゃありますまい。君は宗教に従事することが今度の事件の為めに厭になったと謂うが、それは一種の考えで、君は忍んで、京都に居りさえすれば、万事円満に、二人の間柄も将来希望があるのですから」

「よう解っております……」

「けれど出来んですか」

「どうも済みませんけど …… 制服も帽子も売ってしもうたで、今更帰るにも帰れまえんという次第で ……」

「それじゃ芳子を国に帰すですか」

かれは黙っている。

「国に言って遣りましょうか」

矢張黙っていた。

私の東京に参りましたのは、そういうことには寧ろ関係しない積でおます。別段こちらに居りましても、二人の間にはどうという……」

「それは君はそう言うでしょう。けれど、それでは私は監督は出来ん。恋はいつ惑溺するかも解らん」

「私はそないなことは無いつもりですけどナ」

「誓い得るですか」

「静かに、勉強して行かれさえすれ ゙ナ、そないなことありません けどナ」

「だから困るのです」

(3) 徳田秋声(1871~1943)

秋声는 1871년 金沢시에서 출생했다.

아버지 雲平, 어머니 タケ의 장남이다. 다른 이복형제가 4명 있고 그중의 막내이며, 제4 고등중학을 중퇴하고, 1892년 친구와 東京에 상경했다. 尾崎 紅葉를 방문 했지만 만나지 못하고 실망 해서 귀경했다. 그러나 1895년 다시 상경하여 博文館에 입사해 근무했다. 그때 泉 鏡花의 권유로 紅葉 문하에 들어가 1896년에 『やぶこうじ』를 처녀작으로 발표했다. 1899년 読売신문에 입사 하여 일했고, 1891년 퇴사 이후는 생계를 유지하기 위해 통속소 설을 많이 썼다. 집안일을 도와주러온 小沢はま와 부부관계를 맺 어 다음해 장남이 태어났다.

秋声는 자연주의 작가중에서는 드물게 硯友社 紅葉의 문하생 이라는 경력을 가지고 있다. 1908년경부터 자연주의 정착시대를 맞이하여 평범한 서민 부부의 재미없는 일상생활을 묘사한 『新世帯』를 발표하여 호평을 얻어 그 존재를 명확히 하고 生田長江로부터 타고난 자연파라는 호평을 받는다.

1911년 夏目漱石의 추천을 받아 東京朝日신문에 『黴』를 발표

하여 작가적 지위를 확립하고 처의 전반생을 소재로 한『足跡(あしあと)』가 출판되어 田山花袋(たやまかたい)에게 격찬을 받아 자연주의 문단에 확고한 위치를 구축하게 된다.

특히 여성묘사에 뛰어나『あらくれ』,『爛(ただれ)』등의 걸작을 연이어 발표했다. 이것은 しゅうせい문학을 대표할 뿐만이 아니고 일본 자연주의 문학에 있어서도 기념할만한 성과였다.

『あらくれ』는 1915년 1월부터 7월까지 読売(よみうり)신문에 연재 되었고, 같은 해 新潮社(しんちょうしゃ)에서 간행 되었다. 억척스런 주인공 お島(しま)는 일곱 살에 양녀로 보내져 그 집에서 남자 못지않게 열심히 일하여 양부모의 마음에 들었다. 17, 8세가 되자 양부모는 고용인 作太郎(さくたろう)와 마음에도 없는 결혼을 시키려고 하자 도망친다. 거역할 수 없는 운명속에서 자기 의지대로 살아볼려고 노력하는 주인공의 여성 심리묘사가 뛰어나고 작가의 대표작인 동시에 일본 자연주의 문학의 대표적인 작품이다.

(4) 島村抱月(しまむらほうげつ)

비평가 長谷川天渓(はせがわてんけい)는「幻滅時代(げんめつじだい)」,「現実暴露の 悲哀(げんじつばくろ ひあい)」에서 자연주의의 의의와 특질을 설명하지만 이론성에 결여된 흠이 있었다. 그 결함을 보충하는 새로운 비평가로서 등장하여「早稲田(わせだ)文学(ぶんがく)」에 근거를 두면서 미학적 지식을 구사하여 자연주의를 이론적으로 리드한 사람이 島村抱月이다.

유럽 유학에서 돌아온 직후의 抱月는 서양문예사조사에 기초를 두고 자연주의를 과거의 것으로 보고 있었지만『破戒』,『蒲

團』의 발표에 의해 자연주의의 적극적인 추진자로 전향해 당시 자연주의의 보물이라고 불리운 「文芸上の自然主義」, 「自然主義の価値」의 2개의 논문을 비롯해 활발한 평론활동을 전개했다. 抱月의 자연주의 이론은 「문예로서의 자연주의는 내용상에서는 완전히 무조건주의이다. 있는 그대로의 주의이다. 현실세계가 두서없이 노골적인 결론이 없는것과 마찬가지로 무해결 무이상 주의이다. 이러한 의미에서 현실주의이다. 文芸としての自然主義は、内容の上には全く無条件主義である。在りのまま主義である。現実界が首もなく尾もなくあらわな結論の無いのと同じく無解決無理想主義である。このような意味での現実主義である。」라고 정식화한 것은 抱月에 의해서 이룩된 것이다. 그러나 真과 美와의 통일에 고심하고 있던중 예술의 근본을 「観照」에서 발견하고 있던 그의 이론 전개가 자연주의의 일본적 특징을 정착시키는데 큰 역할을 한 것은 부정할 수 없다.

6) 反自然主義

봉건적인 인습을 타파하고 있는 그대로의 현실을 묘사하는 자연주의는 근대문학을 어느 수준까지 끌어올리는데는 성공했으나 일상의 지나치게 평범한 사실을 노골적으로 묘사하려 했기 때문에 작은 인간과 추한 심리를 묘사하는데 그치고 말았다. 이러한 자연주의에 불만을 품고 초연하게 초월하려는 움직임이 일어났다. 그 중심적 작가가 夏目漱石와 森鷗外이다.

(1) 夏目漱石와 森鷗外

　일본에 있어서 근대문학의 성립기는 俳句나 写生文으로부터
출발하여 소설 세계로 등장해온 신인 작가 夏目そうせき가 帝大
(현 東京大)교수직을 버리고 창작에 몰두하게 되고 또 오랜만에
문단에 복귀하여 온 もりおうがい가「豊熟の 時代」라고 불리우
는 작가적 최전성기에 들어간 시대이기도 하다.

特質과 共通点

　そうせき는 부모가 원하지 않는 막내아들로 태어나 생후 곧
塩原 집안의 양자로 보내지는 등 불우한 소년기를 보내고, 국가
에 반항하는 태도를 관철하는데 비해 おうがい는 津和野藩典医
의 장남으로 일찍부터 가족의 기대와 사랑을 받고 성장하며, 국
가 관료의 요직을 역임하고 죽을때까지 국가側의 인간이었던 대
조적인 면이 있다.

　공통점으로는 두 사람은 자연주의와는 확실한 거리를 유지하
면서 문명 비판적 시야의 넓음과 동서양을 불문한 풍부한 교양이
뒷받침된 질 높은 창작활동을 전개했다. 또 자아의 고뇌를 일본
의 성급한 근대화의 비꼬임 속에서 인식했다고 하는 점에서도 공
통점을 찾아볼 수 있고, 후세의 문학세대에 끼친 영향도 크다.

　(2) 夏目そうせき(1867~1916)

　夏目漱石는 1867년 東京에서 출생했다.

　아버지 直克, 어머니 千枝의 5남이며, 5남 3녀 중 막내이다.

아버지는 촌장을 지냈지만 당시 이미 가운은 기울었다. 늦자식으로 환영받지 못하고 생후 곧 塩原(しおばら) 집안의 양자로 보내지는 등 성장과정은 불우했다. 1893년 東京대학 졸업 후 대학원에 재적해 東京 고등사범 등에서 가르치고, 1895년 松山(まつやま) 중학교, 다음해 熊本 五高(くまもと こうこう)로 부임했다. 1900년 문부성 유학생이 되어 부인과 장녀를 남겨두고 단신으로 영국 런던으로 유학했다. 부족한 유학비와 고독과 동서 문화의 차이로 신경쇠약에 걸린다. 1903년에 귀국해 제일고등학교와 토東京대학에서 영어와 영문학을 가르치게 된다.

초기작품 : 이름도 없이 기르는 고양이가 「吾輩(わがはい)」라는 1인칭으로 해설을 맡고있는 기발한 풍자소설 『吾輩は猫(ねこ)である』로 데뷔한 そうせき는 허구와 취향을 극력 배제하는 자연주의의 방법과는 다른 작풍 때문에 당초 余裕派(よゆうは), 底徊派(ていかいは) 등으로 불렸다. 그러나 そうせき의 내면은 염세적인 암울함으로 가득차 있어 거기서부터 탈피를 소설에 추구하고 그는 초속적인 아름다움의 동경을 주제로 한 계열의 작품 『草枕(くさまくら)』나 사회적 정의감을 전면에 내세운 계열의 작품 『坊(ぼ)っちゃん』, 『野分(のわき)』 등을 활발하게 발표했다. 그리고 데뷔한 다음해 직업작가로서 일할 결의를 한 そうせき는 1907년 東京大學 교수직을 사임하고 朝日신문사에 입사하여 작가 생활에 전념한다. 입사 첫 작품으로 『虞美人草(ぐびじんそう)』로 초기작품을 결말 지었다.

前期 삼부작 : 明治시대의 대표적인 청춘소설 『三四郎(さんしろう)』에서 위선과 露悪(ろあく)(스스로 자신의 결점을 드러내는 것)이라고 하는 문

제를 취급한 そうせき는 다음 작품『それから』에서는 해학성을 배제한 작품으로 일변했다.『それから』에서 만들어낸 주인공 長井代助(ながいだいすけ)는 서로 마음속에서 모욕하는 일 없이는 서로 상대할 수 없는 현대사회를 20세기의 타락이라고 부르고 자신이 타락하지 않기 위해서는 먹고 살기 위해서 직업을 거부하는 고등유민의 철학을 가진 새로운 지식인 이었다. 그리고 주인공이 처음에 친구에게 양보한 애인과의 사이에 불륜의 사랑이 재연했을 때 그 사랑을 관철할 것을 결의했기 때문에 아버지도 부터 의설낭하고 유민의 생활기초를 잃어버릴때까지 묘사하고 있다.

『門(もん)』은『それから』의 후일담으로서의 성격을 가진 작품이고 背德的인 형태로 맺어져서 남몰래 살아가는 부부가 정상적인 부부에게서 보기 어려운 친화와 포만은 있어도 진정한 충족을 얻을 수 없는 모습이 묘사되어 있다. 작자가 체험한 사실에 입각하는 것이 아니라 허구의 설정 속에 작중인물을 살리는 것에 의해서 위선과 성실의 테마를 날카롭게 추구한 이 삼부작은 방법의 점에서도 자연주의 작품과의 사이에 확실한 차이가 인정된다.

後期三部作 :『門』을 완성한 후『修善寺(しゅぜんじ)의 大患(たいかん)』에서 아슬아슬하게 목숨을 건졌다고 하는 경험을 통해서 死生觀을 깊게한 そうせき는『彼岸過迄(ひがんすぎまで)』에서 창작활동을 재개했다. 이작품에서 そうせき가 몰두한 것은 에고이즘이나 고독이라고 하는 인간존재의 深所에 육박하는 테마이고 이후『行人(こうじん)』,『心(こころ)』로 계속되는 전개중에서 철처하게 파헤쳐졌다. 부인에의 불신으로부터 인간존재 전체에 대한 회의로 나아간『行人』의 주인공은 죽음 아니

면 종교, 아니면 미쳐버리지 않으면 안되는 지점에까지 내 몰렸다. 또 결혼에 즈음해서 친구를 배반해 버렸다고 하는 것에 의해 자신에 대한 신뢰조차 잃어버린 『心』의 주인공은 오랫동안의 죄의식의 결산을 明治의 정신에 순순히 따른다는 형태로 자살로 생을 마감한다. 이러한 후기 삼부작을 완성한 そうせき는 비로소 자전소설이라고 말할수있는 『道草』에 의해서 새로운 전개를 시도하고 더욱이 『明暗』에서 부부사이의 심각한 심리갈등을 묘사하면서 구제의 길을 찾으려고 했지만 미완성인 채로 병사했다. そうせき는 おうがい와 나란히 일본 근대문학의 최고 위치를 차지한 사람이다.

전기 삼부작 중 하나인 『それから』를 소개하면 아래와 같다.

▌『それから』

작품 『그리고나서』는 1909년 6월부터 10월까지 110회에 걸쳐 朝日 신문에 연재된 것이다. 주인공 代助는 메이지의 지식인이며, 직업 없이도 아버지의 도움으로 부유하게 살고 있으나 현재 너무 자연을 경시해버린 자신의 과거를 후회하고 있다. 자연에 따라 미찌요와 맺어지면 남의 부인과의 불륜이라고 하는 현실 때문에 자신의 아버지, 형, 친구 히라오카, 그리고 사회로부터 비난을 받게 되고, 자연에 등돌리고 미찌요에 대한 사랑을 방치해 버리면 내면으로부터의 자연의 복수를, 말하자면 새로운 위선에 괴로워하지 않으면 안되는 갈등에 직면하게 된다. 다이스케는 자연을 선택해 순간적인 행복을 맛보는 동시에 영원의 고통을 맛보지 않으면 안되는 인간의 삶의 애환을 묘사한 작품이며, 메이지 시대의 서양을 재빨리 받아들인 전형적인 지식인의 조형에 제작의 모티브가 있는 작자 42세때의 작품이다.

▶ 작품의 줄거리

『그리고나서』의 주인공 長井代助는 대학을 졸업하고 나이가 30이 넘었어도 직업도 없이 빈둥빈둥 독신 생활을 하고 있다. 게다가 한채의 집과 서생과 가정부 할멈을 둘 정도로 여유있고 자유로운 생활을 하고 있다. 그것은 물론 재산가인 아버지의 도움이다. 다이스케는 빵을 위해서 직업을 갖는 것을 경멸하고 또한 서양과 일본의 관계가 나쁘기 때문이라는 자신의 정연한 논리에 의해 직업 없이 살고 있는 생활를 부끄러워하지 않는다. 다이스케의 일상생활은 뜨거운 홍차를 마시면서 빵에 뻐터를 바르는 아침식사로 시작되고, 독서와 사색에 잠기고 때로는 음악회나 전람회에 외출할 정도로 예술에도 조예가 깊은 인텔리이다. 그는 메이지 시대의 지식인의 한사람으로서 메이지 근대화에 의한 근대적 자아를 획득하고 자기본위의 행동을 자유롭게 추구하는 남자였다.

그러던 어느날 3년만에 平岡와 三千代가 상경해 왔다. 다이스케와 히라오카는 중학교 시절부터 친구로 형제처럼 지냈던 사이였다.

대학을 졸업하자 히라오카는 결혼하였고, 京阪 지방 은행의 지점에 근무하게 되었다. 그러나 부하 직원이 은행돈을 써버린 것이 발각되어 그 책임을 지고 사표를 낸 것이다. 히라오카는 많은 액수의 빚을 떠안고, 새로이 취직 자리를 찾지 않으면 안되어 상경해온 것이다.

미찌요는 다이스케와 히라오카의 학생시절 같은 친구였던 菅沼의 여동생이다. 스가누마는 東京 근처 출신으로 대학생이 된지 2년째, 고향에서 여동생을 데려와 셋집을 얻어 살고 있었다. 다이스케도 히라오카도 그들 셋집을 자주 방문하게 되어 미찌요와도 친하게 되었다. 미찌요는 결코 화려한 느낌의 여성이 아니고 검소하고 소극적이었다. 그러던 중에 갑자기 모친이 장티부스로 돌아가시고 간병을 하던 스가누마도 감염이 되어 어이없이 죽어버렸다. 고향에는 부친이 혼자 남게 되었지만 부친도 어쩔 수 없는 사정이 생겨 北海道로 건너갔다.

그 해 가을 미치요는 다이스케의 주선에 의해 히라오카와 결혼했다. 다이스케는 자신도 미찌요를 사랑하고 있었지만 친구와의 우정 때문에 영웅적인 심리에서 미찌요를 양보한 것이다.

미찌요는 결혼후 1년째에 아이를 낳았지만 아이는 곧 죽어버리고 미찌요는 심장이 나빠져 때때로 자리에 눕게 되었다. 미찌요 부부가 상경하여 히라오카는 다이스케에게 취직자리를 부탁하고 미찌요는 돈을 빌려달라고 부탁하는 등, 다이스케의 신세를 지게 되었다. 자신이 사랑했던 미찌요가 어려운 환경에 처해 있는 것을 그녀와의 재회를 통해 확인한 다이스케는 동정과 함께 미찌요에 대한 애정을 확인하게 된다. 그때 마침 다이스케에게 또다시 혼담이 있었다. 몇 번인가 혼담이 있었지만 그때마다 다이스케는 이유도 되지 않는 이유를 붙여 피해 왔다. 다이스케가 결혼 이야기를 피할때마다 형수인 우메꼬梅子는 그럼, 누구 좋아하는 사람이 있으면 이름을 말하라고 했다. 그때까지 단한사람도 좋다고 생각한 여자를 떠올렸던 적이 없었는데, 갑자기 미찌요라는 이름이 머리속에 떠오른 것이다. 다이스케는 자연이 명하

는대로 할것인가, 아니면 전연 그 반대로 할 것인가 양자 택일을 하지 않으면 안되는 입장이다. 자연에 따라 미찌요와 맺어지면 남의 부인과 불륜이라는 사실 때문에 아버지, 형, 친구 히라오카, 그리고 사회로부터 비난을 받게 되고, 자연에 등돌리고 미찌요에 대한 사랑을 방치해 버리면 내면으로 부터의 자연의 복수를, 말하자면 새로운 위선에 괴로워하지 않으면 안되는 갈등에 직면하게 된다. 아버지께서 권유하는 좋은 조건의 佐川(さがわ)집안의 딸과의 결혼을 거부한 다이스케는 미찌요에게 사랑을 고백한다. 미찌요도 울면서 다이스케가 원하는 대로 하겠다고 했다. 그리고 나서 며칠후 다이스케는 히라오카에게 미찌요와의 관계를 모두 고백했다. 다이스케의 고백을 전부 듣고 난 히라오카는 미찌요를 주긴 주지만 지금은 병에 걸려있어 줄수없다고 말하고 절교를 선언한다.

히라오카는 다이스케에게는 한마디도 알리지 않고 다이스케와 미찌요의 사실 관계를 상세히 적은 편지를 다이스케의 부친에게 보낸다. 히라오카의 편지에 의해 아버지와 형으로부터 완전히 의절 당하게 된다. 따라서 경제적인 원조도 받지 못하는 것이다. 사랑하는 미찌요는 중병에 걸려 히라오카의 집에 누워있고, 미찌요를 책임지기 위해 지금은 어쩔수없이 직업을 찾아 전차를 타고 떠나는 장면에서 소설은 막을 내린다.(p. 45, 46, 47, 48)

▶ 작품원문

兄(あに)の言葉(ことば)は、代助(だいすけ)の耳(みみ)を掠(かす)めて外(そと)へ零(こぼ)れた。彼(かれ)はただ全身(ぜんしん)に苦痛(くつう)を感(かん)じた。けれども兄(あに)の前(まえ)に良心(りょうしん)の鞭撻(べんたつ)を蒙(こうむ)る程(ほど)動揺(どうよう)してはいなかった。凡(すべ)てを都合(つごう)よく弁解(べんかい)して、世間的(せけんてき)の兄(あに)から、今更(いまさら)同情(どうじょう)を

得ようと云う芝居気は固より起らなかった。彼は彼の頭の中に、彼自身に正当な道を歩んだという自信があった。彼はそれで満足であった。その満足を理解してくれるものは三千代だけであった。三千代以外には、父も兄も社会も人間も悉く敵であった。彼等は赫赫たる炎の裡に、二人を包んで焼き殺そうとしている。代助は無言のまま、三千代と抱き合って、この欲の風に早く己れを焼き尽すのを、この上もない本望とした。彼は兄には何の答もしなかった。重い頭を支えて石の様に動かなかった。

「代助」と兄が呼んだ。「今日はおれは御父さんの使いに来たのだ。御前はこの間から家へ寄り付かない様になっている。平生なら御父さんが呼び付けて聞き糺す所だけれども、今日は顔を見るのが厭だから、此方から行って実否を確めて来いと云う訳で来たのだ。それで - もし本人に弁解があるなら弁解を聞くし。又弁解も何もない、平岡の云う所が一々根拠のある事実なら、- 御父さんはこう云われるのだ。もう生涯代助には逢わない。何処へ行って、何をしようと当人の勝手だ。その代わり、以来子としても取り扱わない。又親とも思ってくれるな。尤の事だ。そこで今御前の話を聞いてみると、平岡の手紙には嘘は一つも書いてないんだから仕方がない。その上御前は、この事に就いて後悔もしなければ、謝罪もしない様に見受けられる。それじゃ、おれだって、帰って御父さんに取り成し様がない。御父さんから云われた通りをそのまま御前に云えて帰るだけの事だ。好いか。御父さんの云われる事は分ったか」

「よく分かりました」と代助は簡明に答えた。

「貴様は馬鹿だ」 と兄が大きな声を出した。代助は俯向いたまま顔を上げなかった。

「愚図だ」と兄が又云った。「不断は人並以上に減らず口を敲く癖に、いざと云う場合には、まるで唖の様に黙っている。そうして、陰で親の名誉に関わる様な悪戯をしている。今日まで何の為に教育を受けたのだ」

兄は洋卓の上の手紙を取って自分で巻き始めた。静かな部屋の中に、半切れの音がかさかさ鳴った。兄はそれを元の如くに封筒に納めて懐中した。「じゃ帰るよ」と今度は普通の調子で云った。代助は叮嚀に挨拶をした。兄は、「おれも、もう逢わんから」と云い捨て玄関に出た。

兄の去った後、代助はしばらく元のままじっと動かずにいた。門野が茶器を取り片付けに来た時、急に立ち上がって、「門野さん。僕は一寸職業を探して来る」と云うや否や、鳥打帽を被って、傘も指さずに日盛りの表へ飛び出した。

代助は暑い中を駆けないばかりに、急ぎ足に歩いた。日は代助の頭の上から真直に射下ろした。乾いた埃が、火の粉の様に彼の素足を包んだ。彼はじりじりと焦げる心持がした。

「焦げる焦げる」と歩きながら口の内で云った。

飯田橋へ来て電車に乗った。電車は真直に走り出した。代助は車のなかで、「ああ動く。世の中が動く」 と傍の人に聞こえる様に云った。彼の頭は電車の速力を似て回転し出した。回転するに従って火の様にほてって来た。これで半日乗り続けたら焼き尽す事が出来る

だろうと思った。

忽ち赤い郵便筒が眼に付いた。するとその赤い色が忽ち代助の頭の中に飛込んで、くるくると回転し始めた。傘屋の看板に、赤い蝙蝠傘を四つ重ねて高く釣るしてあった。傘の色が、又代助の頭に飛び込んで、くるくると渦を捲いた。四つ角に、大きい真赤を風船玉を売ってるものがあった。電車が急に角を曲がるとき、風船玉は追懸て来て、代助の頭に飛び付いた。小包郵便を載せた赤い　車がはっと電車と摺れ違うとき、又代助の頭の中に吸い込まれた。烟草屋の暖簾が赤かった。売出しの旗も赤かった。電柱が赤かった。赤ペンキの看板がそれから、それへと統いた。仕舞には世の中が真赤になった。そうして、代助の頭を中心としてくるりくるりと欲の息を吹いて回転した。代助は自分の頭が焼け尽きるまで電車に乗って行こうと決心した。

(3) 森鴎外(풍년의 시대)

明治20년대의 창작활동을 뒤로 오랫동안 소설을 쓰지 않았던 おうがい는 軍 医의 최고 위치인 陸軍軍医総監, 医務局長에 승진한 다음해 구어체소설『半日』을 발표해서 문단에 복귀하고 이후 정력적인 작품을 계속 발표했다. 자연주의적인 성욕중심의 인생관에 대항하는 의도로 주인공의 성욕사를 담담하게 묘사해낸 『イタ. セクスアリス』작자자신의 신변의사실에 소재를 취한 『懇親会』, 이하 단편집, 일본에 온 유학시대의 애인 여성과 재회한 주인공이 토로한 「여기는 일본이다 ここは日本だ」라고 중얼

거림에 작자의 생각이 담겨진 『普請中』, 그우세키의 『三四郎』을 의식한 장편청춘소설 『青年』, 비로소 자아에 눈떠가는 여자 주인공 お玉의 좌절을 서정적으로 묘사해낸 『雁』 등 이 시기의 おうがい의 창작활동은 실로 다채로웠다. 그러나 거기에는 일찍이 전투적 계몽 활동가의 모습은 없고 정적인 세계관이 짙게 흐르고 있었다. 이 경향은 大逆事件(1910년에 일어난 국가권력에 의한 사회주의자에 대한 강압사건으로 幸徳秋水등 12명이 사형당한 사건)등으로 자신이 그 중추부에 몸을 둔 국가권력의 횡포를 새로이 통감한 후 한층 더 깊어져 갔다. 당시 おうがい의 고뇌와 체념은 『かのように』부터 『鎚一下』에 이르는 연작이 단적으로 얘기해 주고 있다.

이러한 고뇌와 체념의 자세로는 현대소설을 계속 쓰는 일은 너무나 힘든 일이었다. 그 때문에 おうがい는 明治天皇의 병사와 乃木대장의 殉死에 자극받아 『興津野五右衛門の遺書』, 『阿部一族』을 쓴 이후 오로지 역사소설의 분야로 전향해 『山椒大夫』, 『高瀬舟』 등의 명작을 발표했다. 그러나 「歴史其侭」적 지향과 「歴史離れ」적 지향을 병존시켰던 おうがい는 이윽고 『渋江抽済』의 발표를 기회로 「歴史そのまま」를 철저히 하여 소설성 그 자체를 삭제해버리는 방향으로 나아갔다. 그리고 『伊沢蘭軒』, 『北条霞亭』 등 사실만을 담담하게 묘사하는 史伝의 세계로 나아가 작가로서의 최후의 경지를 추구해 나갔다. おうがい의 풍부한 학식과 교양으로 펼쳐나간 문학세계는 そうせき와 더불어 일본근대문학의 최고의 위치를 차지한 작가이다.

『高瀬舟』를 간단하게 소개하면 아래와 같다.

『高瀬舟』는 1916년 「中央公論」에 발표된 작품이다.

▶ 작품 줄거리

1790년대 松平定信가 정권을 잡게 된 어느 봄날 저녁에 희귀한 죄목의 죄인이 가모강(加茂川)을 高瀬舟를 타고 건너가게 된다. 다카세배는 京都에서 大阪로 내려가는 작은 배이다. 주인공 喜助는 먼 섬으로 귀양 보내지는 처지임에도 불구하고 표정은 밝고 즐겁기만 하다. 의심스럽게 생각했던 말단관료인 庄兵衛가 물어보자 기스케는 지금까지 京都에서의 생활이 너무 힘들었던 데다가 귀양가게 되어 나으리로부터 200량 동전을 받은 것이 매우 기쁘다고 말하는 것이다.

쇼베는 기스케의 욕심이 없는 것에 감동하고 자신의 앞에서 욕망을 이겨내는 모습을 보여주는 것이 기스케라고 느낀다. 쇼베에게는 허공을 쳐다보는 기스케가 부처님처럼 생각되어지는 것이다. 쇼베는 또 살인한 것에 대해 물어보자 그것은 면도칼로 자살하려던 동생을 안락사 시킨 것이라고 대답한다.

쇼베는 그것이 동생을 죽인 것인지 의문을 품어보지만 결국 재판관인 御奉行님의 재판에 따르게 된다. 하지만 쇼베는 그러한 재판에 의심이 남는다.

▶ 작품원문

さう云ふ罪人を載せて、入相の鐘の鳴る頃に漕ぎ出された高瀬舟は、黒ずんだ京都の町の家々を両岸に見つつ、東へ走つて、加茂川を横ぎつて下るのであつた。此舟の中で、罪人と其親類の者とは夜

どほし身の上を語り合ふ。いつもいつも悔やんでも還らぬ繰言である。護送の役をする同心は、傍でそれを聞いて、罪人を出した親戚眷族の罪惨な境遇を細かに知ることが出来た。所詮町奉行の白洲で、表向の口供を聞いたり、役所の机の上で、口書を読んだりする役人の夢にも窺ふことの出来ぬ境遇である。

7) 耽美派(근대 성립 3)

真, 善, 美중에서 真만을 강조하는 자연주의의 융성은 그 반대자로서 예술의 美에 중점을 두는 작가들을 등장시키지 않을 수 없었다. 美에 최고의 가치를 두는 예술지상주의, 정신보다는 감각, 내용보다는 기교, 사실보다는 허구를 중시하고 때로는 悪에도 미를 인정한다. 잡지 「スバル(1909년에서 1913년까지 전 60권이 나온 문예잡지)」에 의한 청년시인들과 합쳐서 탐미파라고 총칭되는 문학자의 일군이 그것이다.

탐미파를 대표하는 소설가는 ゾライスト 시대를 지내면서 외유생활에서 귀국 후 명확한 반 자연주의자가 된 永井荷風와 荷風의 추천에 의해 화려하게 데뷔한 谷崎潤一郎 두사람이다.

(1) 永井荷風(1879~1959)
永井荷風 1879년 東京에서 출생했다.
아버지 久一郎, 어머니 恒의 장남이며, 생가는 상류 계급에 속하고 아버지는 한시인으로 명성이 있었다. 고등상업부속 외국어

학교 청어과 중퇴하고, 문학에의 관심은 연극과 소설을 좋아하는 어머니로부터 전해졌다고 荷風는 말하고 있다. 문학적 환경에서 태어나 일찍이 문학이나 예술에 흥미를 가져 연극이나 만담에 몰입했다. 広津柳郎의 문하생이 되어 문학수행을 하는 한편 만담가의 제자가 되어 만담에도 열중했다. 1906년『地獄の花』, 1907년『夢の女』는 일찍이 ゾラ의 영향을 받은 작품으로 알려져 있다. 1903년 아버지의 권유로 5년간 유학하고, 5년간에 걸쳐 미국, 프랑스 유학을 마친 荷風는 귀국 후 제일작으로『あめりか物語(ものがたり)』는 당시의 비평가로부터 자연주의 작품으로 취급을 받았다. 그러나 荷風의 서양체험은 장편『ふらんす物語』와 단편집『歓楽(かんらく)』가 모두 발매 금지가 되는 경험을 통해서 더욱더 明治의 허구문명에 대한 혐오와 절망의 비판을 강하게 했다.

　明治문명에 대한 비판으로『新帰朝者日記』,『すみだ川』,『冷所(れいしょう)』등의 작품을 연이어 발표하는 중에서 그는 江戸찬미를 지향하고 나서 반시대적 미학을 구축해갔다. 이 경향은 森鴎外의 주선으로 慶応大学교수로 초청받아「三田文学(みた)」의 주필자기 된 후 한층 더 나아가 大逆사건의 충격도 받아 明治말에는 스스로 江戸의 戯作者(げさくしゃ)로 가장하기에 이르렀다. 그리고 大正期에 들어서부터는 花柳界(かりゅうかい)(기생, 유녀의 세계)를 무대로 한『腕くらべ(うで)』,『おかめ笹(ざさ)』와 같은 역작을 발표하고 독자적으로 작가적 성숙을 이루어 갔다.

(2) 谷崎潤一郎(1886~1965)

谷崎 1886년 7월 東京에서 출생했다.

아버지 倉五郎, 어머니 せき의 차남으로 태어나지만 호적상으로는 장남이다. 아버지는 谷崎 집안의 데릴사위였다. 谷崎 집안은 부유한 사업가 집안이었지만 아버지의 거듭되는 사업 실패로 중학 진학 때부터는 주위의 원조를 받아야만 할 정도였다.

東京대학 국문과에 입학하지만 경제문제로 중퇴하고, 1910년 잡지 「新思潮」의 동인시대에 『刺青』, 『麒麟』, 등을 발표하고 「スバル」 동인시대에 『少年』 등의 이색적인 작품을 쓴 谷崎는 荷風의 격찬을 받아 화려한 각광을 받으면서 작가로 등장했다. 그리고 정신병리학의 지식을 근거로 하면서 변태적 쾌락의 문제를 대담하게 취급한 『悪魔』를 발표한 이래 일본에 있어서 悪魔主義(19세기말 유럽의 문예사조의 하나로 일어난 것으로 추하고 악한 것이나 괴이한 것 중에서도 미를 발견한다고 하는 경향)의 대표작가로 간주되었다.

여성의 아름다움을 병적으로 동경하고 관능미를 묘사하는 것이 처녀작 이래 그의 주요 테마이지만 荷風와 같은 시대에 대한 혐오의 흔적은 없이 여성의 육체에 대한 긍정과 찬미에 입각하여 특이한 탐미적 세계가 펼쳐지는 곳에 谷崎문학의 특색이 있다.

8) 白樺派
　　しらかばは

　明治라고하는 하나의 시대가 끝남과 동시에 자연주의는 정체,
퇴조기에 들어갔지만 그것에 대신하는 새로운 문학세력이 대두
되었다. 武者小路実篤, 志賀直哉, 有島武郎, 長与喜朗, 里見と
　　むしゃのこうじさねあつ　しがなおや　ありしまたけお　ながよしろう　さとみ
ん 등 잡지「白樺」의 그룹이다. 멤버의 모두가 특권 상류계급의
　　　　しらかば
가정에서 성장한 学習院 출신자이고 자신의 출신과 사회정의와
의 모순에 괴로워하는 청춘 속에서 자신을 살리는 방향으로 나아
간 사람이 많다. 이러한 특징을 가진 이 동인조직은 주관을 배척
하는 자연주의와는 크게 다른 자기주장의 강렬함에 의해 大正전
반의 문단의 최주류가 되었다. 그러나 제일차세계대전후 노동운
동과 결탁된 사회주의의 영향이 문학에도 미치기 시작함에 따라
白樺파 그룹으로서의 힘을 잃기 시작했다. 그리고 사상가로서의
しらかば
고뇌의 지족성이라고 하는 점에서 동인중 이색적인 존재였던 아
리시마타케오가 절망 끝에 1923년에 자살하고 잡지「白樺」가 폐
　　　　　　　　　　　　　　　　　　　　　　　　しらかば
간되었다.

(1) 武者小路実篤(1885~1976)
　　むしゃのこうじさねあつ
　1885년 東京에서 출생했다.
　아버지 実世, 어머니 秋子의 사남이며, 東京 대학 철학과를 중
　　　　さねよ　　　　　なるこ
퇴했다. 武者小路 집안은 귀족이었으나 세 살때 아버지가 돌아
가셔 홀어머니 밑에서 자랐다. さねあつ는 학습원 고등과 시절부

84 일본 근·현대 문학사

터 톨스토이(トルストイ) 작품을 탐독하고, 톨스토이에 심취하여 그 엄격한 금욕주의, 노동주의에 귀의하여 자신이 죄인의 아이라는 가책을 받는다. 東京 대학 중퇴 후, 1910년 학습원 농장 志賀直哉, 有島武郞 등과 잡지「白樺」를 창간하여 중심인물로서 많은 활약을 하였다.

　白樺파의 사상적 특징을 가장 잘 표현하고 있는 작가가 사네아츠이다. 귀족집안의 가계에서 태어난 그는 20세 전후의 시기에 톨스토이(トルストイ)에 심취하여 자신이 죄인이라고 하는 사상 생활을 보내고 있었다. 그러나 이윽고 그 금욕적인 휴머니즘의 무거운 짐으로부터 탈출하는 방향으로 전환하여 철저하게 자아 긍정사상을 획득한 것으로부터「白樺」시대가 시작된다. 작품 『お目出たき人』는 짝사랑하던 상대 소녀가 결혼해버린 후에도 여전히 주인공은 그 소녀가 자신을 사랑하고 있다고 믿고 있는 파격적인 실연소설로 이시기에 대표작이다. 제일차세계대전 개시 후 낙천적인 자아긍정을 유지하면서 열성적인 인도주의자가 된 사네아츠는 전쟁에 반대하는 기운이 농후한 희곡『その妹』나 『或る青年の夢』 등을 발표했다. 그러나 그의 사상은 국가와의 대결로는 나아가지 않고 작은 유토피아 건설을 목표로「새로운 마을 新しき村」운동의 실천에 집중했다. 『幸福者』, 『友情』, 『或る男』, 『人間万歳』 등은 모두 이 새로운 마을 운동 시대에 쓰여진 역작이다. 그 후 그는 점차로 인도주의에서 멀어져 생명찬미의 사상을 주장하기 시작해 프로레타리아 문학의 전성기인 昭和 초기에는 실업시대를 경험한 후 순수한 전쟁 긍정자로서 문단에 부활해 온다.

■ 『友情』^{ゆうじょう}

　작품『우정』은 1819년 大阪朝日^{おおさか あさひ}신문에 연재했다. 1920년 출판사 以文社^{いぶんしゃ}에서 간행했다. 주인공 노지마의 친구 오미야는 노지마에게 깊은 우정을 가지고 있지만 결국은 친구의 애인을 빼앗아 버린다. 여주인공 스기꼬는 스스로 남자에게 사랑을 고백하고 더욱이 적극적으로 상대의 사랑을 추구해가는 모습이 夏目漱石의 『それから』의 여주인공 미찌요를 한발 뛰어넘은 새로운 여성상이 엿보이는 청순한 연애소설이며, 객관적 심리적 묘사가 뛰어난 작품이다.

　▶ 작품 줄거리

　『우정』의 주인공 野島^{のじま}는 친구 仲田^{なかだ}의 여동생 杉子^{すぎこ}에게 사랑을 느끼고 있었다. 스기꼬는 16세이고, 아름다운 용모에, 쾌활한 성격에 함께 있는 사람을 즐겁게 해주는 면이 있다. 노지마는 23세이고 아직 무명의 각본가이다. 노지마의 가장 친한 친구 大宮^{おおみや}는 26세이고 신진 작가로서 세상에서 인정받은 상태이다. 노지마와 오미야는 인류를 위해 문예라고 하는 공통의 이상을 목표로 정진하고 있다. 특히 오미야는 음양으로 노지마를 도와주려는 우정이 깊고 사려 깊은 남자이다. 그러한 오미야에게 스기꼬에 대한 사랑을 고백하자, 자기 일처럼 기뻐해주고 두사람이 잘됐으면 좋겠다고 격려해 주었다.

　여름이 되어 나카다와 스기꼬는 鎌倉^{かまくら}의 별장에 갔다. 오미야의 별장

도 가마쿠라에 있어 노지마는 그에게 이끌려서 함께 생활하게 되었다. 노지마는 때때로 나카다의 집에 놀러가고 나카다도 노지마에게 오기도 해서 오미야와 나카다도 서로 알게 되었다. 거기에 오미야의 사촌 여동생 武子가 별장에 오고부터 스기꼬도 오게 되어 바닷가에서 함께 놀게 되었다. 노지마는 스기꼬에게 점점 다가가고 있는 나카다의 친구 早川에게 질투를 느꼈다. 그때마다 오미야는 노지마의 고통스러운 마음을 헤아리고 힘을 주는것이었다. 그러던 어느 날 탁구대회가 열렸다. 스기꼬는 탁구를 제법 잘 쳐서 모두에게 이겼다. 거기에 오미야가 스기꼬에게 도전해서 스기꼬의 코를 꺾어 주었다. 이렇게 스기꼬와 오미야가 우연히 자리를 같이하게 되어도 오미야는 무관심한 태도를 계속 취했다. 그러한 오미야를 스기꼬는 은근히 사모하게 된다.

여름도 끝나고 갑자기 오미야가 유럽으로 유학을 가게 되어 9월말에 떠나게 되었다. 오미야가 떠나는 날 東京역에 환송하러온 사람중에 스기꼬도 끼어 있었다. 스기꼬는 사람들 눈에 뜨이지 않는곳에서 오미야를 계속 응시하고 있었다. 오미야가 일본을 떠나고 노지마는 스기꼬에게 청혼했지만, 확실하게 거절 당했다. 그래도 노지마는 단념하지 못하고 스기꼬에게 자기 본심을 호소하는 편지를 썼지만 냉정한 답장 뿐이었다. 그후 이미 결혼한 다게꼬와 그녀의 남편이 유럽으로 갈 때 스기꼬도 함께 동행한다는 소식을 듣고 아직 그녀를 완전히 단념하지 못한 노지마는 너무 큰 것을 잃었다는 생각에 울어 버렸다. 실의에 빠져있는 노지마에게 파리의 오미야로부터 편지가 왔다. 동인지에 소설을 발표했으니까 읽어달라는 것이었다. 그것은 바다를 사이에 두고 오미야와 스기꼬의 왕복 편지를 연결한 소설이었다. 스기꼬의 편지는 노지마의 부인이 될 수 없다는 것, 이전부터 오미야를 사모하고 있었던 마음을 고백하고, 오미야의 사랑을 원하고 있었다. 오미야의 답장은 처음에는 노지마의 장점을 얘기하고 설득해 노지마를 사랑해 줄 것을 간청했다. 하지만 스기꼬의 진솔한 구애의 편지가 거듭됨에 따라 자신이야말로 노지마보다 먼저 스기꼬에게 끌리고 있었다고 고백하고, 결국은 스기꼬를 사랑해 버리는 과정이 자세히 묘사되어 있었다. 마지막에 "당신은 상처를 받으면 받을수록 위대한 인간으로서 극복해 줄 것을 우리는 믿고 있다". 정말로 진실 그대로를 썼다고 덧붙이고 있었다.

노지마는 그것을 읽고 울며 분노하고 소리쳤다. 오미야가 보내준 베토벤의 마스크를 집어 던지고 "죽어도 너희들에게는 동정 받고 싶지않다. 나는 혼자서 견디겠다."라고 썼다. 그리고 그런 허전함으로부터 무언가를 창조 하겠다고 결심하는 것이다.(p. 79, 80, 81)

▶ 작품원문

自序

人間にとって結婚は大事なことにはちがいない。しかし唯一のことではない。する方がいい、しない方がいい、どっちもいい。同時にどっちもわるいとも云えるかも知れない。しかし自分は結婚に就ては楽観しているものだ。そして本当に恋しあうものは結婚すべきであると思う。しかし恋にもいろいろある。一概には云えない。この小説の主人公は杉子と結婚しなかった為に他の女と結婚したろう。そして子が生れたろう。その子が男で、大宮と杉子の間に出来た女の子を恋して結婚するということも考えられないことではない。そ

して両方がお互に生れたことを感謝しあうと云うこともあり得ない
ことではない。

夫婦のことは何処か他の処で書こう。

自分はここではホイットマンの真似して、失恋するものも万歳、
結婚する者も万歳と云っておこう。

一九二0・一・一四

実篤

彼はそんなことを思っては見たが、杉子を十六だとは思えなかっ
た。そして十七八で結婚しないとも限らない。杉子は男の注意を惹
かないには美しすぎる。誰か杉子を見て心を奪われない男があろ
う。仲田の友達は可なり多い。それ等が杉子に気がつかないわけは
ない。そう云えばいつか仲田が妹に手紙をよこした不良青年がある
ように云っていた。彼は不安を感じないわけにはゆかなかった。彼
は恋するものの不安を感じないわけにはゆかなかった。

彼にも一人の妹がいて、今は夫と一緒に外国に行っていた。今年
二十一になる。彼は妹が齢ごろになってから、いろいろの男の人が
妹に近づこうとしたのを思い出した。妹はそう美しい女には思えな
かった。しかしそれでも妹の処にいろいろ機嫌をとりにくる者のあ
るのを感じた。妹が琴をならいに行っていた。其処に尺八をならい
に行っていた男が時々来たことがあった。彼はその男を嫌って、其
の図々しさを心配した。そして妹が笑いながら呑気にその男と話す
るのを見ると、ある不安さえもった。しかし妹もその男を軽蔑して
いることを知って安心した。

又自分の友達で女のこときり興味をもてない男が、自分に話もないくせによく来て、妹にいろいろ土産をもって来たり、手紙をよこしたり、歌留多やトランプをしたがったりするのを気にしたこともあった。

それやこれや考えると彼は齢ごろの娘をもつ親や、兄や、姉の心配をはっきり感じることが出来た。

どうかして真面目な、そして妹のことを本当に思い、愛してくれる人が妹の夫になってくれればいいがと思った。

しかし幸に彼の妹は馬鹿ではなかった。運命が許した最もよき人を選んだ。彼はその時心から安心した。杉子のことを思うに従って餓えたる狼がすきをねらっているような気がした。自分の妹より何層倍美しいかわからないだけ、彼はその心配をしないわけにはゆかなかった。

仲田は友達づきあいの多い方だった。殊に仲田の母は人ずきのいい人で、夫の無口のせいか、一人で愛想よくし、若い人達のくるのをよろこんでいるようにも見えた。彼も仲田の母に二三度あって、お世辞を云われたことがあるが、彼は無愛想な方なので、この頃は仲田の母は彼の処には殆んど出て来なくなった。

娘を射るのに先ずその母を射よ。こんなことを云って母にとり入って、首尾よくその娘と結婚した男の話を彼はいつか、大宮から聞いたことがあった。彼はその時可なり不愉快を感じ大宮と二人でその男の悪口を云ったことがあるが、彼は杉子の母に自分の印象の面白くないことを自覚することは、今の彼にとっては少し打撃であった。

(2) 志賀直哉(しがなおや)(1883~1971)

1883년 宮城(みやぎ)현에서 출생했다.

아버지 直温(なおはる), 어머니 銀(ぎん)의 차남이며, 東京대학 영문과를 중퇴했다. 아버지는 제일은행 근무, 문부성회계국, 소부철도사장, 보험회사 사장 등을 역임한 사람이며, 어머니가 13세때 돌아가셔서 할머니 寵(ちょう)의 사랑을 한 몸에 받고 자랐다. 1910년 武者小路実篤, 有島武郎등과 동인잡지 「白葉」를 창간하여 문학으로 지향할 것을 확립 했지만 실업가인 아버지와 의견이 맞지 않고 또 결혼문제 등이 얽혀 부자간의 감정대립이 1917년 화해할 때까지 수년이 걸렸다.

白樺派의 리얼리즘을 대표하는 작가가 志賀直哉이다. 귀족집안의 유명한 실업가 가정에서 태어난 그는 内村鑑三(うちむらかんぞう)(内村은 明治의 대표적인 無教会派그리스도교도로 日露전쟁에 즈음해서 전쟁 반대입장을 일관한 사람)에게 접근했다가 1907년에 内村옆을 떠났다. 足尾銅山鉱毒事件(あしおどうざんこうどくじけん)(足尾銅山의 鉱毒이 渡良瀬川(わたらせがわ)을 오염시켜 다수의 피해자를 낸 明治 최대의 공해사건)을 둘러싸고 아버지와의 충돌 등을 청춘시대에 체험하고 있다. 그러나 그러한 체험을 통해 사회적 시야를 넓히거나 사상적 깊이로 향하는 것이 아니고 오히려 그러한 것들을 일체 잘라버리고 자아의 감성에 대한 절대적인 자신에 유지되어진 강인한 에고이즘의 세계를 결벽하게 구축해 나간 곳에서 志賀문학은 출발했다.

前期短篇集 : 善, 悪의 판단에 직결한다고 하는 특성을 가진

그는 好惡의 감정의 격함이 『網走まで』, 『大津順吉』, 『正義派』,
『清兵衛と瓢箪』 등 전기 단편군에 긴밀한 리얼리즘을 유지하고
있다. 그러나 정신적 긴장의 기둥이었던 오랫동안에 걸친 어버지
와의 불화가 해소되고 그 경위를 『和解』에서 묘사하고 나서 그
의 작가적 자세는 동양적 조화의 세계를 추구하는 방향으로 돌아
섰다.

　1914년 32세때 사다(康)와 결혼하나 아버지의 반대에의해 다음
해 제적했다. 1917년 아버지와의 화해로 『城の崎にて』, 『和解』,
에서는 그 특색을 잘 나타낼 뿐 아니라, 미와 윤리의 통일이 나타
난 것으로 주목 받았다. 시가문학의 도달점이라고 하는 『暗夜行
路』는 1921년부터 16년간에 걸쳐 발표된 장편이다. 이후에도 『山
科の記憶』, 『灰色の月』 등을 발표하고, 1949년 문화훈장을　수상
했으며, 1971년 89세로 서거했다.

▌『暗夜行路』

　작품 『어두움 밤의 행로』의 전편은 1921년 1월부터 8월 까지
잡지 改造에 연재하여 완결했다. 후편은 1922년 1월부터 1928년
6월까지 改造에 연재했다, 미완성인 채로 약 10년간 방치해 두었
다가, 1937년 4월에 改造에 발표되어 완결했다. 작가 39세에 시
작하여 55세 까지, 약16년에 걸쳐 완성된 작품이다.

　주인공 謙作의 윤리에 어긋나고 축복받지 못한 출생(어머니와
할아버지 사이의 아이)과 부인의 부정으로 고뇌하는 인간의 심리
적 갈등을 묘사한 작품으로 작자의 유일한 장편이다.

▶ 작품 줄거리

『어두운 밤의 행로』의 주인공 時任謙作^{ときとう}는 형제 중에서도 혼자만
아버지에게 냉대 받은 기억이 있다. 어머니 사망 후에는 할아버지 밑
에서 자랐다. 할아버지는 젊은 첩 お英^{えい}와 생활하고 있었다. 할아버지
사망 후에도 켄사쿠는 분가해서 오에이와 살았고 창작가를 지망하고
있었다. 신뢰하고 있던 숙모의 딸에게 구혼했지만 거절당하고 부터,
마음이 어두워지고, 방랑의 길에 들어서는 한편, 오에이에게 애정을
느껴 괴로워한다. 그런것들로부터 도망치기 위해 尾道^{おのみち}로 생활무대를
바꾸어 본다. 일시적으로 평온한 생활을 계속 했지만 고독함과 오에이
에 대한 그리움이 깊어질 뿐이었다. 이윽고, 오에이와 결혼할 것을 결
심하고 그 일을 친한 형 信行^{のぶゆき}에게 부탁했다. 노부유키로부터는 오에
이가 승낙하지 않는다는 답장과 켄사쿠의 출생의 비밀에 대해서도 전
해왔다. 그것에 의하면 켄사쿠는 아버지가 독일 유학중에 할아버지와
어머니 사이에서 태어난 아이이며, 축복받지 못한 아이라는 사실을
알게된다. 켄사쿠는 대단한 쇼크를 받았지만, 혼자서 살아가야만 된다
는 각오를 하며 오노미찌의 생활을 청산하고 東京로 돌아온다. 東京
에 돌아온 그는 방탕한 생활을 계속한다. 창부의 유방을 만지면서 [풍
년이다, 풍년이다]라고 말했다.

뭔가 안주해 보고자 京都로 이사를 했다. 오래된 절, 미술품을 접하며
생활하는 동안 마음은 점차로 평정을 유지하게 되고 때마침 直子라는
여인을 알게 되어 결혼까지 하게 된다. 평온한 신혼생활을 보내며 나
오꼬가 임신을 하고 전도에 빛이 보이는가 했더니 태어난 아기가 한

달후 병으로 죽고 만다. 그러한 심적 고통으로 나오꼬도 병원 신세를 지게 된다. 그러던 어느 날 鎌倉의 노부유키로부터 편지가 왔다. 만주(滿州)에 건너간 오에이가 곤경에 빠졌다는 것이다. 켄사쿠는 오에이가 걱정이 되어 그녀를 데릴러 갔다. 켄사쿠의 부재중에 나오꼬는 사촌 要와 부정을 저질렀다는 것이다. 켄사쿠는 부정한 부인을 미워하지 않으려고 했지만 감정적으로는 역시 거부감이 있었다. 이윽고 두사람 사이에 아이가 태어나 차가운 분위기가 조금은 풀리는 것 같았다. 그러나 宝塚에 놀러가는 도중 달리기 시작한 기차에 올라 타려는 나오꼬의 가슴을 켄사쿠는 무심코 떠밀고 말았다. 나오꼬는 홈에 나가 떨어져 허리를 심하게 다쳐 이삼개월은 일어날수가 없었다. 나오꼬는 켄사쿠가 정말로 자신을 용서하지 않은 것이라 생각 했다. 켄사쿠는 자신도 어쩔 수 없는 기분을 달래기 위해 伯耆大山에 여행을 떠나 산속의 사찰에서 은둔 생활에 만족하고 있었다. 그동안에 병이나 나오꼬가 京都에서 문병을 왔다. 병으로 초췌해진 켄사쿠를 보고 나오꼬는 가슴이 아팠다. 그러나 켄사쿠는 지금까지 본적없는 부드럽고 애정이 가득찬 눈으로 나오꼬를 보고 있었다. 겨우 모든 것을 용서할 수 있는 심경에 달한 것이다. 나오꼬는 어떤 일이 있어도 이 사람과 함께 할 것을 결심한다.(P. 55, 56, 57)

▶ 작품원문

それから橋を二つ渡って、彼は右へ折れて行った。前日彼はそこを少し行ったところの時計屋で、多分プラチナだろうと思う時計を見て、ちょっと欲しい気を起こした。百九十円という札がついていた。彼はそれをもう一度見て、もし今日も欲しい気はしたら、買っ

てもいいと考えた。三ヶ月ほど貧乏暮らしで我慢すればいいのだと思った。が、今日見ると前日ほど欲しい気はしなかった。それはちょっと淋しい気持でもあった。五六年前までは欲しいと思い出すと、例えば浮世絵のようなものでも、手に入れるまでは気になって仕方ない方だったが、段々に近ごろは一つ物に妙に執着が感じられなくなった。物を欲しいと思う、前日すでにそれを珍しいことだとも思っていたが、案の定、今日はもうそんな気がしなくなっている。これは彼にはやはり淋しいことだった。が、同時に貧乏せずにすんでかえってよかったとも思った。

彼はなおしばらく、その飾窓を硝子越しに眺めていた。そのうちふと、店の者が自分を泥棒と思いはしまいかという気がした。彼はちょっと顔の赤くなるのを感じた。そして歩き出した。

前日の家へ来た。下の部屋では、三味線を弾いて騒いでいた。彼は二階へ上ると、「昨日の人を呼んでくれないか」 と言った。女中は降りて行った。彼は本屋で包んでくれた李白の詩集をほどいて見始めたが、「昨日の人」だけでは不充分だったと気がついた。手を叩くと異う女中が登って来た。

「昨日の後の人だ」 女中もそれを呼びに行ったのだと言った。彼は安心したが、家にいればいいがと、ちょっと不安な気もした。

詩集の初めに伝記が二つついていた。それは現在の彼には実に理想的に思える生活だった。が、あまりに性格が異っている。――階下の騒ぎがやかましい。もっとも「白猶与飲徒酸於市」こんなことが書いてある。

李白ならこんな中でも平気に自分だけの世界にして呼吸していたろうと思う。「嚢中自から銭あり」こんなことをいって酒屋で仰向けになっている李白を杜甫か誰かがうたっているのを想い出す。李白が酒好きだったことは鬼に鉄棒に違いなかった。しかし六十余歳で死んだのは酒のためであるところを見ると、酒から来る不快もあったにはあったろう、など考える。彼は酒はどうしても好きになれなかった。それゆえその鉄棒は別に羨ましくも感じなかった。——女はなかなか来ない。

雑に本文を見る。「荘周夢胡蝶。胡蝶為荘周」何ということなし、こんな句が彼の心を惹いた。

ようやく女が来た。前日とは大分異った印象を彼は受けた。前日ほど女のいいところが彼に映って来なかった。何か表情をするとやはり美しかった。笑う時八重歯の見えるのが妙に誘惑的だった。しかしすましていると、いかにも平々凡々だった。多少裏切られたような心持で彼は一切前日の話は持ち出さなかった。女も忘れたように言わなかった。

彼はしかし女のふっくらとした重みのある乳房を柔らかく握ってみて、いいようのない快感を感じた。

それは何か値うちのあるものに触れている感じだった。軽く揺すると、気持のいい重さが掌に感ぜられる。

それを何といい現していいかわからなかった。

「豊年だ! 豊年だ!」と言った。

そう言いながら、彼は幾度となくそれを揺すぶった。何か知れな

かった。が、とにかくそれは彼の空虚を満たしてくれる、何かしら唯一の貴重な物、その象徴として彼には感ぜられるのであった。

(3) 有島武郎(1878~1923)

有島武郎　1878년 東京에서 출생했다.

아버지 武, 어머니 幸의 장남이며, 札幌농업학교를 졸업했다. 아버지는 대장성 관료이며, 후에 금융계에서 활약했다.　화가 有島生馬와 작가 里見弴은 동생들이다. 유년시절부터 무사도적 스파르타 교육과 외국인 가정이나 학교에서 유럽풍의 교육을 동시에 받았다. 学習院 초등과 시절에는 황태자의 급우였다. 1896년 札幌 농업학교에 입학하여, 新渡戸稲造의 집에서 기거하게 되었다. 森本厚吉와 알게 되어 함께 『리빙스톤전(リビングストン伝』을 간행했다. 졸업 후 1년 동안의 군대 생활을 마치고 1903년부터 3년간 미국에 유학하여, 미국 체재중에 경제 ,역사를 전공하는 한편, 호잇트망(ホイツトマン), 입센(イブセン), 톨스토이(トルストイ)등에 심취하여 문학서를 많이 읽었다. 1907년 귀국하여 모교에서 교편을 잡고, 1909년 神尾安子와 결혼하여 제2의 札幌 시대를 맞는다. 1910년 잡지「白葉」창간에 동인으로 참가해 그것을 기회로 有島의 문학활동은 시작된다. 『かんかん虫』, 『ある女のグリンプス』, 등을 잡지「白葉」에 연재 한다. 1916년 부인과 아버지의 연이은 죽음에 창작활동에 몰두할 것을 결심한다. 1917년『カインのまつえい』, 『宣言』, 『実験室』, 등의 많은 작품을 발표한다. 그 후에도 『ある女』, 『おしみなく愛はうばう』, 등을 출판하고, 1922년 北海道의 사유농장을 무상 해방하여 세상 사람들을 놀라게 했다. 지식인 작가의 양심선언 이라고 불리는 평론 『宣言一つ』를 발표한다.

자아를 긍정하는 정도가 강한 白樺派중에서 홀로 안정의 경지를 얻지 못하고 자살에 이르는 사상적 편력을 가진 작가 有島武郎는 미국 유학중에 기독교를 떠나 사회주의적 사상의 소유자가 되어 돌아온다. 有島는 현실세계에서 이상을 추구할 수 없는 고뇌로부터 문학에서 살 결심을 하고 「白樺派」창간에 가담했다.

그러나 중앙 문단에의 등장은 다른 동인들보다 늦고 1917년 『カインの末裔』의 발표에 의해서였다. 이후 3년간이 그의 작가적 전성기이고 『迷路』, 『小さき者へ』, 『或る女』 등을 발표했다. 그중에서도 『或る女』는 10년 가까운 제작기간을 소비하고 완성되어진 대작으로 『暗夜行路』와 나란히 白樺派를 대표하는 장편소설이다. 『或る女』의 주인공 早月葉子는 자아에 눈떠 강한 개성을 가지면서 봉건적 구습으로부터 완전히 탈피할수 없는 세상의 벽에 부딪쳐 괴로워하고 폐쇄적인 애욕생활 끝에 비참하게 자멸을 맞이하는 여성으로서 조형되어 있고 그 리얼한 묘사속에 작자자신의 투영을 볼 수 있다.

제 1차 세계대전 후의 사회운동의 고조는 사회 모순에 민감했던 有島를 새로운 사상적 고뇌속으로 몰아넣었다. 그리고 수필 『宣言一』에서 第四階級(노동자, 농민)과 자기와의 결정적 거리를 표명한후 아버지로부터 물려받은 농장을 해방해서 共生農園의 건설을 시도하는 등의 곡절 끝에 남의 부인이자 잡지기자인

波多野秋子와 軽井沢 별장에서 1923년 동반자살 형태로 46세의 나이에 생애를 스스로의 손으로 마감했다.

武者小路実篤, 志賀哉 능과 어깨를 나란히 白樺派의 대표적 작가이다.

▌『或女』

작품 "어떤 여자"는 처음에 "어떤 여자 구링푸스"라는 제목으로 1911년 1월부터 1913년 3월까지 잡지「白樺」에 연재 했으며, 나중에 보필개고를 거쳐 [아리시마 저작집] 제8집에 『어떤 여자』 전편으로 수록하고, 같은해 9월 단숨에 후편을 집필하여,『或女』 전, 후편을 출판했다. 주인공 葉子는 재색을 겸비하고, 자존심 강하고, 자유 분방한 성격의 소유자이다. 집안에서 반대하는 연애 결혼을 하여 실패한 뒤, 생활이 문란해지고 마지막에는 불륜의 사랑에 빠져 세상의 이목을 끄는 등, 자아에 눈뜬 한 여인의 생의 환희의 절정에서 파멸의 죽음에 이르기 까지를 묘사한 작품으로, 많은 인습과 속박이 있었던 시대에 발표되어 대단히 센세이션한 화제를 불러 일으켰으며, 일본 근대문학 굴지의 걸작이라는 정평을 받은 작품이다.

▶ 작품 줄거리

『어떤 여자』의 여주인공 葉子의 아버지는 개업의 이고, 어머니는 기독교 부인동맹 부회장이다. 세 자매의 장녀이며, 25세이다. 재색을 겸비하고, 지기 싫어하고, 자존심 강하고, 자유 분방한 성격의 소유자이다. 오오꼬는 어머니의 격렬한 반대와 주위의 반대를 무릅쓰고 신문기자이며 시인인 木部와 연애결혼 하지만, 그의 육체와 성격에 불만을 가지고 겨우 2개월만에 이별한다. 그러나 그때 요꼬는 기베의 아이를 임신하고 있었고, 출산 후에 유모에게 맡긴다. 그후 요꼬는 의식적으로 방종한 생활을 했다.

요꼬의 어머니에게 이상한 스캔들 이 떠돌았을 때 그 오명을 벗겨준 사람이 木村 였다. 요꼬는 어머니의 유언에 따라 기무라의 구혼을 받아들이기로 하고 약혼자 기무라가 있는 미국으로 가기위해 배를 탔다. 요꼬가 탄 배가 막출항 하려고 뱃머리 앞에서 요란한 징소리가 울리기 시작했다. 그때 마침 요꼬에게는 거의 기억이 없는 청년이 요꼬씨 라고 부르며 미친 듯이 요꼬에게 매달려 떨어지지 않는 것이었다. 그녀의 곤욕스런 모습을 본 배의 사무장 倉地는 그 청년을 마치 작은 짐짝 다루듯이 아무렇지도 않게 배에서 끌어내려 주었다. 요꼬는 그러한 구라지에게 처음에 아담을 본 이브처럼 매혹 되었다. 배가 시애틀에 도착하기 직전에 이미 두사람의 관계는 맺어진 것이다. 배가 시애틀에 도착하자마자 약혼자인 기무라가 마중 나왔다. 그러나 요꼬는 병을 이유로 배에서 내리지 않고 그대로 같은 배로 일본으로 귀국했다. 일본에 도착하자마자 같이 타고 있던 田川 부인이 관계하는 신문에 구라지와 요꼬의 관계가 실려 떠들썩했다. 주위의 친척, 친구들이 백안시해서 누구도 상대해주지 않았다.

처음에는 사람들의 이목과 특히 기무라 집안과 그의 친구들의 시선 때문에 숨어서 생활을 즐겼다. 허지만 처자가 있는 구라지에 대한 의혹과 그의 처에 대한 질투로 괴로웠다. 그 후 일체를 무시한 요꼬는 처자를 버린 구라지와 조그만 사랑의 보금자리를 마련했다. 두사람은 세상으로 부터의 모든 인연을 끊고 육체를 불태우고 영혼을 하나로 녹일 수 있는 정열에 불탔다. 요꼬와의 관계 때문에 실직한 구라지는 군사 스파이로 생활을 유지하게 되었다. 드디어 위험을 느낀 구라지는 행방을 감추어 버린다. 생활은 급속히 허물어져가고 요꼬는 건강도 나빠져 히스테릭해 졌다. 그동안에 요꼬는 아직도 자신에게 미련이 있는 기무라에게 생활비를 보내게 한적도 있다. 요꼬의 건강은 점점 악화되어 동네의 작은 병원에 입원하게 되었다. 수술을 받지만 경과가 좋지않아 죽음이 다가오는 것을 깨닫고 자신이 살아온 처세에 대해 후회도 해보지만 모든 것이 이미 늦었다. 괴로움 속에서 옛날에 배반한 内田에게 죽은 뒤의 일을 부탁하려고 도움을 청해보지만 그는 나타나지 않았다. 의식을 잃은 요꼬의 아프다는 신음소리만 비참하게 들려올 뿐이다.(p. 52, 53, 54)

▶ 작품원문

やがて葉子はふと思い付いて眼でつやを求めた。夜通し看護に余念のなかったつやは眼ざとくそれを見て寝床に近づいた。葉子は半分眼付きに物を云わせながら、「枕の下枕の下」　と云った。つやが枕の下を探すとそこから、手術の前の晩につやが書取った書き物が出て来た。葉子は一生懸命な努力でつやにそれを焼いて捨てろ、今見ている前で焼いて捨てろと命じた。葉子の命令は判っていながら、つやが躊躇しているのを見ると、葉子はかっと腹が立って、その怒りに前後を忘れて起き上ろうとした。その為めに少しなごんでいた下腹部の痛みが一時に押寄せて来た。葉子は思わず気を失いそうに

なって声を挙げながら、脚を縮めてしまった。けれども一生懸命だった。もう死んだ後には何んにも残しておきたくない。何んにも云わないで死のう。そう云う気持ちばかりが激しく働いていた。

「焼いて」 悶絶するような苦しみの中から、葉子は唯一言これだけを夢中になって叫んだ。つやは医員に促されているらしかったが、やがて一台の蠟燭を葉子の身近かに運んで来て、葉子の見ている前でそれを焼き始めた。めらめらと紫色の焔が立ち上るのを葉子は確かに見た。

それを見ると葉子は心からがっかりしてしまった。これで自分の一生は何んにもなくなったと思った。もういい……　誤解されたままで、女王は今死んで行く……　そう思うとさすがに一抹の哀愁がしみじみと胸をこそいで通った。葉子は涙を感じた。然し涙は流れて出ないで、眼の中が火のように熱くなったばかりだった。

又もひどい疼痛が襲い始めた、葉子は神の締め木にかけられて、自分の体が見る見る痩せて行くのを自分ながら感じた。人々が薄気味悪げに自分を見守っているのにも気が付いた。

それでもとうとうその夜も明け離れた。

葉子は精も根も尽き果てようとしているのを感じた。身を切るような痛みさえが時々は遠い事のように感じられ出したのを知った。もう仕残していた事はなかったかと働きの鈍った頭を懸命に働かして考えて見た。その時ふと定子の事が頭に浮んだ。あの紙を焼いてしまっては木部と定子とが遇う機会はないかも知れない。誰れかに定子を頼んで……　葉子は慌てふためきながらその人を考えた。

内田 …… そうだ内田に頼もう。葉子はその時不思議ななつかしさを以って内田の生涯を思いやった。あの偏頗で頑固で意地張りな内田の心の奥の奥に小さく潜んでいる澄み透った魂が始めて見えるような心持がした。

葉子はつやに古藤を呼び寄せるように命じた。古藤の兵営にいるのはつやも知っている筈だ。古藤から内田に云って貰ったら内田が来てくれない筈はあるまい。内田は古藤を愛しているから。

それから一時間苦しみ続けた後に、古藤の例の軍服姿は葉子の病室に現れた。葉子の依頼を漸く飲みこむと、古藤は一図な顔に思い入った表情を湛えて、急いで座を立った。

葉子は誰れにとも何にともなく息気を引取る前に内田の来るのを祈った。

然し小石川に住んでいる内田は中々にやって来る様子を見せなかった。

「痛い痛い痛い …… 痛い」葉子が前後を忘れ我れを忘れて、魂を搾り出すようにこう呻く悲しげな叫び声は、大雨の後の晴れやかな夏の朝の空気をかき乱して、惨ましく聞え続けた。

9) 新思潮派

新思潮派는 東京帝国大学 学生들이 내고 있었던 동인 잡지 「新思潮」에 의해서 문단에 등단한 사람들이다.

芥川竜之介, 菊池寛, 久米正雄, 山本有三, 豊島与志雄 등이

다. 그들은 사회의 어두운 현실이나 인간의 모습을 객관적으로 관찰하고 理知에 의한 새로운 해석을 덧붙여 섬세한 기교에 의해서 묘사하는 것을 시도했다.

(1) 芥川竜之介(1892~1927)

芥川는 1892년 3월 東京에서 출생했다.

아버지 新原 敏三, 어머니 ふく의 장남이며, 아버지는 목장, 우유업자이다. 芥川는 東京대학 영문과 졸업했고, 태어나서 7개월 쯤에 어머니의 정신병으로 어머니의 친정 芥川 집안에 맡겨지고 나중에 정식 양자가 된다. 芥川는 초등학교부터 대학까지 항상 우수한 수재였다. 대학 재학 중에 제4차 잡지 新思潮를 창간하여, 『鼻』를 발표하여 夏目漱石에게 격찬을 받고 졸업 후『芋がゆ』, 『手巾』 등을 발표하여 신진 작가로의 위치를 확립한다.

대학 졸업 후 横須賀의 해군기관학교에서 영어를 가르쳤지만 얼마 안 되어 사직하고 1919년 大阪毎日 신문사에 입사후 창작 활동에 전념한다. 제 1단편집 『羅生門』에 이어 『煙草と悪魔』, 『戯作三昧』 등을 大阪毎日 신문에 발표했다. 『地獄変』에서는 예술을 위해서는 사랑하는 딸도 희생시키는 芥川와 고유의 예술 지상 주의적 예술가상을 확립했다. 1920년 『影灯寵』, 『秋』 이후는 점차 현실적인 것으로 관심을 돌리기 시작했다. 芥川는 건강이 점점 악화돼 위장병, 신경쇠약, 불면증 등 육체적으로 정신적으로 극도로 쇠약해져 鵠沼에서 요양했으나 신년 초에 東京 자택으로 돌아오자, 매형의 집에 불이 나지만, 보험금을 노린 방화

사건이라는 혐의로 매형이 자살하는 바람에 그 사건의 뒷처리를 맡게 된다. 이러한 상황 속에서 쓰여진 작품이 『玄鶴山房』, 『蜃気楼』, 『歯車』 등의 작품과 가족 앞으로의 유서를 남겨놓고 자택 서재에서 음독자살했다. 이 때의 나이가 36세이다.

前期의 작품 : 芥川은 新思潮派를 대표하는 작가이다. 제4차 「新思潮」 창간호에 발표한 단편 『鼻(はな)』가 夏目そうせき에게 격찬을 받아 문단에 등장했다. 『鼻』의 소재를 『今昔物語集(こんじゃく)』에서 얻은 작품이지만 芥川에 초기작품에는 『今昔物語集』이나 『宇治拾遺物語(うじしゅうい)』 등 고전소설에서 취한 것이 많고 『羅生門(らしょうもん)』에서는 인간이 살아가기 위해서는 필연적으로 악을 행하지 않을 수 없고 악을 용서하기 위해서는 역시 악박에 없다고 하는 어두운 인생관이 묘사되어 있다. 『芋粥(いもがゆ)』, 『地獄変(じごくへん)』 등이다. 芥川가 소재를 얻은것은 더욱이 넓고, 『戯作三昧(げさくざんまい)』, 『枯野抄(かれのしょう)』 등의 江戸物, 『奉教人の死(ほうきょうにん)』, 『きりしとほろ上人伝(しょうにんでん)』 등의 切支丹物(きりしたんもの), 『舞踏会(ぶとうかい)』, 『雛(ひな)』 등의 開化物, 나아가서 『蜘蛛の糸(くもいと)』, 『杜子春(とししゅん)』 등 인도나 중국에서 취재한 작품도 있다.

後期의 작품 : 이들 작품은 芥川의 재주를 나타낸 것이지만 『秋(あき)』를 계기로 예술지상주의 입장에서 멀어져갔다. 保吉物(やすきちもの)라고 불리우는 사소설을 거쳐서 자전소설 『大導寺信輔の半生(だいとうじしんすけ)(はんせい)』에 도달했다. 최만년의 芥川은 프로레타리아 계급의 대두에 따르는 사회변동과 자신의 건강이 나빠진 일에 의해서 자기존재의 불안에 신경을 소모시켜 갔다. 그리고 그러한 자신을 묘사한 『蜃気楼(しんきろう)』나 현대의 世相과 그 속에 살고있는 자신의 모습을 河童(かっぱ)라는 세

계에 위탁하여 묘사한 遇意소설이며, 芥川만년의 초조감과 세상에 대한 혐오감을 엿볼 수 있는 『河童』을 쓰고 결국에는 자신의 생을 마감하기에 이른다. 芥川의 자살은 지식인의 운명을 보여주는 것으로 받아들여져 동시대의 사람들에게 큰 충격을 주었다. 유고에는 『歯車』, 『或阿呆の一生』가 있다. 『歯車』는 지옥보다 더 지옥적인 인생을 살고 있다고 믿고 있는 주인공의 눈앞에 나타나는 환영(幻影)이다. 죽음을 눈앞에 둔 작가의 신경이 착란인 채로 쓰여진 작품으로 독자를 전율시키지 않을 수 없는 작가의 절박한 숨결이 느껴지는 작품이다.

▮ 『鼻』

작품 『코』는 芥川의 출세작이며, 1916년 2월 잡지 「新思潮」에 발표된 작품이다. 주인공 内供는 대여섯 치나 되는 긴코를 가졌기 때문에 밥도 혼자서 먹을 수 없고 사람들에게 늘 웃음 꺼리가 되고 있다. 어떻게 하면 코를 짧게 할 수 있을까 고민하다 여러 가지 고생을 한끝에 코가 짧아졌지만 여전히 웃음 꺼리가 되기는 마찬가지였다. 인간의 마음의 혼들림과 이기적인 감정을 묘사한 작품으로 夏目漱石로부터 격찬을 받았다.

▶ 작품 줄거리

작품 『코』의 주인공 禅智内供의 코는 길이가 대여섯 치나 되어 윗입술 위에서부터 턱밑까지 내려와 늘어져 있어서 池の尾에서는 모르는 사람이 없을 정도로 유명했다. 그것은 마치 순대나 소세지와 같은 물

건이 얼굴 한 가운데 늘어져 있는 것 같은 모양이다. 쉰 살이 넘은 나이구는 코가 길어서 밥을 혼자 먹을 수 도 없다. 식사를 할 때는 제자가 넓이 한지에 길이 두척이나 뇌는 판자로 코를 치켜 들고 있시 않으면 안 된다. 어느날 제자대신 동자승이 받치고 있었는데, 재채기를 하는 바람에 손이 떨려서 코를 죽사발 속에 빠뜨린 사건이 소문이 나, 東京 전체에 퍼져버렸다. 나이구는 긴 코 때문에 불편할 뿐만 아니라 코 때문에 자존심 까지 상처 받아 괴로워했다. 상처받은 자존심을 회복하려고 여러가지 궁리 끝에 생각해 낸 것이 긴 코를 실제보다 짧게 보이게 하는 방법이다. 거울을 들여다보고 여러가지 각도에서 얼굴을 비춰보면서 노력했지만, 만족할 만큼 짧게 보이지는 않았다. 때로는 고민을 하면 할수록 오히려 길게 보이는 것 같은 생각조차 들었다. 그로부터 나이구는 다른 사람의 코를 관찰하기 시작했다. 한사람이라도 자신과 같은 코를 가진 사람을 발견하면 안심할 수 있을 것 같아서였다. 그러나 그와 같은 코는 한 명도 없었고, 그것은 거듭될 때마다 그의 마음은 점점 불쾌해졌다. 나이구는 이렇듯 소극적인 고민을 하면서도 한편으로는 적극적으로 코가 짧아지는 방법을 생각했다. 새 발톱을 삶아서 마시기도 하고 쥐 오줌을 받아다가 코에 문질러 본적도 있다. 그러나 무슨 방법을 써도 코는 여전히 대여섯 치나 되는 길이로, 짧아지는 기색조차 없었다. 그러던 어느 해 가을, 제자 중이 잘 아는 의사로부터 긴 코를 짧게 만드는 방법을 배워 가지고 와서 권했다. 그 방법은 더운물에 코를 찜질한 후에 다른 사람에게 코를 짓밟게 하는 극히 간단한 치료법이다. 코는 뜨거운 물에 찜질을 해도 뜨겁지 않고 근질근질했다. 근질근질한 코를 제자 중이 힘껏 사정없이 밟는 것이다. 제자 중은 혹시 아프지나 않을까 가엾어 했지만 근질근질한 코를 밟히기 때문에 아픈 것보다 오히려 기분이 좋은 편이었다. 한참 밟은 후에 쪽집게로 코의 털구멍에서 기름을 뽑아냈다. 그렇게 반복하는 동안 코는 보통 메부리코 정도로 짧아졌다. 나이구는 이 정도면 사람들이 웃지 않을 것이라고 생각했다. 그런데, 2, 3일이 지나는 사이에 뜻밖의 사실을 발견했다. 용무가 있어서 이케노오의 절을 방문했던 사무라이가 나이구의 얼굴을 보자 전보다 한층 더 가소롭다는 얼굴을 하는 것이다. 뿐만 아니라 지난날 나이구의 코를 죽사발에 떨어지게 했던 동자승은 스쳐지나가는 것만으로도 웃음을 터트리고야 마는 것이다. 나이구는 같은 웃음거리가 되어도 코가 길었던 옛날과는 어딘지 다르다는 느낌이 들었다. 인간의 마음에는 서로 모순된 두 개의 감정이 있다. 남의 불행을 보고 동정하지 않는 사람은 없지만 그 불행에서 벗어나면 다시 그 불행에 떨어뜨리고 싶은 마음을 가지는 것이다. 그는 방관자의 이기주의를 깨닫고 매일 불쾌했다. 나이구는 애꿎게도 코가 짧아진 것이 한스러웠다.

어느날 밤의 일이다. 잠자리에서 뒤척이고 있는데, 코가 근질거리고 조금 붓고 열도 조금 있었다. 다음날 아침, 황망히 코에 손을 가져갔다. 손에 닿은 것은 어제밤의 코가 아니라 대여섯치나 되는 옛날의 긴 코였다. 코는 하룻밤 사이에 원상태로 돌아왔다. 이제는 아무도 웃는 사람이 없을 것이라고 나이구는 마음속에서 중얼거렸다.(p. 66, 67, 68)

▶ 작품원문

禅智内供の鼻と云えば、池の尾で知らない者はない。長さは五六寸あって上くちびるの上からあごの下まで下っている。形は元も先も

おなじようにふとい。言わば細長い腸詰めのような物が、ぶらりと顔のまんなかからぶらさがっているのである。

五十歳を越えた内供は、沙弥の昔から、内道場供奉の職にのぼった今日まで、内心では始終この鼻を苦に病んで来た。もちろん表面では、今でもさほど気にならないような顔をしてすましている。これは専念に当来の浄土を渇仰すべき僧侶の身で、鼻の心配をするのが悪いと思ったからばかりではない。それよりむしろ、自分で鼻を気にしていると言う事を、人に知られるのがいやだったからである。内供は日常の談話の中に、鼻と言う語がでてくるのを何よりもおそれていた。

内供が鼻をもてあました理由は二つある。—— 一つは実際的に、鼻の長いのが不便だったからである。第一飯を食うときにもひとりでは食えない。ひとりで食えば、鼻の先が鋺の中の飯へとどいてしまう。そこで内供は弟子の一人を膳のむこうへすわらせて、飯を食う

-11 問じゅう、広さ一寸長さ二尺(一尺は約三十センチメートル)ばかりの板で、鼻を持ちあげていてもらうことにした。しかしこうして飯を食うと言うことは、持ちあげている弟子にとっても、持ちあげられている内供にとっても、けっして容易な事ではない。

一度この弟子のかわりをした中童子が、くさめをした拍子に手がふるえて、鼻を粥の中へ落した話は、当時京都まで喧伝された。——けれどもこれは内供にとって、けっして鼻を苦に病んだおもな理由ではない。内供はじつにこの鼻によって傷つけられる自尊心のために苦しんだのである。

池の尾の町の者は、こういう鼻をしている禅智内供のために、内供

の俗でないことをしあわせだと言った。あの鼻では誰も妻になる女があるまいと思ったからである。中にはまた、あの鼻だから出家したのだろうと批評する者さえあった。

しかし内供は、自分が僧であるために、いくぶんでもこの鼻にわずらわされることが少なくなったと思っていない。内供の自尊心は、妻帯というような結果的な事実に左右されるためには、あまりにデリケイトにできていたのである。

そこで内供は、積極的にも消極的にも、この自尊心の毀損を恢復しようとこころみた。第一に内供の考えたのは、この長い鼻を実際以上に短く見せる方法である。これは人のいないときに、鏡へむかって、いろいろな角度から顔をうつしながら、熱心にくふうを凝らして見た。どうかすると、顔の位置をかえるだけでは、安心ができなくなって、ほおづえをついたりあごの先へ指をあてがったりして、根気よく鏡をのぞいて見ることもあった。しかし自分でも満足するほど、鼻が短く見えた事は、これまでにただの一度もない。時によると、苦心すればするほど、かえって長く見えるような気さえした。内供は、こういうときには、鏡を箱へしまいながら、今さらのようにため息をついて、不承不承にまたもとの経机へ、観音経をよみに帰るのである。

それからまた内供は、絶えず人の鼻を気にしていた。池の尾の寺は、僧供講説などのしばしばおこなわれる寺である。寺の内には、僧坊がすきなくたてつづいて、湯屋では寺の僧が日ごとに湯をわかしている。したがってここへ出入りする僧俗のたぐいもはなはだ多い。内供は

こういう人びとの顔を根気よく物色した。一人でも自分のような鼻のある人間を見つけて、安心がしたかったからである。だから内供の眼には、紺の水干も白の帷子もはいらない。まして柑子色の帽子や、椎鈍の法衣なぞは、見なれているだけに、有れども無きがごとくである。内供は人を見ずに、ただ、鼻を見た。—— しかし鍵鼻はあっても、内供のような鼻は一つも見あたらない。その見あたらないことがたびかさなるにしたがって、内供の心はしだいにまた不快になった。内供が人と話しながら、思わずぶらりとさがっている鼻の先をつまんで見て、年がいもなく顔を赤らめたのは、まったくこの不快に動かされての所為である。

最後に、内供は、内典外典の中に、自分とおなじような鼻のある人物を見いだして、せめてもいくぶんの心やりにしようとさえ思ったことがある。けれども、目連や、舎利弗の鼻が長かったとは、どの経文にも書いてない。もちろん竜樹や馬鳴も、人なみの鼻をそなえた菩薩である。内供は、震旦の話のついでに蜀漢の劉玄徳の耳が長かったということを聞いた時に、それが鼻だったら、どのくらい自分は心細くなくなるだろうと思った。

菊池寬와 그 외 작가

(2) 菊池寬(1886~1948)

菊池는 1888년 香川현 高松시에서 출생했다.

아버지 武脩, 어머니 カツ의 사남이며, 京都대학 영문과 졸업했다. 생가는 대대로 高松藩의 유학자로 선조 중에 한사람 한시인 菊池五山이 있다. 1910년 제일고등학교에 입학하여, 동급생에 芥川, 久米正雄, 佐野, 成せ 등이 있었고 특히 菊池는 佐野와 친했다. 연극에 빠져 東京의 극장이라는 곳은 모조리 보고 돌아다녔다. 일고 졸업직전 친구의 절도죄로 퇴학 당하고, 같은해 9월 京都 대학 영문과 선과에 입학하여 다음해 본과로 전향 하였다. 대학시절에는 당시 은행장이었던 成せ 아버지의 원조를 받았다. 그 후 菊池는 평생 은혜에 감사하며 살게 된다. 1914년 제3차 잡지 「新思潮」가 창간되어 芥川와, 久米등과 동인으로 참가하였다. 1916년 제4차 「新思潮」에 참가해, 희곡『屋上の狂人』,『暴徒の子』,『父帰る』등을 발표했다. 젊은시절 菊池의 정열의 대상

112 일본 근·현대 문학사

은 연극이었다. 유럽 근대 극에의 관심은 그의 희곡이나 소설에 큰 영향을 미치게 된다. 대학을 졸업하고 東京에 돌아온 菊池는 時社新報社의 기자가 되어 오로지 창작에만 전념한다. 1918년 『無名作家の日記』,『忠直卿行状記』등을 발표하여 문단에서의 지위를 확립한다. 다음해 『藤十郎の恋』를 발표하여 그 명성은 점점 높아졌다. 菊池는 芥川의 권유로 時社新報社를 그만두고 출근의 의무가 없는 大阪毎日 신문사의 객원이 되어 이후 창작에만 몰두한다. 『恩讐の彼方に』와 같은 명쾌한 테마와 이치도리의 구성에 그 특색이 있다

1920년 『真珠夫人』을 발표하여 통속소설로 기울었지만 줄거리의 능숙함과 합리적인 건전한 도덕감에 의해 세상에 받아들여졌다. 그 외에도 芥川賞과 直木賞을 설정하여 후진 양성에도 힘을 기울였다. 한편, 東京시 의회의원과 문예가 협회 회장을 역임하였으며 현재 권위있는 문학상의 기초를 구축하는 등 많은 활동을 남기고 1948년 생을 마감했다.

久米正雄도 「新思潮」에 희곡을 발표해서 문학적 출발을 했지만 후에 『破船』등으로 통속소설 작가로서 인기를 얻었다.

(3) 佐藤春夫(1892~1964)

佐藤는 1892년 和歌山현에서 출생했다. 아버지 豊太郎, 어머니 政代의 장남이며, 慶応대학을 중퇴했다. 佐藤 집안은 대대로 의사 집안이며, 문학에도 소양 깊은 집안이다. 春夫는 중학생 시절부터 문학에의 지망을 확실하게 했다. 生田長江에게 배우고,

与謝野鉄幹부부의 新詩社에 입문한다. 일생의 친구 堀口大学를 알게 되어 함께 慶応대학에 입학한다. 처음에는 단가, 시, 평론 번역 등을 잡지 「スバル」, 「三田文学」 등에 발표하여 시인으로서 활동을 했다. 1917년 谷崎潤一郎를 알게되어, 창작에 열중하게 되었다. 다음해 『田園の憂欝』를 포함한 처녀 창작집 『病める薔薇』를 간행하여 문단의 주목을 끌었으며 신진 작가로서 인정받았다. 1923년 『都会の憂欝』는 『田園の憂欝』의 자매편이며 이들 작품을 통해 현대 인간의 우울한 심정을 묘사했다. 그 외에 『佗しすぎる』, 『窓展』, 『女誡扇綺譚』 등 많은 활동을 보였다. 1930년 지금 까지 연애관계에 있었던 谷崎의 부인 小林千代子와 곡절 끝에 결혼했다. 당시 부인 양도사건으로 세상의 이목을 끌었다. 그당시의 작품으로 『更生記』가 있다. 시, 소설 등에서 많은 활약과 후배문학자들에게도 매력적인 존재였다. 1964년 73세의 나이에 라디오 녹음 중에 급사했다.

『田園の憂欝』은 처음에는 『病める薔薇』라는 제목으로 1917년 잡지 「黒潮」에 발표하고, 다음해 속편을 잡지 「中外」 발표한 것을 후에 가필 수정하여 1919년 출판사 新潮社에서 간행 했다. 주인공은 예술가 지망의 젊은 청년이다. 상처 받기 쉬운 청년의 심상(心象)풍경이 武蔵野의 전원 속에서 전개되며, 벌레 먹은 장미로 상징되는 연약한 인간의 퇴폐와 불안이 한 청년의 환각에 빠져드는 생활을 통해 묘사되어지고 있다. 발표 당시 독자들에게 충격적인 신선감을 느끼게 함과 동시에 일본 大正문학의 상징작이며, 작자의 출세작이다.

室生犀星
むろうさいせいも 시인으로 출발했지만『性に目覚める頃』에서 섬세한 관능의 세계를 묘사했다.

10) 新早稲田派

동인잡지「奇蹟」에 의한 広津和郎, 葛西善蔵 등은 자연주의를 이어받아 일상생활에 밀착한 소설에 의해 사소설을 정착시켰다.「奇蹟」폐간 후는 주로「早稲田文学」와세다에 작품을 발표했기 때문에 新早稲田派라고 불리운다.

広津和郎는『神経病時代』에서 젊은이들의 자의식과잉을 묘사하고『死児を抱いて』에서는 성격파산자를 묘사했다.

(1) 葛西善蔵(1887~1928)
葛西는 1887년 青森현에서 출생했다.

가정환경이 안정되지 못했고, 철도 종업원등을 한 뒤 東京에 상경했다. 東洋대학과 早稲田대학의 청강생이 된다. 德田秋声에게 사사를 받고, 1912년 잡지「奇蹟」창간호에 葛西歌すつ의 이름으로『哀しき父』,『悪魔』등을 발표했지만, 인정받지 못하고, 1918년『子をつれて』를 발표하여 문단의 주목을 받았다. 하지만, 생활은 방랑과 도주의 날들이 계속된다. 그 후,『暗い部屋にて』, 『埋葬そのほか』,『不良児』등을 발표하고, 대지진후 東京에 상

경하여 おせい와 동거생활에 들어갔다. 그 후, おせい를 모델로
한 작품을 많이 발표했다. 『うごめく者』, 『湖畔手記』, 『弱者』,
『酔狂者の独白』 등 おせい는 葛西 만년의 작품에 거의 등장할
정도로 중요한 역할을 했다. 1928년 병세가 악화되어 42세의 젊
은 나이로 생을 마감했다.

　葛西ぜんぞう는 극도의 빈곤 속에서 자신의 생활을 냉정한 눈
으로 묘사한 『哀しき父』와 『子をつれて』가 있다. かさい는 사소
설 작가의 대표적 존재이다.

　『子をつれて』는 1918년 잡지 「早稲田文学」에 발표했다. 작가
의 생활의 위기감이 나타나있는 작품으로, 문학을 위해서는 모든
것을 희생하는 주인공 小田가 밀린 집세를 내지못해, 쫓겨나게
되는 어쩔수 없는 상황에서 두 아이를 데리고 밤길을 방황하는
인생의 어두운 면을 묘사하고 있는 작품이다.

　宇野浩二도 사소설 작가로 자신의 체험을 그대로 쓴 『蔵の中』,
『苦の世界』가 있다.

11) 프로레타리아문학 (좌익문학)

　大正시대말부터 昭和시대 초기에 걸쳐서는 関東大震災, 世界
不黄, 農村恐慌이 연달아 사회불안이 더해갔다. 제일차 세계대
전 후의 사회불안과 러시아 혁명의 영향으로 사회운동이 격화되
어 프로레타리아 문학운동이 일어났다. 이러한 사회배경으로부
터 태어난 프로레타리아 문학은 종래의 문학을 부정하고 노동자

농민생활을 특정한 정치의도에 의해서 묘사했다. 잡지「種蒔く<ruby>種<rt>たね</rt></ruby><ruby>蒔<rt>ま</rt></ruby>く<ruby>人<rt>ひと</rt></ruby>」의 창간이 그 출발점이고「<ruby>文芸戦線<rt>ぶんげいせんせん</rt></ruby>」의 창간, 일본프로레타리아 문예언맹의 결성으로 점차 세력을 더해갔다.

　昭和시대에 들어서부터는 사회혁명이라고 하는 정치적 목표에 도움이 되는 것이 문학에 요구되게 되어 ナルプ(일본프로레타리아 작가동맹)가 조직되었다. 그러나 관헌의 탄압과 정치우선의 창작이론에 작가들이 따라가지 못하게 되어 1934년에는 일본 프로레타리아 작가 동맹이 해산되고 조직적인 프로레타리아 문학운동은 종식되었다.

　(1) <ruby>葉山嘉樹<rt>はやまよしき</rt></ruby>(1894~1945)

　葉山嘉樹는 1894년 <ruby>福岡<rt>ふくおか</rt></ruby>현에서 출생했다.

　아버지 <ruby>荒太郎<rt>こうたろう</rt></ruby>, 어머니 トミ의 장남이며, 무稲田 예과의 문과를 중퇴했다. 아버지는 지위가 낮은 관리였지만, 실직하여 집, 재산을 처분한 돈 4백엥을 받아 東京에 상경했다. 무稲田 예과의 문과에 입학하지만, 돈은 전부 방탕생활에 써버렸기 때문에 橫兵에서 하급선원 생활을 거쳐, 철도원 임시직, 名古屋 시멘트회사 사무원, 신문기자, 헌책방등 직업을 전전하다가 名古屋 노동자협회에 가입해 노동운동에 전념한다. 1923년 名古屋 공산당 사건으로 수감 되어, 1925년 기결감을 출소하게 되자 처자식은 행방불명이 되었다. <ruby>落合<rt>おちあい</rt></ruby> 발전소 공사장에서 일했으며, 드디어 1925년『<ruby>淫売婦<rt></rt></ruby>』,『セメント樽の中の手紙』가 잡지「文芸戦線」에 발표되어 작가로서 주목받게 되었다. 다음해『海に生くる人

びと』가 출판 되었다. 그해 상경하여 작가로서 활약하기 시작했다. 연이어 『誰が殺したか』, 『濁流』 등의 많은 작품을 발표했다. 개척단원으로 중국 동부지방에 건너갔었으나, 패전에 의해 귀국 도중 열차안에서 병사 했다.

葉山嘉樹는 초기 프로레타리아 문학을 대표하는 작가로 공장 노동자의 비참함을 묘사한 『セメント樽の中の手紙』, 『海に生くる人々』는 1926년 출판사 改造社에서 간행했다. 폭풍우 속에서 万寿丸가 새벽에 室蘭항구를 출발하는 것으로 얘기가 시작된다. 선원실은 언제나 공기가 탁하기 때문에 그곳에서 생활하는 선원은 모두 폐결핵 환자이다. 이러한 열악한 환경속에서 일하면서 어떻게 해서라도 개선해 보고자 노력 하는 모습이 잘 묘사되어 있는 작품이다. 작자가 名古屋 형무소 수감 중에 완성한 작품이며 室蘭과 横浜 사이의 석탄선 万寿丸를 무대로 작자의 체험이 반영되어 있고 이론보다 감정을 존중하는 작자의 모습이 엿보인다. 프로레타리아 문학에 있어서 기념비적인 작품 중의 하나이다.

(2) 小林多喜二(1903~1933)

小林 多喜二는 1903년 秋田현에서 출생했다.

아버지 末松, 어머니 セキ의 차남이며, 小樽高商을 졸업했다. 가난한 농가에서 태어나 1907년 일가는 北海道 小樽시에서 빵가게로 성공한 백부를 의지하여 이주하여, 백부의 빵공장에서 일하면서 1924년 小樽高商을 졸업하고 北海道 拓植 은행 小樽 지점에 근무하는 한편 동인지 「クラルテ」를 창간했다. 불우한 환경속에서(사창가)에서 일하는 田口タキ를 열렬히 사랑해 거액의 몸값을 치르고 집에 데려오지만 반년만에 가출해 버린다. 사회과학을 본격적으로 공부하기 시작한 多喜二는 磯野 농장 소작 쟁의나 小樽 항만 노동쟁의, 거기에 보선에 의한 제1회 국회선거에 나온 山本懸藏를 응원했다. 1928년『竜子其他』, 『防雪林』, 『一九二八年三月十五日』 등을 발표하고, 연이어 다음해『蟹工船』를 발표하여 작가적 지위를 확립했으며, 프로레타리아 문학운동의 선두에 섰다. 1929년 일본 프로레타리아 작가 동맹이 창립되어 중앙위원이 되며, 『不在地主』를 발표한 것이 직접적인 원인이 되어 은행에서 해고 당했다. 1930년 "공장 세포(工場細胞)"를 하고 小樽에서 상경하나 비합법 공산당에 자금제공의 의심을 받아 체포되어, 후에 불경죄와 치안유지법 위반으로 투옥된다. 1931년 보석 출옥 후, 『東倶知安行』, 『転形期の人びと』를 발표하며, 일본 공산당에 입당 하고, 1932년『沼尻村』를 발표하고, 처음으로 志賀直哉를 만나며, 伊藤ふじ子와 결혼했다. 1933년 『党生活者』, 『地区の人びと』를 발표하나, 동지와 가두 연락중에 경찰의 특고과원에게 체포되어, 東京 築地서에서 잔악한 고문으로 인해 31세의 나이로 생을 마감했다.

　小林多喜二는 정치 우선의 문학이론을 충실히 실천에 옮기려 했으며 『蟹工船』, 『党生活者』 등 프로레타리아 문학중에서도 가장 훌륭한 작품을 남겼다.

■ 『蟹工船』

『蟹工船』은 1929년 잡지 「戦旗」 5, 6월호에 발표했다. 같은 해 단행본으로 간행 되지만 발매금지 처분을 받는다. 이작품은 집단을 주인공으로 하는 창작방법이 특이하며, 열악한 노동환경, 인간의 생명을 간단하게 버리고 돌아보지 않는 원시적 착취가 숨도 쉴 수 없는 긴장감으로 묘사되어 있으며, 노동자들의 언어 그 자체로 표현되어 있는 것이 특징이다. 프로레타리아 문학의 대표적인 작품이다.

▶ 작품 줄거리

『蟹工船』函館를 출항하여 カムチャツカ로 향한 蟹工船(게를 잡아 통조림으로 만드는 工場船)이고, 航船이 아니다. 때문에 항해법은 적용되지 않는다. 20년 동안이나 붙잡아 매어 놓아, 침몰시키는 것 외에는 아무런 곳에도 쓸 수 없을 정도의 낡은 배다. 배에 모인 노동자들은 어두컴컴한 배 밑의 선반에서 생활한다. 배밑은 공기가 후덥지근하고 과일 썩은 듯한 악취가 난다. 函館를 출항한 수척의 蟹工船은 거친 물결에 밀려 어느새 뿔뿔이 헤어졌다. オホ-ツク해에 들어가자 가는 눈발이 흩날렸다. 노동자들은 모두 입술이 보라빛이 되고 꽁꽁 언 손을 입김이나 품속에 넣어 녹여 가며 일하지 않으면 안 되었다. 일이 끝나면 모두는 똥통속으로 순서대로 들어간다. 팔 다리는 무우처럼 얼어서 감각없이 몸에 붙어있다. 모두는 누에처럼 각각 선반에 들어가 버리면 누구 하나 입을 여는 사람이 없다. 지칠대로 지쳐서 입을 열

힘도 없는 것이다. 그것은 사람이 살 수 있는 환경과는 거리가 먼것이었다.

게공선에는 淺川^{あさかわ} 라고 하는 감독이 타고 있었다. あさかわ는 사람을 사람으로 생각지 않고, 자신의 성적을 올리기 위해서는, 사람이 죽는 것 쯤이야 개의치 않는 폭력적이고 비인간적인 남자였다.

어느날 같은 게공선의 秩父丸^{ちちぶまる}로부터 SOS 신호를 받으면서 도와주려 가는 것을 거절한다. 그런일에 걸려들어봐, 일주일이나 허비하는거야, 농남아냐, 하루라노 늦어봐, 게다가 秩父丸^{ちちぶまる}에는 과분할성노의 보험금이 걸려있어, 낡은배야, 가라앉으면 오히려 이익이지, あさかわ는 그렇게 내뱉었다.

배가 캄차카 연안에서 난바다 4해리 쪽에 닻을 내리고 게잡이가 시작됐다. 가혹한 노동에 매일 먹는 부슬부슬한 밥과 형편없는 국물 때문에 영양실조로 몸이 망가지는 사람이 많았다. 그래도 감독은 잡부나 어부, 수부, 화부실까지 감시하고 다니고, 감기에 걸린 사람도, 병에 걸려 누워 있는 사람도 끌어낸다. 노동자들의 あさかわ에 대한 증오는 나날이 깊어져 갔다. 며칠이나 계속되는 과로 때문에 어부들은 아침에 일어나지 못하게 되었다. 환자도 이불을 빼앗겨 갑판으로 내몰린다. 일하는 중에 쓰러지는 사람이 생기자 あさかわ는 물을 퍼오게 하여 통 한가득의 물을 머리부터 퍼부었다.

어느 날 전부터 각기병에 걸려 누워있던 어부가 죽었다. 東京에서 돈을 벌러 온 젊은이로 27세였다. あさかわ는 일에 지장을 준다고 낮에 일하지 못한 아픈 사람을 밤새워 문지기를 시켰다. 모두는 가슴속으로 죽은 것이 아니라 살해당한 것이라고 생각했다. 젊은이가 수장된 이

래, 모두 일에 대해 발을 맞추어 게으름을 피기 시작했다. 아사카와는 당황하기 시작했다. 게의 어획고는 확실하게 줄어 들었다. 아사카와는 탄알이 채워진 권총으로 위협했다. 발을 맞추어 게으름을 피우는 것이 무너지려 했던 어느 날 아침, 캄챠카 바다에 삼각 파도가 일었다. 바다가 거칠어질 징조다. 「위험해, 오늘은 휴업이다」라고 누군가가 말한 것을 계기로 어부들이 똥통같은 배 밑으로 철수하고, 그것이 신호처럼 파업의 물결은 화부, 수부, 잡부들에게로 퍼져갔다. 동료중에서 9명의 대표자를 뽑고, 아사카와를 비롯해 잡부장, 선장, 공장 대표등에게 「요구조항」과 「서약서」를 들이댔다. 스트라이큐는 잘되어가는 것처럼 보였지만, 그날 저녁 무렵, 구축함이 나타나 9명을 태우고 사라져 버렸다. 스트라이큐가 비참하게 패하고 나서 노동은 한층 더 가혹해 졌다. 더 이상 견디기 힘든 지경에 이르렀을 때, 모두는 대표자를 뽑은 것이 실수였다는 것을 깨달았다. 우리들 전부는, 모두가 하나가 되었다는 식으로 하지 않으면 안되었다. 일이 안되니까, 우리 모두를 한꺼번에 넘겨 버리는 일은 할수 없는 것이다. 그들은 다시 한번 한덩어리가 되어 일어섰다.(p. 108, 109, 110)

▶ 작품원문

— 蟹工船はどれもボロ船だった。労働者が北オホツックの海で死ぬことなどは、丸ビルにいる重役には、どうでもいい事だった。資本主義がきまりきった所だけの利潤では行き詰まり、金利が下がって、金がダブついてくると、「文字通り」どんな事でもするし、どんな所へでも、死物狂いで血路を求め出してくる。そこへもってきて、船一艘でマンマと何拾万円が手に入る蟹工船、—彼等の夢中に

なるのは無理がない。

蟹工船は「工船」(工場船)であって、「航船」ではない。だから航海法は適用されなかった。二十年の間も繋ぎッ放しになって、沈没させることしかどうにもならないヨロヨロな「梅毒患者」のような船が、恥ずかしげもなく、上べだけの濃化粧をほどこされて、函館へ廻ってきた。日露戦争で、「名誉にも」ビッコにされ、魚のハラワタのように放って置かれた病院船や運送船が、幽霊よりも影のうすい姿を現した。— 少し蒸気を強くすると、パイプが破れて、吹いた。露国の監視船に追われて、スピードをかけると、(そんな時は何度もあった)船のどの部分もメリメリ鳴って、今にもその一つ、一つがバラバラに解ぐれそうだった。中風患者のように身体をふるわした。

然し、それでも全くかまわない。何故なら、日本帝国のためどんなものでも立ち上がるべき「秋」だったから。— それに、蟹工船は、純然たる「工場」だった。然し工場法の適用もうけていない。

それで、これ位都合のいい、勝手に出来るところはなかった。

利口な重役はこの仕事を「日本帝国のため」と結びつけてしまった。嘘のような金が、そしてゴッソリ重役の懐に入ってくる。彼は然しそれをモット確実なものにするために「代議士」に出馬することを、自動車をドライヴしながら考えている。— が、恐らく、それとカッキリ一分も違わない同じ時に、秩父丸の労働者が、何千哩も離れた北の暗い海で、割れた硝子屑のように鋭い波と風に向って、死の戦いを戦っているのだ!

…… 学生上りは「糞壷」の方へ、タラップを下がりながら、考えて

いた。

「他人事ではないぞ」「糞壷」の梯子を下りると、すぐ突き当たりに、誤字沢山で、

雑夫、宮口を発見せるものには、バット二つ、手拭一本を、賞与としてくれるべし。

浅川監督。

と、書いた紙が、糊代わりに使った飯粒のボコボコを見せて、貼らさってあった。

(3) 徳永直(1899~1958)

徳永直는 1899년 熊本현에서 출생했다.

아버지는 소작농이며, 소작농의 장남으로 태어나 초등학교를 중퇴했다. 그 후, 인쇄공장 견습공, 등을 하면서 노동조합운동에 참가했으며, 1922년 東京에 상경하여 博文館 인쇄소의 식자공이 되고, 1923년 출판 종업원 조합 결성에 참가하여 지부의 책임자가 된다. 1926년 공동 인쇄 쟁의에 참가하나 패배하여 해고당한다. 1929년 일본 프로레타리아 작가 동맹에 가입해, 작품『太陽のない街』를 발표하여 노동자 출신의 프로레타리아 작가로서 주목을 받아, 이후 왕성한 작가활동을 전개한다.『妻よねむれ』,『静かなる山やま』,『日本人サトウ』 등의 많은 작품을 발표하고 1958년 생을 마감했다.

『太陽のない街』는 1929년 잡지「戦旗」에 연재했다. 작자 자신이 노동조합 간부로서 체험한 공동 인쇄쟁의를 소재로한 작품

이며, 덧없는 노동자들의 외침이 잘 묘사되어 있다. 프로레타리아 문학의 대표적인 작품이며, 영어, 불어, 독어, 노어, 스페인어 등으로 번역 되있다.

12) 芸術派

昭和초기에는 한편에서는 프로레타리아 문학세력이 더해감과 동시에 다른 한편에서는 프로레타리아 문학에 대항해서 정치를 배제한 문학 그 자체에 의의를 찾는 예술파가 있었다. 그중에서 동인잡지 「文芸時代」에 의한 신인 작가들은 新感覚派라고 불리웠다. 横光利一, 川端康成, 片岡鉄兵 등으로 그들은 지적으로 재구성된 감각에 의해서 현실을 파악하려고 했다.

(1) 横光利一(1898~1947)

横光利一는 1898년 福島현에서 출생했다.

아버지 梅次郎, 어머니 こぎく의 장남이며, 早稲田대학 중퇴했다. 아버지는 토목 청부업자이다. 1916년 早稲田 대학에 입학했지만 신경쇠약으로 휴학하고, 나중에 복학 했지만 결국 중퇴하고 말았다. 휴학 중에 잡지 「文章世界」등에 적극적으로 투고하고, 또 早稲田 동창생들과 동인지 「街」, 「塔」등을 창간하여 작품을 발표했다. 1923년 잡지 「文芸春秋」의 동인이 되어 같은해 『日輪』, 『はえ』등을 발표하여 문단적 지위를 인정 받았다. 1924년 川端康成, 片岡鉄兵 등과 잡지 「文芸時代」를 창간하고 新感

覚派의 문학운동을 일으키고, 『頭ならびに腹』, 『春は馬車に乗つて』 등을 발표하여 신감각파의 대표작가로 인정되고. 프로레타리아 문학 전성기에는 『上海』, 『機械』, 『寝園』, 『紋章』 등을 발표했다. 1936년 신문사 특파원으로 유럽에 건너가 베를린 올림픽 등을 취재했다. 유럽 체험은 『旅愁』의 집필을 재촉했으며, 동양과 서양, 전통과 과학 등의 근본적인 문제가 제기되었다.

横光利一는 새로운 문체를 시도한 『日輪』, 『蝿』, 『機械』 등 실험적 수법에 의한 작품을 연이어 발표했다. 특히 『機械』는 단편소설로 이름판을 만드는 공장에서 일하는 주인공이 다른 두사람의 동료 사이에서의 심리적 갈등을 이야기 해가는 형식으로 쓰여져 있고 일본에 있어서 심리주의의 실천 작품으로서 주목을 받았다. 개인의 운명이 개인의 의지와는 관계없이 보이지 않는 기계의 힘에 의해서 결정되어간다고 하는 인간인식을 묘사했다. 『紋章』에서는 자의식 과잉의 지식인과 행동적인 발명가를 대조시켜 지식인 동요의 시기에 있어서 심리를 조명해낸 화제작이 되었다. 후에는 『旅愁』에 있어서 동양정신과 서양정신과의 대립을 테마로 했다.

많은 문제 제기와 업적을 남기고 1947년 50세로 영원히 잠들었다.

『機械』의 주인공 나는 우연한 일로 어떤 네임플렛 제작소에 근무하게 되었다. 이 공장의 주인은 미치광이라고 생각해도 좋을 사람으로, 그 관계로 공장을 도맡아 관리하고 있는 것은 견실한 사람인 부인이다. 이 공장에는 또 한 사람 지극히 단순한 상식인인 직원, 軽部가 있다. 어느 날, 대량의 주문이 있어 그것을 도우러 屋敷라는 직원이 오게 된다. 屋敷는 軽部와는 달라서 머리가 좋은 이론가였다. 그 두 사람이 일이 일단락 되던 어느 날, 싸움을 시작한다. 屋敷가 이 공장의 특허를 훔치러 왔다는 이유에서였다. 그 싸움에 나도 휘말려 결국 나는 두 사람으로부터 맞게 된다. 왜, 제일 나쁘지 않은 내가 두 사람으로부터 맞지 않으면 안 되는 것인가 생각해 보는 동안 「나 혼자에 있어서 명료한 일도 어디까지가 현실로서 명료한 것인지 어디서 어떻게 가늠하는 것이 가능한 것일까」라는 의문에 사로잡히게 되었다.

일은 겨우 끝나지만, 또 다시 주인이 이리의 대금을 전부 잃어버리고 만다. 급료를 받지 못하게 된 세 사람은 자포자기해서 술을 마신다.

다음날 아침, 취한 屋敷가 중크롬산 암모니아가 남은 용액을 물로 착각해서 마시고 죽어 있었다. 屋敷의 사인을 생각해보는 동안에 「아니, 또 나라고 해서 전혀 그를 죽이지 않았다고 어떻게 단언할 수 있겠는가」라고 생각하고, 결국 「벌써 나의 머리도 언젠가 주인의 머리처럼 빨리 염화철로 가득 차 있는 것은 아닌가. 나는 벌써 나를 알 수 없게 되었다. 나는 그저 가까워져 오는 기계의 날카로운 침이 천천히 나를 겨냥하고 있는 것을 느끼는 것뿐이다. 누군가 이제 나에 대해 나를 심판해 줘, 내가 무엇을 해온 것인가. 그런 것을 나에게 물어본들, 내가 알고 있을 리 없으니까」라고 생각하는 것이었다.

▶ 작품원문

『機械』末尾

　その夜私たち三人は仕事場でそのまま車座になって十二時過ぎまで
飲み続けたのだが、眼が醒めると三人の中の屋敷が重クロム酸アン
モニアの残った溶液を水と間達へて土瓶の口から飲んで死んでゐた
のである。(中略) けうだ。もしかすると屋敷を殺害したのは私かも
しれぬのだ。私は重クロム酸アンモニアの置き場を一番良く心得て
ゐたのである。私は酔ひの廻らぬまでは屋敷が明日からどこへいつ
てどんなことをするのか彼の自由になつてからの行動ばかりが気に
なつてならなかつたのである。しかも彼を生かしておいて損をする
のは軽部よりも私ではなかつたか。いや、もう私の頭もいつの間に
か主人の頭のやうに早や塩化鉄に侵されて了つてゐるのではなから
うか。私はもう私が分らなくなつて来た。私はただ近づいて来る機
械の鋭い先尖がじりじり私を狙つてゐるのを感じるだけだ。誰かも
う私に代つて私を審いてくれ。私が何をして来たかそんなことを私
に聞いたつて私の知つてゐよう筈がないのだから。

(2) 川端康成(1899〜1972)

　川端康成는 1899년 6월 大阪에서 출생했다.

　아버지 英吉, 어머니 ゲン의 장남이며, 아버지는 개업의사 였
다. 東京대학 국문과를 졸업했다. 1902년 川端가 3세때 아버지,
다음해 어머니가 폐렴으로 사망했다. 부모 사망 후는 조부모 밑

에서 성장하게 되나 8세때에(1906년) 할머니가 돌아가시고 16세 (1914년) 중학교 3학년 5월에 할아버지까지 돌아가셔 고아가 된다. 그 후 친척에게 신세를 시게 뇌년서부터 타인에 대해 솔직하지 못하며 애정에 대해 지나치게 민감하고 고아 근성이 깊어진다. 東京대학에 진학해서 1921년 친구와 잡지 「新思潮」를 창간하여 『招魂祭一景』를 발표하여 인정받게 된다. 같은 해 16세의 소녀 伊藤初代를 사랑해 약혼까지 하였으나, 여자 쪽에서의 일반적인 파혼으로 가슴아픈 실연을 경험한다. 부모의 사랑결핍, 실연체험은 川端문학의 기조를 형성하는데 큰 역할을 했다.

1924년 대학을 졸업하고 横光利一 등과 잡지 「文芸時代」를 창간하여 신감각파 운동이 시작된다. 신감각파적 경향은 작품 『浅草紅団』까지 계속되지만 『伊豆の踊子』와 같은 서정적인 작품도 썼다. 그 후, 『禽獸』, 『末期の眼』, 『名人』 등을 발표하고, 『雪国』 이후 작품에서는 허무감을 묘사하는 작품이 많았다. 1949년부터 다산기에 들어가 『千羽鶴』, 『山の音』, 『みづうみ』, 『眠れる美女』 등의 전후의 대표작품을 많이 발표하고 1957년 일본 펜클럽 회장으로서 국제 펜클럽 東京대회를 주최하고, 1961년에 문화훈장을 수상했으며 1968년에 노벨문학상을 수상했다. 1972년에 74세의 나이로, 가스 자살로 일생을 마쳤다.

川端康成는 横光와 함께 新感覚派를 대표하는 작가이며, 『伊豆の踊子』에서 청춘의 감상을 싱싱하게 묘사하고 『禽獸』에서는 비정한 눈과 투철한 감각에 의해 허무의 세계를 만들어 내고 있다. 그 연장선상에 『雪国』가 쓰여졌다. 戦後에도 『千羽鶴』

등으로 슬프고 아름다운 서정의 세계를 계속 추구했다. 1968년도 노벨문학상이 川端康成에게 주어진 것도 일본적 美의 세계를 계속 묘사한 것에 의해서이다.

■『雪国』

『雪国』은 장편소설로서 1935년부터 1937년까지 잡지「文芸春秋」등에 발표되어 간행되었다. 작자는 여기에 만족하지 못하고 속편을 집필하고 가필수정 등 거의 14년에 걸쳐 심혈을 기울여 완성된 작품이며 노벨상을 수상한 작품이다. 주인공 島村는 서적이나 사진을 통해서 서양 무용에 관심을 나타내는 평론가이지만, 무위도식하는 인간이다. 그는 여행을 하면서 자연을 접하는 일로 자신을 되찾는 습관을 가지고 있다. 여행도중 온천에서 기생 駒子를 만나 사랑하게 된다. 줄거리다운 줄거리는 없고, 인간의 순수한 사랑과 고독이 아름다운 눈 고장을 배경으로 묘사되어 있으며, 작자의 비현실의 미학이 만들어낸 한편의 그림 같은 이상형의 세계이다.

▶ 작품 줄거리

『雪国』은 주인공 島村가 탄 기차가 긴 터널을 빠져나와 눈 고장으로 들어가는 곳에서부터 시작된다. 시마무라는 반년만에 駒子를 만나러 온천장을 방문하는 것이다. 그 기차 안에서 환자인 것 같은 남자를 부지런히 간호하는 葉子라고 하는 아름다운 처녀를 만났다. 창유리에 비치는 요꼬의 얼굴 속에 밖의 등불이 겹치면 그녀의 눈은 아름답게

빛나는 야광벌레 같이 보였다. 시마무라는 온천이 있는 역에서 내렸는데, 요꼬도 환자도 같은 역에서 내렸다. 그리고 여관에 도착해서 요꼬가 간호하던 환자가 行男^{ゆきお}라는 사실을 알았을 때 시마무라는 이 만남에 일종의 예감을 느꼈다.

마무라가 처음 고마꼬를 만났을 때는 국경의 산을 돌아 7일만에 이 온천장에 내려왔을 때이다. 그는 기생을 불러달라고 했지만 공교롭게 다나가고 없어서 대신에 온 것이 고마꼬였다. 고마꼬는 샤미센과 춤선생님 집에 있는 처녀로 기생은 아니고 그렇다고 해서 전혀 풋내기도 아니었다. 그녀는 이상하리만큼 청초했다. 태어난 곳은 눈 고장이고 자신의 신상에 관한 얘기를 숨김없이 솔직하게 하는 고마꼬에게 시마무라는 친밀감과 우정을 느꼈다. 고마꼬는 다음날도 시마무라의 방에 놀러왔다. 돌연 시마무라는 기생을 불러달라고 부탁하지만 고마꼬는 싫어하며 부탁을 들어주지 않았다. 할 수 없이 여관 하녀에게 부탁하자 17, 8세정도의 피부가 약간 검은 기생이 왔다. 시마무라는 그녀를 본 순간 산에서 내려와 여자를 원했던 마음이 사라져 버렸다. 그리고 그는 처음부터 자신이 원했던 사람이 고마꼬라는 것을 알아 차렸다.

그날 밤 술에 취한 고마꼬가 긴 복도에서부터 큰소리로 시마무라의 이름을 부르면서 그의 방으로 왔다. 드디어 두 사람은 하룻밤을 같이 보내고 날이 밝기 전에 고마꼬는 돌아갔다. 시마무라는 그날 바로 東京로 돌아간 것이다. 그리고 눈 고장이된 온천장에서 지금 시마무라는 고마꼬와 재회하고 있다. 고마꼬는 손꼽아 세면서 처음 밤부터 오늘까지 199일째라고 말했다. 고마꼬는 199일전과 같이 소설애기, 아직 보지도 않은 영화나 연극애기를 즐거운 듯이 했다. 그녀는 그날

밤을 시마무라의 방에서 함께 지냈다. 그 다음날 산책 나갔을 때 시마무라는 길에서 고마꼬를 만나 집으로 안내 되었다. 시마무라는 그 집의 환자와 환자를 간호하고 있던 처녀를 어젯밤 기차 안에서 만났다는 것을 고마꼬에게 얘기했다. 고마꼬는 춤선생님과 유끼오와 자신과의 관계를 설명했으나 요꼬에 관해서는 한마디도 하지 않았다. 시마무라는 고마꼬가 유끼오의 약혼녀가 아닐까하고 생각했지만 고마꼬는 그것을 부정했다. 고마꼬는 시마무라의 방에 머물고 여관에서 돌아가지 않고 요꼬에게 샤미센을 가지고 오게 해서 샤미센 연습을 했다. 연습하는 고마꼬의 모습을 응시하면서 시마무라는 그녀를 사랑하고 있는 자신을 확신하는 것이다. 드디어 고마꼬는 시마무라의 방에 머무르게 되어도 날이 밝기 전에 돌아가려 하지 않게 되었다.

시마무라가 東京에 돌아가는 날 고마꼬는 역에 전송 나왔다. 그때 요꼬가 황급히 달려와서 유끼오의 병상태가 갑자기 위급해졌으니까 유끼오에게 돌아가 달라고 했다. 하지만 고마꼬는 요꼬가 아무리 부탁해도 시마무라가 뭐라고 해도 돌아가려 하지 않고 대합실 창문으로부터 기차가 출발하는 것을 괴로운 듯이 전송하고 있었다. 고마꼬가 온천장에 와서 5년이 되었다. 시마무라는 3년여 동안에 3번 온 것이지만 그때마다 고마꼬의 형편은 변해 있었다. 유끼오도 죽고 춤선생님도 죽은 것이다. 한편 요꼬는 유끼오의 성묘만을 한다고 한다. 요꼬는 서늘하게 찌르는 것 같은 아름다운 시선과 목소리를 가진 순수한 처녀로 묘사 되어있다. 고마꼬의 약혼자로 소문이 나 있는 유끼오를 헌신적으로 간호하고 유끼오가 죽은 후에도 매일 성묘를 하는 인물이다. 고마꼬도 오로지 무상의 애정을 시마무라에게 쏟는 여자였지만 요꼬는 그 이상으로 헛수고라고 생각되어지는 행위도 순수하기 때문에 아름답고 가련한 미도 느끼게 된다. 더욱이 무의도식하는 시마무라에 대해서 열심히 최선을 다해서 살아가려고 하는 고마꼬도 요꼬도 순수한 생명의 상징같이 생각되어진다.

이번에는 처자에게 돌아가는 것도 잊은 듯한 오랜 체류였다. 시마무라와 고마꼬의 애정은 점점 깊어지지만 시마무라는 고마꼬를 東京에 데리고 가려고는 하지 않았다. 이번에 돌아가면 영영 온천장에 올 수 없을 것 같은 기분이 들었다. 그래서 시마무라는 지지미의 산지에 가 보고 싶어졌다. 이 온천장을 떠나는 계기를 만들 생각이었다. 돌아오는 길에 길에서 고마꼬를 만나 대화를 나누며 걷는 동안 갑자기 종소리가 울려왔다. 두사람이 돌아보자 아랫마을 중간쯤에서 불꽃이 타오르고 있었다. 영화를 상영하고 있던 누에고치 창고에서 불이 난 것이다. 달려간 두사람은 2층에서 여자의 몸이 떨어지는 것을 목격했다. 떨어진 사람은 요꼬였다. 지상에 떨어진 요꼬의 장단지가 경련했을뿐 실신한 채였다. 고마꼬가 뛰어나가 요꼬를 끌어안았다. 욕심 없고 순순한 요꼬가 미쳐버린다는 고마꼬의 예언으로 소설은 막을 내린다.

(p. 124, 125, 126, 127)

▶ 작품원문

国境の長いトンネルを抜けると雪国であった。夜の底が白くなった。信号所に汽車が止まった。

向側の座席から娘が立って来て、島村の前のガラス窓を落した。雪の冷気が流れこんだ。娘は窓いっぱいに乗り出して、遠くへ叫ぶように、「駅長さあん、駅長さあん。」

明りをさげてゆっくり雪を踏んで来た男は、襟巻で鼻の上まで包み、耳に帽子の毛皮を垂れていた。

もうそんな寒さかと島村は外を眺めると、鉄道の官舎らしいバラックが山裾に寒々と散らばっているだけで、雪の色はそこまで行かぬうちに闇に呑まれていた。

「駅長さん、私です、御機嫌よろしゅうございます。」

「ああ、葉子さんじゃないか。お帰りかい。また寒くなったよ。」

「弟が今度こちらに勤めさせていただいておりますのですってね。お世話さまですわ。」

「こんなところ、今に寂しくて参るだろうよ。若いのに可哀想だな。」

「ほんの子供ですから、駅長さんからよく教えてやっていただいて、よろしくお願いいたしますわ。」

「よろしい。元気で働いてるよ。これからいそがしくなる。去年は大雪だったよ。よく雪崩れてね、汽車が立往生するんで、村も焚出しがいそがしかったよ。」

「駅長さんずいぶん厚着に見えますわ。弟の手紙には、まだチョッキも着ていないようなことを書いてありましたけれど。」

「私は着物を四枚重ねだ。若い者は寒いと酒ばかり飲んでいるよ。それでごろごろあすこにぶっ倒れてるのさ、風邪をひいてね。」

駅長は官舎の方へ手の明りを振り向けた。

「弟もお酒をいただきますでしょうか。」

「いや。」

「駅長さんもうお帰りですの?」

「私は怪我をして、医者に通ってるんだ。」

「まあ。いけませんわ。」

和服に外套の駅長は寒い立話を切り上げたいらしく、もう後姿を見せながら、

「それじゃあまあ大事にいらっしゃい。」

「駅長さん、弟は今出ておりませんの?」と、葉子は雪の上を目捜しして、「駅長さん、弟をよく見てやって、お願いです。」

悲しいほど美しい声であった。高い響きのまま夜の雪から木魂して来そうだった。

汽車が動きだしても、彼女は窓から胸を入れなかった。そうして線路の下を歩いている駅長に追いつくと、

「駅長さあん、今度の休みの日に家へお帰りって、弟に言ってやって下さあい。」

「はあい。」と、駅長が声を張りあげた。

葉子は窓をしめて、赤らんだ頬に両手をあてた。

ラッセルを三台備えて雪を待つ、国境の山であった。トンネルの南北から、電力による雪崩報知線が通じた。除雪人夫延人員五千名に加えて消防組青年団の延人員二千名の出動の手配がもう整っていた。

そのような、やがて雪に埋もれる鉄道信号所に、葉子という娘の弟がこの冬から勤めているのだと分ると、島村は一層彼女に興味を強めた。

しかし、ここで「娘」と言うのは、島村にそう見えたからであっ

て、連れの男が彼女のなんであるか、無論島村の知るはずはなかった。二人のしぐさは夫婦じみていたけれども、男は明らかに病人だった。病人相手ではつい男女の隔てがゆるみ、まめまめしく世話すればするほど、夫婦じみて見えるものだ。実際また自分より年上の男をいたわる女の幼い母ぶりは、遠目に夫婦とも思われよう。

13) 新興芸術派

　新感覚派의 흐름을 이어받아 新潮社系의 작가들을 중심으로 결성되어진 것이 新興芸術派이다. 프로레타리아 문학에 대항하는 목적으로 작가들이 모인 것에 지나지 않고 특별히 문학이념을 내걸은 것은 없었다. 中村武羅夫, 竜胆寺雄 등이 있지만 도회생활을 표면적으로 묘사하는데 그쳤다. 오히려 신인으로 참가한 井伏鱒二, 牧野新一, 梶井基次郎등이 개성적인 문학을 개화시켰다.

(1) 井伏 鱒二(1898~　)
　井伏 鱒二는 1898년 広島현에서 출생했다.

　井伏 집안은 유서있는 집안으로 아버지가 남긴 한시도 있다. 早稲田대학 불문과를 중퇴했다. 鱒二는 早稲田 불문과 시대에 일본 미술학교에도 적을 두는 등, 그림은 소년시절부터 지망 했지만, 1922년 양교를 퇴학하고, 여러 동인지에 참가하여 습작을 발표했다. 특히 1923년 동인지 「世紀」에 『幽閉』를 발표 했지만,

1929년 가필해 『山椒魚』로 제목을 바꾸어 잡지「文芸都市」에
발표하였으며, 이것이 처녀작이다. 1930년 『夜ふけと梅の花』,
『なつかしき現実』을 발표하여 작가적 지위를 확립했다. 1937년
『ジョン 万次郎漂流記』를 발표하여 直木상을 수상하였고, 1938
년 『さざなみ 軍記』, 『貸間あり』, 『本日休診』등의 많은 작품을
발표했다. 『黒い雨』로 野間문학예상을 수상했다. 『早稲田の森』로
読売문학상 수상하고, 문화훈장을 받는 등 많은 활약 끝에 1993
년 생을 마감했다.

　いぶせますじ는 처녀작 『山椒魚』, 『夜ふけと梅の花』, 『屋根
の上のサワン』등 초기 작품에서는 인생의 哀感과 유모아가 뒤섞
인 것이 오늘날까지 いぶせ 작품에 일관되어 있다. 전후에도
『本日休診』, 『駅前旅館』이 호평을 얻고 『黒い雨』에서는 원폭
에 대한 분노를 묘사했다. 『山椒魚』는 1929년 잡지「文芸都市」
에 발표했다. 한 마리의 도룡뇽이 바위굴집에서 편안하게 사는 동
안 머리가 커져서 밖으로 나갈 수가 없게 되어 개구리에게 무시당
하기도 하고 동정받기도 한다. 인간의 영원한 권태와 절망이 상징
적으로 묘사되어 있는 작품이며. 작자의 처녀작이다.

(2) 梶井基次郎(1901~1932)

　梶井基次郎는 1901년 大阪에서 출생했다.

　아버지 宗太郎, 어머니 ひさ의 차남이며, 아버지의 심한 술 주
정 때문에, 어머니는 고생을 했다. 1915년 이복동생이 중학교를

중퇴하고, 가까이에 있는 장사하는 집에 고용살이로 간 것을 동정하여, 자신도 중퇴를 하고 일을 하지만, 다음해 어머니의 간절한 애원도 있고 하여 다시 복학한다.

1919년, 三高 이과 갑류에 합격하여, 이 무렵부터, 夏目漱石, 谷崎潤一郎 등의 문학에 심취한다. 다음해 늑막염에 걸려 휴학하고, 三重현에서 요양생활에 들어가고, 그 후 폐렴이란 진단을 받는다. 요양생활을 통해 白樺派 등의 구도적 문학과 니이체 등의 퇴폐적 사상이라고 하는 상반되는 것을 희구해 나간다. 이 무렵부터 습작을 시작, 작가가 될 결의를 다진다.

1925년, 동인지 「青空」를 창간하고, 잡지에 『檸檬』을 발표하고, 그 후 1925년 잡지 「青空」에 『城のある町にて』, 『泥濘』, 『路上』, 『Kの昇天』 등, 사소설적이면서, 모던한, 상징시적 세계를 묘사한 작품을 발표했다.

그 후, 1928년 병상의 악화에 따른 생과 사를 바라보는 『冬のはえ』, 『桜の樹の下には』 등을 발표한다. 이 무렵 마르크스의 「자본론」을 읽고 흥미를 느낀다. 1930년, 폐렴에 걸려 한때 중태에 빠진다. 1932년 『のんきな患者』를 발표하며, 이 작품에서는 어둡고 절망적인 작품으로부터 전환하여 인생을 정면에서 다루는 태도가 엿보인다. 같은 해 삼월에 32세의 나이로 영원히 잠들었다.

■『檸檬』

『檸檬』은 1925년 잡지 「青空」에 발표했다. 주인공 나는 초조

라고나 할까, 혐오라고나 할까, 정체를 알 수 없는 불길한 덩어리
에 압박받고 있으며, 인생에 능동적으로 대처할 의지도 잃었다.
『레몬』의 주제는 행복을 묘사하는데 있으며, 레몬의 무게는 모든
선과 미를 구체화시킨 것으로, 언 듯 보기에는 퇴폐적이라고 생
각되어지는 청춘의 모습을 아름답게 묘사한 작품이다.

▶ 작품의 줄거리

『레몬』 그날 나는 초조라고나 할까, 혐오라고나 할까, 정체를 알 수
없는 불길한 덩어리에 눌리고 있었다. 그것은 지금도 나를 고민케 하
는 폐렴이나 신경쇠약 혹은 빚 같은 것과는 별개의 것이었다. 그 결과
지금까지 나를 즐겁게 해 주던 음악도, 아름다운 시도 위로가 되어주
지 못하고, 나는 신경이 곤두선 채로, 이 거리에서 저거리로 방황하고
있었다.

그 무렵 나는 초라하면서도 아름다운 것에 마음이 끌렸다. 때문에 지
저분한 빨래가 널려있는 뒷골목 거리라든가, 누추한 방이 보이는 뒷골
목 길을 걸으며, 자신이 京都에 있는 것이 아니라, 어딘가 아득히 먼
마을에 있는 것을 몽상하고 있었다. 그와 동시에, 불꽃이라든가, 색유
리로 만들어진 구슬과, 장식용 구슬 등의 아름다운 것이 좋았다.

나는 현재 가난하지만, 아직 생활이 그다지 파괴되어 있지 않았을 무
렵에는, 丸善이 좋았다. 丸善에 진열되어 있는 오데코롱과, 공예품,
로코코 분위기의 향수병, 담뱃대. 주머니칼 비누 등을 하염없이 바라
보고 있었다. 그리고 가장 좋은 연필을 사는 식의 자그마한 사치를
부렸었는데, 지금은 상품도 점원도 빚의 망령과 같이 보인다.

어느 날 아침, 나는 친구의 하숙을 전전하고 있었는데, 친구가 학교에 간 후의 공허함을 견딜 수 없어, 다시 거리를 돌아다녔다. 그리고 어느 과일집 앞에서 발을 멈추었다. 그 가게는 내가 아주 좋아하는 가게로, 규모는 훌륭한 것이 못 되지만, 거기에 진열되어 있는 과일은, 과일의 아름다움이 가장 노골적으로 느껴졌다. 그 날, 나는 그 과일집에서 레몬을 샀다. 레몬옐로우의 물감을 튜브에서 짜낸 듯한 단순한 빛깔도, 방추형의 모양도 나를 매료시켰다.

나는 레몬을 가진 채, 다시 거리를 걷기 시작했다.

그러자, 이상하게도, 나를 덮고 있던 우울이 이상하게도 조금 걷혔다. 나는 레몬 표면의 차가움과 향기를 느끼며 거리를 걷기 시작하여, 어느샌가 丸善 앞에 와 있었다. 그리고, 보통 들어가기를 피하던 丸善에 들어가 보기로 했다. 하지만, 역시 丸善에 진열되어 있는 아름다운 상품은 내 마음을 끌지 못했다. 그러기는커녕 또다시 우울이 파고들어 왔다. 이렇게 저렇게 하는 동안, 화집(画集) 매장에 와 있었다.

나는 화집을 한권 한권 빼보는 동안 우울이 점점 심해져 가는 것을 깨닫고, 빼낸 화집을 제멋대로 쌓아 올리고 있었다. 그리고 쌓아 놓은 화집 위에 레몬을 올려놓아 보겠다는 생각이 떠올라, 그것을 실행에 옮긴 후, 아무렇지 않은 얼굴로, 가게를 나왔다.

나는 다시 거리를 걸으며 노오란 레몬이 폭탄으로 변해 「저 거북스런 丸善도 산산조각」이 되는 모습을 떠올리며 미소를 머금은 채, 거리를 걷기 시작했다.(p. 95, 96, 97)

えたいの知れない不吉な塊が私の心を始終圧えつけていた。焦燥と云おうか、嫌悪と云おうか、── 酒を飲んだあとに宿酔があるように、酒を毎日飲んでいると宿酔に相当した時期がやって来る。それが来たのだ。これはちょっといけなかった。結果した肺尖カタルや神経衰弱がいけないのではない。また脊を焼くような借金などがいけないのではない。いけないのはその不吉な塊だ。以前私を喜ばせたどんな美しい音楽も、どんな美しい詩の一節も辛抱がならなくなった。蓄音器を聴かせて貰いにわざわざ出かけて行っても、最初の二三小節で不意に立ち上ってしまいたくなる。何かが私を居堪らずさせるのだ。それで始終私は街から街を浮浪し続けていた。

何故だかその頃私は見すぼらしくて美しいものに強くひきつけられたのを覚えている。風景にしても壊れかかった街だとか、その街にしても他所他所しい表通りよりもどこか親しみのある、汚い洗濯物が干してあったりがらくたが転してあったりむさくるしい部屋が覗いていたりする裏通りが好きであった。雨や風が蝕んでやがて土に帰ってしまう、と云ったような趣きのある街で、土塀が崩れていたり家並が傾きかかっていたり ── 勢いのいいのは植物だけで、時とすると吃驚させるような向日葵があったりカンナが咲いていたりする。

時どき私はそんな路を歩きながら、不図、其所が京都ではなくて京都から何百里も離れた仙台とか長崎とか ── そのような市へ今自分が来ているのだ ── という錯覚を起そうと努める。私は、出来る

ことなら京都から逃出して誰一人知らないような市へ行ってしまいたかった。第一に安静。がらんとした旅館の一室。

清浄な蒲団。匂いのいい蚊帳と糊のよくきいた浴衣。其処で一月程何も思わず横になりたい。希くは此処が何時の間にかその市になっているのだったら。―― 錯覚がようやく成功しはじめると私はそれからそれへ想像の絵具を塗りつけてゆく。何のことはない、私の錯覚と壊れかかった街との二重写しである。そして私はその中に現実の私自身を見失うのを楽しんだ。

私はまたあの花火という奴が好きになった。花火そのものは第二段として、あの安っぽい絵具で赤や紫や黄や青や、様ざまの縞模様を持った花火の束、中山寺の星下り、花合戦、枯れすすき。それから鼠花火というのは一つずつ輪になっていて箱に詰めてある。そんなものが変に私の心を唆った。

それからまた、びいどろという色硝子で鯛や花を打出してあるおはじきが好きになったし、南京玉が好きになった。またそれを嘗めて見るのが私にとって何ともいえない享楽だったのだ。あのびいどろの味程幽かな涼しい味があるものか。

私は幼い時よくそれを口に入れては父母に叱られたものだが、その幼時のあまい記憶が大きくなって落魄れた私に蘇ってくる故だろうか、全くあの味には幽かな爽かな何となく詩美と云ったような味覚が漂って来る。察しはつくだろうが私にはまるで金がなかった。とは云えそんなものを見て少しでも心の動きかけた時の私自身を慰める為には贅沢ということが必要であった。二銭や三銭のもの ―― と

云って贅沢なもの。美しいもの — と云って無気力な私の触角に寧
ろ媚びて来るもの。

14) 新心理主義

죠이스(James Joyce)나 푸르스토(Marcel Proust)의 방법을 배워
서 인간심리의 심층의 흐름을 표현하는 것을 목적으로 하는
伊藤整나 堀辰雄은 신 심리주의라고 불리웠다.
　伊藤는『幽鬼の街』, 『幽鬼の村』를 써서 자기의 방법을 모색
했다.

(1) 堀辰雄(1904~1953)
　堀는 아버지 浜え助와 어머니 しげ의 장남으로 태어났지만 어
머니가 아버지의 본부인이 아니기 때문에 たつお 3세때 たつお
를 데리고 堀집안을 나와 上条松吉와 결혼했다. たつお는 上条
松吉를 친아버지로 알고 성장했다. 1923년은 堀辰雄(20세)의 인
생과 문학에 있어서 기념할 만한 사건들이 많이 일어난 해였다.
萩原朔太郎의 시집『青猫』가 출판되어 탐독 했던일, 室生犀星
를 알게된 일, むろうさいせい에 의해 芥川竜之介를 소개받은
일, 관동대지진에서 어머니를 잃은 일, 결핵에 걸려 휴학한 일,
그중에서도 あくたがわ에게 사랑 받으며 받은 영향도 컸다.
　東大 재학중에 동인지 「驢馬」를 발간했다. 동인의 대부분이
프러레타리아 문학에 기울어져가는 중에 堀는 자신의 길을 지켰

다. 1927년 芥川의 자살로 충격을 받고 그 충격에서 벗어나려고 졸업논문에 「芥川竜之介論」을 썼다. 1930년『不器用な天使』로 문단에 등단하고『聖家族』에서 심리 해부를 시도하여 신진 작가로서 인정을 받았다. 결핵요양체험으로『風立ちぬ』를 발표하고 후에 7년정도 걸려서『菜穂子』를 발표했다

■『風立ちぬ』

『風立ちぬ』는 1936년부터 각잡지 「改造」, 「文芸春秋」, 「新潮」 등에 발표된 연작체의 작품이다. 주인공 나는 시시각각으로 죽음으로 향해가는 사랑하는 애인을 응시하는 것을 통해서 생을 초월하는 죽음을, 그리고 죽음을 초월한 생을 발견한다. 작자의 체험을 소제로 죽음을 앞둔 사랑과 삶의 존재를 추구한 작품으로 昭和 10년대 문학의 대표작으로서 평가가 높다.

▶ 작품 줄거리

『風立ちぬ』의 주인공 나는 여름 피서지 高原에서 節子를 알게되어 약혼 했지만, 그녀는 폐결핵을 앓고 있었다. 거의 누워있는 날이 많았지만, 기분이 좋은 날은 정원에 나갈 정도다. 4월 어느날 세츠꼬의 병이 많이 회복되어지는 것 같이 보여서, 나는 그녀를 정원에 데리고 나와서 꽃 얘기를 하고 있자 그녀는 나를 쳐다보면서 뭔가 갑자기 살고 싶은 의욕이 생겼다고 하면서, 당신 덕분이라고 했다. 두사람은 서로 사랑하고 사랑하는 일은 그들의 삶의 증거였다. 그는 세츠꼬를 富士見의 サナトリウム병원에 입원 시키기 위해, 세츠꼬를 데리고 출

144 일본 근·현대 문학사

발한다. 마치 밀월 여행이라도 떠나는 것 같았다. 사나토리움에서는 제일 안쪽 방이었다. 날씨가 좋으면 남족 알프스가 보인다. 병원장으로부터 보여주는 렌트겐 사진으로 세쯔꼬의 병세가 생각한 것 보다 악화되어 있는 것을 알았다. 이런 산의 사나토리움의 생활은, 보통 사람들이 마지막 이라고 생각하는 절망감에 빠지는 곳이다. 게다가 세츠꼬는 환자 중에서 두 번째로 중환자 였다. 하지만 두사람은 이렇게 해서 좀 색다른 사랑의 생활이 시작된 것이다. 사랑의 힘에 의지하며 남은 시간을 보람있게 보내려 한다. 나는 세츠꼬의 머리맡에서 줄곧 붙어있는 것이 매일의 일과이다. 언젠가 전혀 시간이라고 하는 것으로부터 빠져나온 것 같은 기분이 들었다. 내 가까이에 있는 미온, 좋은 냄새가 나는 존재, 조금 빠른 호흡, 내손을 잡고 있는 그 부드러운 손, 그 미소, 그리고 때때로 주고 받는 평범한 대화, 그러한 것들을 빼버리면 나중에는 아무것도 남지 않는 단순한 날들이지만, 우리들이 만족할 수 있었던 것은 내가 이 여자와 함께이기 때문이라는 것을 나는 확신하고 있었기 때문이다.

드디어 여름이 왔다. 세츠꼬는 더위 탓에 완전히 식욕을 잃고 밤에도 잠못이루는 날이 많았다. 그러나 이 쓸쓸한 사나토리움에도 갑자기 환자들이 늘기 시작했다. 구월이 되자, 많이 있던 환자들도 한사람, 두사람, 사라져 가고, 나머지는 겨울을 병원에서 지나지 않으면 안되는 중환자들만 남아있게 되었다. 그런 9월 말 어느날 아침, 언제나 기분 나쁜 기침을 하던 키가 크고 음울한 환자가 목을 메어 죽은 것이다. 시월, 세츠꼬의 아버지가 오셔서 이틀정도 체류하시고 돌아 가셨다. 배웅하고 돌아오자, 세츠꼬가 발작을 일으켜 객혈을 하여, 절대 안정의 날이 계속 되었다. 그녀의 병은 전혀 회복의 조짐이 보이지 않았다. 그때부터 나는 조금씩 일을 시작하게 되었다.

겨울에 나는 자신들의 생의 행복을 주제로 한 소설을 세츠꼬의 침대 옆에서 쓰게 되었고, 그것도 거의 끝날 무렵이 되었지만, 단지 마지막 부분을 쓰지 못하고 내팽겨쳐 두고 있었다. 십이월에 들어 무슨 이유인지 불빛을 따르는 나방이 번식하기 시작했다. 그날 저녁때 세츠꼬는 아, 아버지라고 작은 소리로 외쳤다. 덜컥 겁이나 그녀의 얼굴을 보자, 세츠꼬는 저녁해가 닿은 산 기슭에 아버지의 얼굴을 닮은 그늘이 드리워져 있다고 말했다. 나는 그얘기에 세츠꼬가 집에 돌아가고 싶어하고 있는 것을 알았다. 그러나 눈이 내리는 날에 세츠꼬는 죽은 것이다. 그리고나서 일년후의 겨울, 나는 혼자서 세츠꼬를 사랑했던 高原에 체재하고, 세츠꼬와의 추억에 잠기면서 괴로워 한다. 세츠꼬의 사후에도 그녀의 사랑에 의지하고 있는 자신을 깨닫는다. 그러나 드디어 릴케의 "진혼가(鎭魂歌)" 에 자극 받아, 그녀의 죽음을 극복하고 새롭게 살 것을 결심한다.(p. 129, 130)

▶ 작품원문

サナトリウムに着くと、私達は、その一番奥の方の、裏がすぐ雑木林になっている、病棟の二階の第一号室に入れられた。簡単な診察後、節子はすぐベットに寝ているように命じられた。

リノリウムで床を張った病室には、すべて真っ白に塗られたベッドと卓と椅子と、─ それからその他には、いましがた小使が届けてくれたばかりの数個のトランクがあるきりだった。二人きりになると、私はしばらく落着かずに、付添人のために宛てられた狭苦しい

側室にはいろうともしないで、そんなむき出しな感じのする室内をぼんやりと見廻したり、又、何度も窓に近づいては、空模様ばかり気にしていた。風が真っ黒な雲を重たそうに引きずっていた。そしてときおり裏の雑木林から鋭い音を捥いだりした。私は一度寒そうな恰好をしてバルコンに出て行った。バルコンは何んの仕切もなしにずっと向うの病室まで続いていた。その上には全く人けが絶えていたので、私は構わずに歩き出しながら、病室を一つ一つ覗いて行って見ると、丁度四番目の病室のなかに、一人の患者の寝ているのが半開きになった窓から見えたので、私はいそいでそのまま引っ返して来た。

やっとランプが点いた。それから私達は看護婦の運んで来てくれた食事に向い合った。それは私達が二人きりで最初に共にする食事にしては、すこし侘びしかった。食事中、外がもう真っ暗なので何も気がつかずに、唯何んだかあたりが急に静かになったなと思っていたら、いつのまにか雪になり出したらしかった。

私は立ち上って、半開きにしてあった　窓をもう少し細目にしながら、その硝子に顔をくっつけて、それが私の息で曇りだしたほど、じっと雪のふるのを見つめていた。それからやっと其処を離れながら、節子の方を振り向いて、「ねえ、お前、何んだってこんな……」と言い出しかけた。

彼女はベッドに寝たまま、私の顔を訴えるように見上げて、それを私に言わせまいとするように、口へ指をあてた。

八ヶ岳の大きなのびのびとした代赭色の裾野が漸くその勾配を弛め

ようとするところに、サナトリウムは、いくつかの側翼を並行に拡げながら、南を向いて立っていた。その裾野の傾斜は更に延びて行って、二三の小さな山村を村全体傾かせながら、最後に無数の黒い松にすっかり包まれながら、見えない谿間のなかに尽きていた。

サナトリウムの南に開いたバルコンからは、それらの傾いた村とその赭ちゃけた耕作地が一帯に見渡され、更にそれらを取り囲みながら果てしなく並み立っている松林の上に、よく晴れている日だったならば、南から西にかけて、南アルプスとその二三の支脈とが、いつも自分自身で湧き上らせた雲のなかに見え隠れしていた。

サナトリウムに着いた翌朝、自分の側室で私が目を醒ますと、小さな窓枠の中に、藍青色に晴れ切った空と、それからいくつもの真っ白い鶏冠のような山巓が、そこにまるで大気からひょっくり生れでもしたような思いがけなさで、殆んど目ながいに見られた。そして寝たままでは見られないバルコンや屋根の上に積もった雪からは、急に春めいた日の光を浴びながら、絶えず水蒸気がたっているらしかった。

すこし 寝過したくらいの私は、いそいで飛び起きて、隣りの病室へはいって行った。節子は、すでに目を醒ましていて、毛布にくるまりながら、ほてったような顔をしていた。

「お早う」　私も同じように、顔がほてり出すのを感じながら、気軽そうに言った。「よく寝られた？」

「ええ」彼女は私にうなずいて見せた。「ゆうべ睡眠剤を飲んだの。なんだか頭がすこし痛いわ」

私はそんなことになんか構っていられないと云った風に、元気よく窓も、それからバルコンに通じる硝子扉も、すっかり開け放した。まぶしくって、一時は何も見られない位だったが、そのうちそれに目がだんだん馴れてくると、雪に埋れたバルコンからも、屋根からも、野原からも、木からさえも、軽い水蒸気の立っているのが見え出した。

「それにとても可笑しな夢を見たの。あのね……」　彼女が私の背後で言い出しかけた。

私はすぐ、彼女が何か打ち明けにくいようなことを無理に言い出そうとしているらしいのを覚った。そんな場合のいつものように、彼女のいまの声もすこし嗄れていた。

今度は私が、彼女の方を振り向きながら、それを言わせないように、口へ指をあてる番だった。

15) 昭和10년대의 문학

昭和6년(1931)에 시작된 만주사변 이래 사회는 혼란에 빠지고 민중의 불안도 커져갔다. 이러한 사회 정세에 문학의 세계도 민감하게 반응하고 昭和 10년대의 문학은 극심한 동요와 혼미를 나타냈다. 프로레타리아 문학으로부터의 전향, 작가로서의 양심의 모색, 일본 전통에의 회귀 등 여러 가지 현상이 교착되었다. 그리고 태평양 전쟁 이후의 시기에는 문학 그자체가 부정되어지는 상황이 되어 작가는 징용되기도 해서 전쟁에의 협력을 강요 받았다.

이러한 암흑의 날들은 일본의 패전의 날까지 계속되었다.

(1) 転向문학

昭和8년(1933)에 小林多喜二가 경찰의 손으로 학살된 일과 일본 공산당의 지도자 佐野学등이 전향한 일이 계기가 되어 프로레타리아 작가 중에서 전향하는 사람이 연이어 나왔다. 전향문학이란 전향자가 쓴 문학이지만 그 내용은 주로해서 전향에 따르는 고뇌를 사소설 식으로 토로한 것이었다.

村山知義의『白夜』, 立野信之의『友情』이 그 대표 작품이다. 그중에는 中野重治의『村の家』와 같이 자기의 신념을 재확인하는 것이나 島木健作의『生活の 探究』와 같이 자기를 재생시키려는 길을 찾으려하는 작가도 있었다. 나아가서 林房雄와 같이 점차로 파시즘으로 몸을 옮겨가는 작가도 있었다.

16) 既成作家의 活躍

프로레타리아 문학이나 예술파가 세력을 펼치고 있었을 때 기성작가는 그 그늘에서 나타나지 않았지만 그들 세력이 쇠퇴하자 기성작가의 부활이라고 하는 양상을 나타냈다. 昭和8년 이후의 「文芸復興」의 하나의 모습이다.

永井荷風『墨東綺譚』, 谷崎潤一郎『盲目物語』,『芦刈』,『春琴抄』, 島崎藤村『夜明け前』, 徳田秋声『仮装人物』,『縮図』 등이 발표되었다. 또 志賀直哉는『暗夜行路』를 완성시켰다.

永井荷風의『墨東綺譚』은 1937년 朝日 신문 석간에 35회에 걸쳐 연재 되었다. 신문 연재에 앞서 사가판(私家版)으로 간행하고, 후에 岩波서점에서 간행했다. 수인공 大江匡는 오십팔세의 독신 소설가이다. 지금 「실종」이라는 소설을 쓰고 있다. 소설속의 주인공이 퇴직금을 받는 날 실종 되어 버린다. 주인공이 몸을 숨기는데 적합한 장소를 여기저기 생각하다가 스미다 강 근처의 사창가를 실지로 조사하며 걷다가 창부 雪子와 알게되어 점차로 사이가 깊어지게 되던 어느날 밤 미련을 가지면서도 헤어질 것을 결심한다. 이 소설은 작자의 미의식, 소설의 방법, 그것을 살려주는 배경과 인물조형, 숙련된 문체,등이 혼연일체가 된 수필풍의 명작이다.

17) 文学界와 日本浪蔓派

동인지 「文学界」는 1933년에 창간되어 小林秀雄, 川端康成, 武田麟太郎, 林房雄등이 동인이었다. 프로레타리아 문학 계통의 작가들과 예술파 작가들이 함께 문학 그 자체를 추구하는 자세를 내세워 「文芸復興」의 현상으로 간주되었다. 동인지 「日本浪漫派」는 1935년에 창간되었지만 프로레타리아 문학 계통의 亀井勝一郎와 후에 일본고전의 美에의 애착을 주장하는 保田与重郎가 중심이 되어 함께 순수문학을 추구하는 자세가 명확히 내세워졌다.

「文学界」는 중견작가와 비평가들의 집단이었고 「日本浪漫派」

는 신진작가의 집단이었다. 일본낭만파는 후에 戰時에 일본 정신을 고취하는 사람들의 이름으로 쓰여졌다.

18) 戰時下의 문학

전쟁터에서 병사의 자세를 묘사한 石川達三의 『生きている兵隊』는 발매금지 처분되었다. 이러한 일본정부는 일본과 중국 전쟁을 소재로 하는 소설에는 엄한 제한을 부과하게 되었다. 반면 火野葦平의 『麦と兵隊』가 전쟁터의 실제의 모습을 알고 싶어하는 국민들에게 받아들여져 폭발적인 판매고를 올렸다. 이것에 대비해 일본 정부는 작가들을 전쟁에 종군시켰다. 작가들은 전쟁터에서의 견문을 바탕으로 소설이나 현지보고서를 썼다. 일부 작가는 전쟁정책에 맞는 내용의 소설을 스스로 쓰게 되었다. 이것이 국책(国策)문학이다.

19) 昭和10년대의 작가

전쟁 중에도 문학의 영역을 지킨 작가가 있었다. 대부분은 이름이 알려지지 않았기 때문에 군부에 이용되지 않았던 젊은 세대의 사람들이다.

(1) 中島敦(1909~1942)
中島敦는 1909년 東京에서 출생했다.

아버지 田人, 어머니 千代子의 장남이며, 東京대학 국문과를
졸업했다. 아버지는 중학교 한문교사이며, 어머니도 초등학교 교
원이었지만, 이혼에 의해 생이별했다. 두 번이나 세모를 맞이하
였지만 사이가 좋지 않았다. 중학시절부터 습작을 썼고, 東京대
학에 입학한 다음해 橋本たか와 결혼하고, 1941년 대학 졸업과
동시에 橫兵고등 여학교의 교사가 되고, 같은 해 남양청 내무반
의 국어 편찬 서기로서 파라오섬에 부임 하지만, 건강이 나빠져
다음해 귀국하나, 귀국하기 직전 1939년 深田久弥의 추천으로
『山月記』, 『古譚』를 발표하여 신진작가로 인정 받았다.

中島敦는 한학자의 집안에서 태어나서 중국 고전에 소양이 깊
었다. 『山月記』를 발표해서 인정받고 이어서 『光と風と夢』을 발
표했지만 얼마 안되어 병사했다. 중국 고전에서 소재를 취한
『李陵』, 『弟子』가 유작으로 남아있다. 그 실존적 작풍은 전후문
학에의 매개역할을 했다. 『李陵』는 처음에는 제목도 없었지만 원
고를 추천한 深田久弥에 의해서 제목이 붙여졌다. 『李陵』에서
中島는 극한상황에서의 인간의 살아가는 모습을 추구하고 있다.
지병인 천식으로 1942년 34살의 나이로 생을 마감 했다.

『山月記』942년 잡지「文学界」에 발표했다. 주인공 리죠는 젊
어서 과거에 합격할 정도로 수재였으나 타인과 타협할수 없는 성
격과 자신 과잉으로 관리를 그만두고 시(詩)창작에만 몰두한다.
하지만 시인으로서의 평가는 오르지 않고 생활은 날로 힘들어져
가는 예술가의 비통한 자의식을 묘사한 작품이다. 중국 당대 전기
"인호전(人虎田)"을 소재로 한 것이지만, 그것이 하나의 인과담인

것에 비해, 이 작품이 현대소설로 존재하는 이유는 주인공 리죠의
성격설정의 차이에 있고, 구성의 변신에 있다고 볼수있다.

(2) 그 외 작가와 작품

戰時下에 활동을 개시한 작가에는 石坂洋次郎의 『若い人』,
山本有三의 『真実一路』 高見順의『故旧忘れ得べき』, 阿部知二
의『冬の宿』, 北条民雄의 『いのちの初夜』 檀一雄의 『花筐』,
岡本かの子의『鶴は病みき』石川淳의『普賢』, 田中英光 『オリ
ンポスの果実』, 丹羽文雄의『海戦』, 舟橋聖一의『悉皆屋康吉』
등이 있다.

北条民雄의 『いのちの初夜』는 1936년 「文学界」에 발표했
다. 한센씨병의 선고를 받고 몇번의 자살 미수 끝에 병원에 입원
하지만 분위기의 이상함에 충격을 받는다. 돌봐주는 환자 한사람
이 다른 환자들을 보살펴 주고, 창작 활동을 하면서 마음의 평정
을 찾고, 생의 의미를 추구하는 것에 감동한 주인공은 자신도 살
려고 노력한다. 작자 자신이 환자로 극한상황에 있는 인간이 더
한층 생의 의미를 추구한다고 하는 감명 깊은 작품이다.

田中英光의『オリンポスの果実』는 1940년 잡지 「文学界」에
발표했다. 주인공은 함께 올림픽에 참가한 육상 선수 熊本秋子
에게 매혹된다. 청순한 연정을 품지만 상대방의 마음도 모르는
채로 헤어져 가는 올림픽 선수의 사랑과 고뇌가 잘 묘사되어 있
다. 작자가 로스엔젤스 올림픽에 출전하여 경험했던 연애체험을
수기형식으로 묘사한 건전한 청춘소설이다.

이들 작가의 대부분은 전후에도 계속해서 활약했다.

20) 評論

評論의 분야에서도 신진의 평론가가 배출하고 대부분은 전후
에 그 활약기를 맞이하게 된다. 蔵原惟人의『芸術論』, 中村光夫
의 『二葉亭四迷論』, 中島健蔵의 『文学と民族性について』,
谷川徹三의『現代日本の文化的状況』, 三木清의『人生論ノー
ト』, 林達夫의 『思想の運命』, 小田切秀雄의 『万葉の伝統』,
武田泰淳의『司馬遷』, 唐木順三의『鴎外の精神』, 坂口安吾의
『日本文化私観』, 竹内好의『魯迅』등이 있다.

21) 戦後의 문학

昭和20년(1945)에 일본은 무조건 항복했다. 패전 후 얼마안 있
어 부활한 것은 전쟁 중에 발표할 곳이 없어 작품을 써놓아갔던
老大家였다. 또 구 프로레타리아계 문학자들도 운동을 재출발시
켰다. 문예잡지 복간이나 창간도 잇달아 전후파의 신인들이 계속
등장하고 전쟁 중에 억압되어있던 문학적 에네르기가 한꺼번에
분출하는 것 같은 양상을 나타냈다. 수년에 거쳐서 제3의 신인들
의 등장이 있었다.

(1) 老大家의 부활

戰後 바로 志賀直哉는『灰色の月』를 썼다. 永井荷風는 전쟁에 등을 돌리고 써 모아온『踊子』,『勲章』,『浮沈』등을 谷崎潤一郎는 전쟁중에도 원고를 써왔던 장편『細雪』를 완성시키고 이어서『少将滋幹の母』를 발표했다. 正宗白鳥는 『戦災者の悲しみ』, 里見弴은『十年』을 발표했다. 武者小路実川는 전후 추방되어 있는 동안『真理先生』을 썼다. 川端康成은『山の音』,『千羽鶴』에 의해서 일본의 전통적인 미를 추구하는 자세를 보였다. 井伏鱒二는『遥拝隊長』에서 전후 세상에 대한 씁쓸함을 표현하고 伊藤整은『鳴海仙吉』에서 전후 지식인의 모습을 묘사하고 각자의 방향으로 나아갔다.

전후의 老大家의 부활 중에서 谷崎潤一郎 의『細雪』와 川端康成의『山の音』를 소개하면 아래와 같다.

『細雪』는 1943년에 잡지「中央公論」에 연재되지만 육군성으로부터 게재 금지를 당하게 된다. 하지만 거기에 굴하지 않고 계속 집필하여 1944년에 자비출판한 것을 1946년에 상권, 1947년 중권, 1948년에 하권을 단행본으로 출판사 中央公論社에서 간행했다.

몰락한 상가 집안에서 자란 네자매의 성격과 운명이, 大阪지방의 전통적인 풍속인 꽃구경, 반딧불 잡이, 달구경 등을 배경으로 묘사되어 있다. V는 谷崎 문학중에서는 보기 드물게 건전한 세계를 묘사한 작품이며, 毎日 출판 문화상과 朝日 문화상을 받은 작품이며, 일본 근대 문학사상 하나의 기념비적인 작품이다.

▶ 작품 줄거리

『細雪』의 중요 등장인물은 장녀 鶴子, 차녀 幸子, 삼녀 雪子, 사녀
妙子의 네자매이다. 大阪 船場의 蒔岡집안의 딸들이다. 한때는 大阪
의 蒔岡 집안이라고 하면 모를 사람이 없을 정도로 유명했지만, 점포
는 이미 다른 사람에게 넘어가고 장녀 쯔루꼬는 데릴사위 辰雄를 맞
아 여섯명의 아이를 두고 부모가 돌이기신 後 본가를 지키며 살아기
는 평범한 주부이다. 차녀인 사찌꼬도 데릴사위 貞之助를 맞아 분가
해 평온한 나날을 보내는 주부가 되어있다. 삼녀인 유끼꼬는 전형적인
일본여성으로 어딘지 모르게 선이 가늘게 보이지만 심지는 굳은 성격
이나, 묘하게도 인연이 잘 맺어지지 않는다. 사녀인 다에꼬는 유끼꼬
와는 정반대로 행동적이고 활발하다. 프랑스 인형을 제작하는 한편
양재도 하며, 20세때에는 연애사건을 일으켜 신문에 까지 난일이 있
을정도로 모든일에 있어서 적극적이었다. 유끼꼬와 다에꼬는 큰형부
타츠오와 의견이 잘맞지 않아 사찌꼬의 집에 와있는 일이 많았다. 사
찌꼬로서는 유끼꼬의 혼담과 다에꼬의 너무 적극적인 행동이 고민꺼
리였다. 사찌꼬는 유끼꼬를 빨리 결혼시키고 싶어 여러 번 선을 보게
했다. 그러나 선본 상대의 어머니가 정신병이거나 후처로 와줬으면
좋겠다는 남자의 무신경한 태도에 애기를 중도에서 중단해 버리기도
해 좀처럼 혼담이 잘 이루어 지지 않는다. 사찌꼬는 그런 유끼꼬에
대한 걱정과 두동생과 본가와의 사이를 좋게 하려는 걱정이 끊이지
않았다. 그러한 걱정거리가 있는 중에도 자매들의 생활은 음악회나

京都의 벚꽃 놀이를 즐기는 여유는 있었다.

한편 막내 다에꼬는 이전부터 奧畑라고 하는 애인이 있었지만 한신 수해 때 목숨을 건져준 인연으로 사진가 板倉와 연애관계에 빠져들어 결혼 약속까지 하게 된다. 그러나 오쿠바타께와도 관계가 계속되고 있다. 이타쿠라는 오쿠바타께와 같은 집안은 아니지만 능력이나 애정 면에서는 뒤지지 않는다고 다에꼬는 생각하고 있다. 그래서 오쿠바타 께와 인연을 끊기 위해 프랑스에 갈려고 결심하지만 언니들의 격식을 무시한 연애는 인정할 수 없다는 반대에 부딪쳐 그 계획도 무너지고 만다. 그때 뜻밖의 사건이 일어난다. 이타쿠라가 병 때문에 다에꼬의 간호의 보람도 없이 급사하고 만다. 다에꼬는 자신이 결정했던 운명이 갑자기 바뀌어 동요한다. 하지만 언니들의 고민은 의외의 일로 해결되 었다. 때마침 사찌꼬의 집에서도 사소한 일들이 있어서 유끼꼬의 혼담 얘기도 뜸했었지만 이번에는 본가에서 혼담얘기가 나와서 세자매는 개동벌레 사냥도 겸해서 大阪 까지 가지만, 결과는 상대편으로부터 거절당한다. 유끼고도 별로 마음이 내키지 않았던 얘기 였기 때문에 다행이었지만, 사찌꼬는 대단한 굴욕을 느낀다.

한편 다에꼬는 결혼을 약속한 이타쿠라가 죽은 후 생활이 문란해진다. 이타쿠라의 죽음으로 인해 깊은 상처를 받은 다에꼬는 오쿠바타께와 다시 가까워 지는 등 여러 가지 좋지 않은 소문이 유끼꼬의 귀에도 간간히 들려오게 된다. 본가와 다에꼬 사이에 끼어 마음을 써왔던 사 찌꼬는 본가의 체면상 다에꼬에게 스스로 책임을 지게해서 집에서 나 와 아파트 생활을 시킨다. 그러나 그것이 결과적으로는 다에꼬의 불행 을 부르게 된다. 다에꼬가 오쿠바타께의 집에서 병으로 쓸어져 입원하게 된다. 퇴원 후 오쿠바타께가 만주에 가게되어 유끼꼬는 다에꼬에게 함께 갈 것을 권유하지만 말을 듣지 않는다.

유끼꼬의 혼담도 겨우 성사될 것 같은 기미가 보였나. 상대는 御牧(미마키)의 아들로 혼담이 잘 성사되어서 약혼 예물을 교환하는데 까지 진행된다. 그때 사찌꼬는 다에꼬의 임신 사실을 알고 놀란다. 상대는 오쿠바타께가 아니고 바텐더를 하고 있는 三好(미요시)였다. 언니들은 유끼꼬의 결혼 준비를 하면서 한편 다에꼬의 뒤처리를 하지 않으면 안되었다. 유끼꼬의 결혼 날짜가 가까워진 어느날 다에꼬는 죽은 아이를 낳게 된다. 나에꼬는 三好(미요시)에게 가게 되고 유끼꼬는 결혼식을 올리기 위해 東京행 기차를 탄다.(p. 157, 158, 159)

▶ 작품원문『細雪』

中一日置いて、十七日の朝蘆室へ訪ねて来た陣場夫人は、一昨日無理をしたために幸子が又臥ていると聞くと、さすがに今度は恐縮しながら、三十分ほど枕もとで話して帰ったが、要するに、野村さんから是非お頼みに上ってくれと云われたので来た、大体野村さんの生活程度は家を御覧になったので御想像がつくであろうが、でも現在は独身だからああ云う所におられるので、奥さんを迎えたらもっと家らしい家に移ると云っておられる、殊に雪子さんが来て下さるなら、自分は献身的の愛を捧げるつもりである、自分は豊かではないが、雪子さんに不自由な思いをさせないぐらいなことは出来る、と云っておられる、それで実は浜田さんにもお目に懸って来たのであるが、野村がそんなに熱心であるなら、どうか纏まるように尽力してやって貰いたい、当人に財産がないのが、来て下さる人に

お気の毒なので、何とか考えてみるが、その点はまあ自分に任して貰いたい、自分として、今具体的にどうすると云う保証をしろと云われても困るが、自分がいる以上決して生活の苦労はさせないから、と云っておられた、ついては、あれだけの方がそう云っておられるのだから、それは信用なさっても大丈夫なのではあるまいか、野村さんと云う人は、風采はああ云う風で、恐い顔つきをしておられるが、非常に情に脆いやさしいところがあり、先の奥さんなどとも随分大切にした人だそうで、亡くなられた時の看病の仕方などは、他人が見ても涙がこぼれたくらいだと云う噂がある、現にこの間の晩も奥さんの写真がああして飾ってあったではないか、不足を云えば際限がないが、女としては、何よりかより夫に可愛がって貰えることが一番幸福なのだから、何卒くれぐれも考えて下すって、精々早く返事をして下さるように、 ─ と云うのであった。

幸子は、予め断る時の伏線を張って、雪子自身はよいも悪いも私達次第なのだから、その方は面倒はないけれども、肝腎な本家が何と云うか、私達はただ代理を勤めているだけなので、野村さんの身許調べなども一切本家がしているような訳だから、 ─ と、雪子が悪く思われないように、専ら本家へ責任をなすりつけるような挨拶をして帰したのであったが、引き続いて気分がすぐれず、医者の忠告に従って絶対安静を守っていたので、そう早速に雪子の考を探ってみる折もなく過していた。が、見合いの日から五日目の朝であったが、偶然病室が二人だけになった機会を捉えて、

「雪子ちゃん、 ─ どうやねん、あの人？」

と、気を引いてみた。そして雪子が、

「ふん」

と云ったきり後を云わないので、一昨々日の朝の陣場婦人の来訪の趣意を話して聞かせて、

「——まあ、そない云やはるねんけど、雪子ちゃんが若う見えるとこへさして、あの人、えらい老けて見えるよってに、その点がどうやろうか、……」と、顔色を窺いながら云うと、

「そんでも、あの人やったら、何でもあたしの云う通りになりやはるやろうし、好きなことして暮せるとは思うねんわ」と、ぽつりとそんな言葉を洩らした。

■『山の音』

『山の音』는 昭和 24년(1949년)부터 발표되기 시작하여 昭和 29년(1954년)까지 약 5년에 걸쳐 완성된 작품이나, 같은 방식으로 발표된 작품『雪国』에 비하면 완성까지 걸린 시일이 오히려 짧은 편이다.

▶ 작품 줄거리

『山の音』의 주요한 등장인물은, 62세의 尾形信吾, 한 살 위로 63세인 싱고의 처 保子, 아들 修一, 슈이치의 처 菊子, 슈이치의 누나 房子 등이다. 후사코는 相原라는 남자와 결혼하여 里子, 国子 두 아이를 얻었으나 아이하라의 여자관계가 원인이 되어 사이가 나빠지고 싱고 부부 슬하로 돌아와 모자 세 명이 신세를 지고 있다.

싱고는 가족과 鎌倉에 살고 슈이치는 부친과 같은 회사에서 일하고 있으나 싱고는 회사에서 어떠한 지위에 있는지, 아들 슈이치 또한 어느 지위에 있는지 작품 속에서는 설명이 되어있지 않다. 싱고는 방에 谷崎英子 라는 여사무원이 딸려 있는 것으로 미루어 사장, 혹은 그에 가까운 지위에 있다고 여겨진다. 鎌倉의 집에는 부모자식 2대(代)의 부부가 함께 살고 있고, 그 곳에 후사코가 돌아오는 바람에 가족구성이 더욱 복잡해진다.

싱고는 오래전, 아내인 야스코의 언니를 동경하고 있었다. 언니는 야스코와는 달리 아름다운 미모의 여성이었다. 언니는 다른 남성과 결혼한 후 죽었으나, 그 아름다운 이미지가 언제까지고 싱고의 가슴에 남아 있는 것이다. 싱고는 아내인 야스코에게 특별히 불만이 있는 것은 아니지만 소년 시절 야스코의 아름다운 언니를 향한 동경이 그의 일생 동안 이어지는 것이다.

아들 슈이치는 기쿠코와 결혼하고서 2년도 지나지 않아 絹子라는 여자를 만들어 자주 집을 비운다. 그 때문에 가정에는 무언가 무거운 분위기가 감돌고 있다.

그러한 가정 속에서 싱고는 아들의 처인 기쿠코가 유일한 위안이다. 기쿠코도 싱고에게는 스스럼이 없이 자상한 배려를 한다. 시아버지와 며느리 사이의 친밀한 감정과 위로 이상의 연애감정이라고도 할 수 있는 것이 생기지만 불륜에까지는 미치지 않는다. 싱고와 기쿠코의 미묘한 관계와 각각의 가족의 심리적 갈등이 이 작품의 주제이다. 이 소설은 그러한 싱고 가족의 여러 가지 일들의 기복을, 8월 무렵부터 다음해 가을에 이르기까지 1년여 기간에 걸쳐 묘사해 간다.

슈이치는 전쟁 중 징집당한 경험이 있어, 그 영향인지 정신적으로 마비된 듯한 부분이 있다. 그는 부친과 같은 회사에서 일하고 있고, 연로한 부친의 기억을 일깨워주는 역할도 하고 있다. 표면상으로는 평온한 가정처럼 보이나 한 발 자욱 그 안으로 들어가 보면 꽤 심각한 상황이 일어나고 있다. 그것은 슈이치가 다른 여자와 바람을 피우고 있기 때문이다. 기쿠코는 겉으로는 그에 대해 신경 쓰고 있지 않은 척 하고 있으나 싱고는 그것이 오히려 마음에 걸려 기쿠코를 배려하게 되는 것이다.

그러한 상황 속에서 싱고의 딸 후사코가 남편 아이하라와 사이가 멀어져, 갑자기 두 아이를 데리고 돌아온다. 후사코는 갓태어난 구니코를 업고 4살배기 사토코의 손을 끌며 보퉁이를 찬 채, 본가로 돌아온 것이었으나 결국 후사코와 아이하라의 이혼수속이 밟혀 후사코는 완전히 친정으로 돌아오게 된다. 아이하라가 다른 여자와 자살을 하고 그 사건이 신문에도 나는데 여자는 죽었지만 그 후 아이하라의 생사는 목숨을 건졌다고 추측될 뿐, 이 작품의 결말까지 알 수 없다.

기쿠코는 8남매의 막내로, 태어났을 당시에는 그다지 환영받지 못한 아이였으나 막내였기 때문에 모두에게 거리낌 없이 사랑받으며 자라왔다. 슈이치에게 여자가 있다는 것을 묵인하는 듯 하면서, 슈이치와의 사이에서 생긴 아이를 처로서의 결벽의식 때문에 자신의 의지로 중절해 버리기도 한다.

슈이치의 바람 상대인 여자의 이름은 기누코인데 전쟁 미망인 池田(いけだ)와 함께 살고 있다. 기누코는 슈이치의 아이를 임신하고 있으나 그 사실을 부정하고 슈이치와 헤어져 자활(自活)의 길을 선택한다. 기누코는

어떠한 난폭한 짓을 당하고 시달려도 아이를 낳겠다는 의지를 바꾸지 않는, 모성애가 강한 여자이다.

기누코가 슈이치와 헤어질 것을 결심한 배경에는 기쿠코의 존재가 있었고 또한 싱고 회사의 여사원 히데코의 존재도 있다. 히데코는 싱고의 죽은 친구로부터의 소개로 싱고가 입사시킨 여성이다. 근무 3년째에 회사를 그만두고 기누코와 같은 양재점(洋裁店)에서 일하게 되었다. 히데코는 싱고와도 슈이치와도 아는 사이였기 때문에 기쿠코를 동정하고, 이케다를 통하여 기누코에게 손을 써 슈이치를 기쿠코에게 돌려보내려 애썼다. 결과적으로 기누코는 슈이치와 헤어져 沼津에서 양재점을 열게 된다. 이것으로 표면상으로는 일단락되어 싱고의 가정은 평화롭고 화목한 가정이 된 듯이 보이나, 그 속사정은 과연 눈에 보이는 그대로 일지, 의문이 남는다.

이러한 상황 속에서 싱고는 기쿠코를 위로하고, 슈이치와 기쿠코의 관계가 수복되도록 노심하며, 딸 후사코의 미래에 마음이 무거워지기도 한다. 그리고 때때로 묘한 꿈을 꾼다. 그 꿈의 세계에서 싱고의 상념(想念)은 그가 바라는대로 비약하는 것이다. 그러한 꿈의 세계로부터 깨어나, 일가 7명이 모인 저녁 상에서 시골로 단풍구경을 하러 가자고 하는 것으로 소설 『산소리』는 끝을 맺는다.

▶ 작품원문

こんなに幼げなところが、まだ菊子には残っているのか。信吾は昨夜の夢を思い出した。

しかし、考えてみると、新聞に出ていた年のような少女が、結婚して出産するのは、なにもそう珍らしいことではない。早婚の昔に

は、いくらもあった。

それらの少年の年には、信吾自身だって、保子の姉にひとかどあこがれていた。

信吾が茶の間に坐ったのを知って、菊子はあわてたように、そこの雨戸をあけた。

春めいた朝日がさしこんだ。

菊子は日光の量におどろいたらしく、またうしろから信吾に見られているので、両手を頭に上げると、寝みだれ髪をきゅっとひっつめた。

神社の公孫樹の大木も、まだ芽吹いてはいないが、朝の日光と朝の鼻には、なんとなく木の芽の匂いがするようだ。

菊子は素早く身じまいをして、玉露を入れて来た。

「はい、お父さま。おそくなりました。」

寝起きの信吾は、玉露も熱い湯で飲む。熱い湯なので、入れ方はかえってむずかしい。菊子の加減が一番いいようだ。

未婚の娘が入れてくれたら、もっといいだろうかと、信吾は思う。

「酔っ払いには迎え酒、老いぼれには玉露で、菊子もいそがしいな。」

信吾は軽口をたたいた。

「あら、お父さま。御存じでしたの？」

「目をさましましたね。初めはテルがうなってるのかと思った。」

「そうですか。」

菊子は下向いて坐って、立ち上りにくいようだった。

「私だって、菊子さんより先きに、起されたわよ。」　と襖の向うから、房子が言った。

「いやなうなり声で、気味が悪かったけれど、テルが吠えないから、修一だとわかったわ。」

房子は寝間着のまま、下の子の国子に乳をふくませて、茶の間へ出て来た。

顔はみっともないが、乳房は色も白くて、みごとである。

「おい、その恰好はなんだ。だらしがない。」と信吾は言った。

「わたしは相原がだらしがないから、どうしたって、だらしがなくなりますよ。だらしがない男のところへ、嫁にやられたら、だらしがなくなったって、しかたがないじゃありませんか。」

房子は国子を、右の乳から左の乳へ抱き変えながら、「娘のだらしがなくなるのがおいやなら、嫁にやる先きが、だらしがないかどうか、よく調べていただきたかったわ。」と、しつっこく言った。

22) 新戯作派

전후의 도덕이나 기성의 문학관에 반발해 자학적 퇴폐적인 태도 속에서 작품을 발표한 작가들을 新戯作派라고 부르고 無頼派라고도 불렀다.

織田作之助는『土曜夫人』을 발표하고 또 지금까지의 소설관에 반대하는 평론『可能性の文学』을 썼다. 太宰治는『の妻』에서 기성도덕에 대한 반발을 표시하고『斜陽』,『人間失格』를 써서 전후 세상에 대한 부정적 태도를 나타냈다. 坂口安吾는『白痴』,『恋をしに行く』, 평론『堕落論』에서 독자적인 사회풍습에 대한 반대 정신을 나타냈다.

(1) 太宰治<ruby>だざいおさむ</ruby>(1909-·1948)

太宰治는 1909년 青森현<ruby>あおもり</ruby>에서 출생했다.

아버지 源右衛門<ruby>げんうえもん</ruby>, 어머니 タネ의 육남이며, 東京대학 불문과를 중퇴했다. 아버지는 귀족원의원 이었으나, 어머니 タネ가 몸이 약해 유모와 동거중인 숙모 きえ가 어머니 대신 역할을 했다. 太宰는 중학교 3학년 때부터 은근히 작가를 지망했다. 1927년 芥川의 죽음에 충격을 받고, 그해 가을에 기생 小山初代<ruby>おやま はつよ</ruby>를 알게 된다. 1928년 동인지 「細胞文学<ruby>さいぼうぶんがく</ruby>」와 교우회지 등에 작품을 발표했다. 1929년 12월 사상, 학업 등의 문제로 칼모친 자살을 기도한다. 1930년 東京대학 불문과에 입학하며, 井伏鱒二를 알게 되어 사사를 받는다. 이때부터 공산당 비합법활동에 종사하고, 11월 江の島<ruby>え しま</ruby>의 바다에 여급과 투신자살을 기도한다. 다음해 小山初代<ruby>おやま はつよ</ruby>와 동거하며, 비합법 활동을 계속한다. 1932년 青森 경찰서에 출두한 것으로, 비합법 활동으로부터 이탈하여 창작에 몰두한다. 1936년 『晩年』을 간행하고, 10월에 파비날 중독 때문에 입원하게 된다. 다음해 初代<ruby>はつよ</ruby>와 水上<ruby>みなかみ</ruby>온천에 가서 동반자살을 기도하고, 돌아와서 이별하며, 1939년 石原美知子<ruby>いしはら みちこ</ruby>와 결혼하여 안정된 가정 생활과 창작 활동이 계속된다.

『富嶽百景<ruby>ふがくひゃっけい</ruby>』,『女生徒<ruby>じょせいと</ruby>』,『駆込み訴へ』,『走れメロス』,『東京八景』,『右大臣 実朝<ruby>うだいじん さねとも</ruby>』,『津軽<ruby>つがる</ruby>』, 동화풍의 소설『お伽草子<ruby>とぎぞうし</ruby>』 등의 많은 작품을 발표했다. 전후에는 스스로 보수파를 선언하고,『冬

の花火』,『叙陽』,『如是我聞』『人間失格』등을 발표했다.

青森県津軽의 대지주의 집안에서 태어난 太宰는 그것에 대한 도덕적 부담을 느끼고 戦前 デカダンス(퇴폐적 경향)의 생활을 해 왔지만 戦後는 다시 반 세상적 자세를 굳히고 희곡『冬の花火』에 서 전후의 편승사상을 비판했다.『ヴィヨンの妻』,『桜桃』에서 기 성도덕에의 반발을 나타냈다.『斜陽』에서 몰락해가는 귀족을 묘 사하고『人間失格』에서 인간에 대한 불신과 공포를 말하고 1948 년 몸이 극도로 쇠약해져, 가끔 각혈을 한 후, 6월 山崎富栄와 함 께 강에 몸을 던져 玉川上水에서 투신자살했다.

■『人間失格』

작품『人間失格』은 1948년 잡지「展望」에 발표했다. 주인공 葉蔵는 동북지방 시골의 부자집에서 태어났다. 너무 순수하기 때 문에 세상에 잘 적응하지 못하고 인생의 파멸을 초래하게 된다. 작자가 죽기 전에 자기일생을 파헤쳐 일생동안 참아왔던 콤플렉 스를 토해내어 내적 진실을 밝히려 한 작품이며, 인간존재의 본 질을 묘사한 소설로 영원히 기억될 작품이다.

▶ 작품 줄거리

『人間失格』의 주인공 葉蔵는 동북지방 시골의 부자집에서 태어났다. 대가족 속에서 요죠는 자신이 살아가는 방법을 전혀 모르는 것이다. 자신은 이웃 사람과 전혀 대화를 할 수 없다. 무슨 말을 어떻게 해야 좋을지 모르기 때문이다. 그래서 생각해 낸 것이 광대인 것이다. 자신

은 장난꾸러기로 보이는 것은 성공했지만, 백치를 닮은 학생 竹一^{たけいち}에게 간파 당했던 것이다.

나는 5년생에 진학하지 않고 4년이 끝나자 東京의 고등학교에 시험을 봐서 합격하여 바로 기숙사 생활에 들어갔다. 동시에 本鄉^{ほんごう}에 있는 서양화가 그림 학원에 다니게 되었다. 거기서 나는 술과 담배, 매춘부, 전당포와 좌익사상을 알게 되었다. 그것들은 비록 일시적이라도, 기분을 달랠 수 있는 매우 좋은 수단이라는 것을 자신이 알게 되었다. 그런 수단을 얻기 위해서는 자신이 가진 물건 전부를 매각해도 후회가 없다는 기분조차 품게 되었다. 그때 자신에게 특별한 호의를 품고 있는 여자가 세 사람 있었다. 한사람은 자신이 하숙하고 있는 하숙집 딸, 또 한사람은 여자 고등 사범의 문과생, 그리고 또 한사람은 銀座^{ぎんざ}에 있는 큰 카페의 ツネ子라고 하는 여급이다. 취해서 잠에서 깨자 츠네꼬가 머리맡에 앉아 있었다. 그날밤 우리들은 鎌倉의 바다에 뛰어들었다. 여자는 오비(키모노를 입을때 두르는 허리띠)는 가게 친구에게 빌린 것이라며 풀어놓고 함께 물에 뛰어 들었다. 여자는 죽고 자신만 살아 남았다.

鎌倉 사건 때문에 고등학교로부터 추방 당하고, 자신은 히라메(ヒラメ)의집 이층의 삼조 방에서 기거하고 있었다. 고향에서는 극히 소액의 돈이 보내져 오고 있었다. 그즈음, 알게된 것이 시즈꼬(シヅ子)라는 여성 기자이다. 高圓寺^{こうえんじ}의 아파트에 살고 있고, 남편과 사별한지 삼년이 된다고 한다. 처음에는 남자 첩같은 생활을 했다. 시즈꼬가 新宿^{しんじゅく}의 잡지사에 출근한 후에는, 자신과 시게꼬(シゲ子)라고 하는 다섯 살짜리 여자아이와 빈집을 지키는 것이다. 시즈꼬의 배려로, ヒラメ, 堀木^{ほりき},

거기다 시즈꼬의 세사람의 회담이 성립되어, 자신은 고향으로부터 완전히 절연당하자, 시즈꼬와 동거하게 되었다. 그러나 음주가 늘고, 언제부터인가 돈에 궁해져서 시즈꼬의 옷가지를 들고 나가게 되었다. 그런 어느 날 銀座에서 돌아오자, 방안에서 여자아이의 행복한 웃음소리가 들려왔다. 그때, 자신이라고 하는 바보 같은 놈이 두사람 사이에 끼어서, 두사람을 엉망진창으로 하는 것이라고 생각했다. 검소한 행복과 좋은 모녀관계……

나는 합장하는 기분이 되어, 살짝 방문을 닫고, 다시 銀座로 돌아온 후로는, 아파트에 돌아가지 않았다. 그 후 京橋 근처 스탠드바의 이층에, 자신은 홀아비의 모습으로 살고 있었다. 근처에 담배 가게가 있고, 담배 가게의 딸 ヨシ子를 알게 되었다. 자신은 요시꼬를 내연의 처로 하게 되어 隅田川 근처의 아파트를 빌려 거기에서 살게 되었다. 그런데 어느 날, 자신에게 만화를 그리게 해서, 얼마의 돈을 놓고 가는 삼십세 전후의 몸집이 작은 남자 상인에게 요시꼬가 강간 당했다. 요시꼬는 순진한 신뢰심 때문에 강간 당하고 상처를 입은 것이다. 나는 수면제를 먹고 자살을 기도했지만, 죽지 않았다. 술에 빠지고, 각혈을 하고, 몰핀중독이 된후에는, 정신병원에 들어가게 되었다. 자살을 기도하고 살아났을때, 여자가 없는 곳으로 가자고 헛소리를 한 것이, 묘한 형태로 실연되게 되었다. 이제 자신은 완전히 인간이 아닌 것이다. 인간실격인 것이다. 행복도 불행도 없다 단지 모든 것은 지나갈 뿐이다. 작가인 내가 京橋의 바의 마담으로부터 세장의 사진과 함께 보여준 정신장애인의 수기이다.(p. 185, 186, 187)

▶ 작품원문『人間失格』

第一の手記

恥の多い生涯を送って来ました。

自分には、人間の生活というものが、見当つかないのです。自分は
東北の田舎に生れましたので、汽車をはじめて見たのは、よほど大
きくなってからでした。

自分は停車場のブリッジを、上って、降りて、そうしてそれが線路
をまたぎ越えるために造られたものだという事には全然気づかず、
ただそれは停車場の構内を外国の遊戯場みたいに、複雑に楽しく、
ハイカラにするためにのみ、設備せられてあるものだとばかり思っ
ていました。しかも、かなり永い間そう思っていたのです。ブリッ
ジの上ったり降りたりは、自分にはむしろ、ずいぶん垢抜けのした
遊戯で、それは鉄道のサーヴィスの中でも、最も気のきいたサー
ヴィスの一つだと思っていたのですが、のちにそれはただ旅客が
線路をまたぎ越えるための頗る実利的な階段に過ぎないのを発見し
て、にわかに興が覚めました。

また、自分は子供の頃、絵本で地下鉄道というものを見て、これも
やはり、実利的な必要から案出せられたものではなく、地上の車に
乗るよりは、地下の車に乗ったほうが風がわりで面白い遊びだか
ら、とばかり思っていました。

自分は子供の頃から病弱で、よく寝込みましたが、寝ながら、
敷布、枕のカヴァ、掛蒲団のカヴァを、つくづく、つまらない装飾

だと思い、それが案外に実用品だった事を、二十歳ちかくになって
わかって、人間のつましさに暗然とし、悲しい思いをしました。

また、自分は、空腹という事を知りませんでした。いや、それは、
自分が衣食住に困らない家に育ったという意味ではなく、そんな
馬鹿な意味ではなく、自分には「空腹」という感覚はどんなものだ
か、さっぱりわからなかったのです。

へんな言いかたですが、おなかが空いていても、自分でそれに気が
つかないのです。

小学校、中学校、自分が学校から帰って来ると、周囲の人たちが、そ
れ、おなかが空いたろう、自分たちにも覚えがある、学校から帰って来
た時の空腹は全くひどいからな、甘納豆はどう？ カステラも、パンも
あるよ、などと言って騒ぎますので、自分は持ち前のおべっか精神を
発揮して、おなかが空いた、と呟いて、甘納豆を十粒ばかり口にほう
り込むのですが、空腹感とは、どんなものだか、ちっともわかっていや
しなかったのです。

自分だって、それは勿論、大いにものを食べますが、しかし、空腹感か
ら、ものを食べた記憶は、ほとんどありません。めずらしいと思われた
ものを食べます。豪華と思われたものを食べます。また、よそへ行って
出されたものも、無理をしてまで、たいてい食べます。そうして、子供
の頃の自分にとって、最も苦痛な時刻は、実に、自分の家の食事の
時間でした。

(2) 風俗소설
ふうぞく

　전후의 세상 인심이 일변한 모습을 묘사하는 풍속소설도 전후 문학의 하나의 특색이다. 田村泰次郎의『肉体の門』은 1947년 잡지「群像」에 발표했다. 패전 직후의 세태를 배경으로, 육체를 파는 여자들이 집단생활을 하고 있는 지하실에 한 남자가 잠입해 와, 그때까지 육체를 파는 것에만 전념했던 여자들이 육체의 기쁨에 눈뜨게 된다. 이 작품은 일약 베스트셀러가 되었으며, 육체 작가로 불리우게 되었다. 패전에 의해, 모든 가치관이 변해가는 중에, 사는 일에만 생명을 불태우고, 밤의 정글을 방황하는 소녀들의 생태를 생생하게 묘사한 작품이다.

　石坂洋次郎의『青い山脈』은 1947년에 朝日신문 연재소설이다. 주인공 여학생 寺沢新子를 둘러싼 島崎雪子 선생님과 沼田 의사 등에 의해, 지방 도시의 봉건성을 타파할 때까지의 건전한 청춘찬가이다. 신문에 발표된 후 몇번인가 영화화되고 테마 주제곡과 함께 대단한 히트를 친 작품이다. 전후의 혼란한 세태에 청순한 청춘미를 불러일으킨 베스트 셀러 소설이다.

　丹羽文雄의『厭がらせの年齢』는 1947년 잡지「改造」에 발표했다. 주인공 うめ 할머니는 86세이며, 대식가이고 도벽까지있다. 딸부부가 사망하여 시집간 손녀 딸들에게 신세를 지고 있지만, 어디에 가도 환영받지 못한다. 패전직후의 혼란한 세상사를 배경으로 너무 오래 산 인간의 불행을 묘사한 소설로 작자의 대표작인 동시에 전후의 명작의 하나로 세평을 얻은 작품이다.

舟橋聖一의 『雪夫人絵図』, 井上友一郎의 『絶壁』 등이 쓰여 졌다.

(3) 新日本文学会

전후 재빨리 활동을 개시한 것은 전쟁 중에 침묵을 지킬수밖에 없었던 프로레타리아게 문학자들이었다. 宮本百合子, 中野重治, 蔵原惟人등이 중심이 되어 新日本文学会가 결성되어 민주주의 문학을 목표로 내걸었다. 宮本百合子의 『播州平野』, 『道標』, 徳永直의 『妻よねむれ』 등이 초기의 성과였다.

23) 戦後派文学

昭和21년(1946) 동인지 「近代文学」이 山室静, 平野謙, 本多秋五, 埴谷雄高, 荒正人, 佐佐木基一, 小田切秀雄등에 의해 창간되었다. 평론을 중심으로해서 정치보다더 인간을 우위에 두는 문학을 주장했다. 「近代文学」을 중심으로 새로운 작가, 평론가등이 태어나 戦後派라고 불리우는 조류가 형성되었다.

梅崎春生는 『桜島』, 『日の果て』에서 자신의 전쟁체험을 묘사 했다. 野間宏는 중후한 문체의 『暗い絵』로 등장하고 군대의 비인간성을 폭로하는 『真空地帯』, 자전적 장편 『青年の環』를 완성시켰다. 中村真一郎는 『死の影の下』를 발표하고 이후 왕성한 창작활동을 계속했다. 椎名麟三는 『深夜の酒宴』, 『永遠なる序章』에서 실존적 작풍을 보여 주었다. 武田泰淳은 『蝮のすえ』,

『風媒花』에서 새로운 인간인식을 나타냈다. 大岡昇平은 필리핀 종군체험을『俘虜記』,『野火』를 쓰고 대작『レイテ戦記』를 정리했다. 三島由紀夫는 『仮面の告白』로 주목받고『潮騒』, 『金閣寺』등을 발표했다. 전후파 작가 중에서도 井上靖는 이색적인 색채를 띠운『楼蘭』,『蒼き狼』등 중국에서 소재를 취한 역사소설을 많이 썼다.『楼蘭』은 1958년 잡지「文芸春秋」에 발표했다. 기원전에 존재했던 서역의 작은 나라가 큰 나라 사이에 끼어서 위협받으며 살아가야만 되는 운명과 결국은 멸망해간 작은 나라이다. 로우랑이라는 아름다운 이름을 가진 나라의 존망을 풍부한 상상력으로 묘사한 작품이다.

戦後派문학 중에서 대표로 三島由紀夫의『金閣寺』를 소개하면 아래와 같다.

■『金閣寺』

『金閣寺』는 1956년 1월부터 10월까지 잡지「新潮」에 연재되고 같은 해 출판사 新潮社에서 간행되었다. 말더듬이로 소외감에 고민하는 청년이 금각사의 아름다움에 매료되어 새로운 인생을 꿈꾸며 금각사에 불을 지르기 까지의 심리를 묘사한 소설이다. 『금각사』는 작자의 대표작품이고 전후문학의 기념비적인 작품으로 평가받고 있다. 이 작품은 실제 있었던 사건을 바탕으로 쓰여진 작품으로 발표 당시에는 많은 비평가로부터 절찬을 받았고 読売 문학상을 받았다. 영화로서도 히트친 작품이다.

▶ 작품 줄거리

『금각사』의 주인공 나는 어렸을 적부터 아버지께서 금각사의 얘기를 자주 들려 주셨다. 내가 태어난 곳은 舞鶴에서 동북쪽인 일본해로 돌출된 쓸쓸한 산기슭이었다. 成生의 절 근처에는 적당한 학교가 없어서 작은아버지 댁에 맡겨져 東舞鶴 중학교에 도보로 통학했다. 나는 몸도 약하고 달리기나 철봉을 해도 다른 아이들에게 뒤떨어질 뿐 아니라 천성적인 말더듬이로 소극적인 성격이었다.

어느 봄방학에 아버지는 나를 京都에 있는 금각사로 데리고 갔다. 아버지는 자신이 폐병으로 남은 날이 길지 않다는 사실을 알고 살아생전에 나를 田山道詮 주지스님에게 인사시키고 장래를 부탁하기 위해서 였다.

아버지는 옛날부터 금각사를 사랑하셨고 그 웅장함을 나에게 말씀해 주셨다. 금각사를 둘러 본 나에게는 그것은 마치 오랫동안 바다를 건너온 아름다운 배처럼 보였다.

결국 아버지는 돌아가시고 나의 실질적인 소년시대는 끝났다. 1944년의 일이다. 아버지의 유언대로 나는 京都에 가서 금각사의 제자가 되었다. 학비는 주지스님이 대주고 그 대신 절의 청소도 하며 주지스님의 신변을 돌보는 잔심부름을 하면서 절에서 학교에 다니는 생활이 시작되었다. 매일 금각사와 접할 때마다 그 아름다움에 점점 매료되어 갔다. 절에서 鶴川라는 소년을 소개받았다. 鶴川는 나와 같은 수도승이지만 東京 근교의 유복한 절의 아들로 학비도 용돈도 식량도 여유 있게 보내왔다. 여름방학으로 귀가했다가 간밤에 돌아온 것이다. 가을

부터 같은 동급생이 될 모양이다. 쯔루카와는 좋은 집안에서 교육을 받고 자라 순수한 점이 보였다.

1944년 2월 B29의 東京 폭격 등, 진쟁은 일본의 패진으로 끝났다. 여전히 세월은 흘러, 어느 겨울날 외국인 병사와 그 병사의 파트너인 창녀가 금각사를 구경하러 왔다. 그 두사람은 말다툼을 해서 여자를 쓰러트리고 쓰러진 여자를 짓밟으라고 외국인 병사는 나에게 명령한다. 나는 명령대로 여자의 배를 마구 짓밟았다. 여자의 부드러운 살의 감촉은 나에게 쾌감을 느끼게 해 주었다. 그 일이 있은 1주일후 여자는 그 일로 유산을 했으니까 얼마간의 돈을 내라고 주지스님에게 협박을 했다. 주지스님은 잠자코 돈을 주어 여자를 돌려보냈다. 이 일로 나는 주지스님의 노여움을 샀다고 생각했지만 스님은 그 일을 불문에 붙였다.

마침내 1947년 봄 주지스님은 그런 일이 있었어도 나와 쯔루카와를 大谷대학 예과에 진학시켜 주셨다. 대학에서 안짱다리인 柏木를 알게 된다. 柏木는 자기가 다리 병신이기 때문에 여자에게 사랑 받지 못한다고 믿고 여자에 대한 허무관을 가지고 있다. 그러면서도 카시와기는 자기의 자유롭지 못한 몸을 교묘하게 이용해서 여자의 관심을 끌어서는 여자와 관계를 맺는다. 나는 카시와기의 소개로 그의 하숙집 딸과 아라시산에 놀러갔다. 카시와기와 여자친구, 나와 하숙집 딸, 두 팀은 따로 따로 놀기로 하고 헤어졌다. 나는 망설이다가 손을 여자의 치마 쪽으로 더듬어 갔을 때 그때 마침 금각이 나타나는 것이다. 위엄에 넘친 섬세한 건축, 하숙집 딸은 멀고 작게 먼지처럼 달아나 버렸다. 그런데 내가 환상의 금각에 포옹되어 있는 시간은 긴 시간이 아니었

다. 일찍이 내 마음 속에서 작은 존재에 지나지 않았던 금각사가 어느
새 나를 에워쌀 만큼 큰 존재가 되어버린 것이다. 그 후 무슨 일이
생길 때마다 금각사는 환영이 되어 나타나게 되었다. 금각사의 미가
인생과의 연결을 방해하는 것이다.

쯔루카와가 무엇인가 집에 복잡한 일이 있어서 1주일 정도 휴가를 얻
어 東京에 돌아갔다. 東京에 귀가한 쯔루카와가 교통사고로 세상을
떠난 후 나의 고독은 시작되었다. 그로부터 2년후 1949년 1월 나는
토요일을 이용해서 삼류 영화관에서 영화를 보고 돌아오는 길에 주지
스님이 기생과 함께 걷고 있는 것을 목격했다. 노스님은 나를 발견하
자 바보 같은 놈 나를 뒤쫓을 셈이냐고 꾸짖었다. 그런 일이 있은 후
학교를 자주 결석하여 성적이 나쁜 나에게 노스님은 나에게 자신의
뒤를 잇게 할 생각이 없어졌다고 확실하게 말했다.

나는 절에서 나와 敦賀로 향했다. 그 여행 도중에 나는 금각사를 불태
워야 겠다고 결심했다. 나는 곧 절로 다시 돌아와 생활을 했다.

1950년 나는 大谷대학의 예과를 수료하고 본과로 진학했다. 노스님은
나에게 기대를 하지 않으면서도 수업료는 주셨다. 그 돈으로 창녀촌에
서 놀기도 했지만 7월 1일밤 나는 금각사에 불을 지르고 그 화염 속에
휩싸여 죽기로 결심하고 실행에 옮겼다. 불은 순식간에 타올라 밤하늘
을 뒤엎었다.

나는 달렸다. 어디를 어떻게 달렸는지 左大文字 산꼭대기에 와있었
다. 아득히 먼 아래쪽에서 금각사가 타고 있는 것이 보였다. 호주머니
를 뒤졌더니 칼과 손수건에 싼 칼모틴의 병이 나왔다. 그것을 계곡
밑으로 던져 버렸다. 다른 호주머니에서 담배가 손에 잡혔다. 나는 담

배를 꺼내 피웠다. 일을 마치고 한대 피우는 사람이 흔히 그렇게 생각하듯이 살아야겠다고 나는 마음속으로 다짐했다.(p. 214, 215, 216, 217)

▶ 작품 원문『金閣寺』

ある瞬間、拒まれているという確実な意識が私に生まれたとき、私はためらわなかった。身を翻えして階を駆け下りた。煙の渦巻く中を法水院まで下りて、おそらく私は火をくぐった。ようやく西の扉に達して戸外へ飛び出した。それから私は、自らどこへ行くとも知らずに、韋駄天のように駆けたのである。

……　私は駆けた。どれだけ休まずに私が駆けたかは想像の外である。どこをどう通ったかも憶えていない。おそらく私は拱北楼のかたわらから、北の裏門を出て、明王殿のそばをすぎ、笹や躑躅の山道を駆けのぼって、左大文字山の頂きまで来たのだった。

私が赤松の木かげの笹原に倒れ、はげしい動悸を鎮めるために喘いでいるのは、たしかに左大文字山の頂きであった。それは金閣を真北から護っている山である。

私が明瞭な意識を取戻したのは、おどろかされた鳥の叫喚のためである。或る鳥は私の顔の目近に、大仰な羽搏きを迸らせて翔った。あおのけに倒れた私の目は夜空を見ていた。

おびただしい鳥が、鳴き叫んで赤松の梢をすぎ、すでにまばらな火の粉が頭上の空にも浮遊していた。身を起こして、はるか谷間の金閣のほうを眺め下ろした。異様な音がそこからひびいて来た。爆竹のような音でもある。無数の人間の関節が一せいに鳴るような音でもある。

ここからは金閣の形は見えない。渦巻いている煙と天に沖している火が見えるだけである。木の間をおびただしい火の粉が飛び、金閣の空は金砂子を撒いたようである。

私は膝を組んで永いことそれを眺めた。

気がつくと、体のいたるところに火ぶくれや擦り傷があって血が流れていた。

手の指にも、さっき戸を叩いたときの怪我とみえて血が滲んでいた。私は遁れた獣のようにその傷口を舐めた。ポケットをさぐると小刀と手巾に包んだカルモチンの瓶とが出て来た。

それを谷底めがけて投げ捨てた。別のポケットの煙草が手に触れた。

私は煙草を喫んだ。

一ト仕事を終えて一服している人がよくそう思うように、生きようと私は思った。

24) 第三의 新人

昭和27년(1952)부터 30년(1955)경까지 문단에 등장한 신인들은 전후파 작가들과 달리 전통적 사소설적 방법에 의해 일상생활의 공허함을 묘사했다. 그들이 第三의 신인들이라고 불리우는 작가들이다. 安岡章太郎의 『悪い仲間』는 1953년 잡지 「群像」에 발표했고, 제29회 芥川상 수상작이며, 제2차 대전 직전의 사회적 상황을 배경으로 주인공 나는 藤井에게 좋지 않은 행동을 배우고, 그 행동을 倉田 앞에서 행동해 보인다. 이대로 가면 머지않아 자신이 허물어질 것을 예상하고 그들 친구들을 배신한다. 동료의 반응, 청춘기 특유의 허영, 초조, 배신 등이 잘 묘사된 작품이며 작가 자신의 의식을 고집하는 자세를 보여준 작품이다.

吉行淳之介는『驟雨』에서 감각적 이미지를 선명하게 묘사했다. 小島信夫는『アメリカン スクール』, 庄野潤三는『プールサイド小景』등 각각 독자적인 출발을 했다.

遠藤周作의『白い人』는 1955년 잡지「近代文学」에 발표했다. 제33회 芥川상을 받은 작품이며, 신과 인간, 선과 악의 대립을 통해서 넘을 수 없는 인간의 죄의 현실이 극한 까지 묘사되어 있는 작품이다.

그 외에 第三의 신인에 속하는 사람들은 阿川弘之, 曾野綾子가 있다.

阿川弘之의『雲の墓標』는 1955년 잡지「新潮」에 발표했다. 하늘로 사라진 학도병의 청춘과 전쟁 중의 극한상황 속에서 특공대원들의 생활과 의식을 있는 그대로 묘사하여 명작으로 평가받은 작품이다.

25) 昭和30년대

(1) 石原鎮太郎(1932~)

石原鎮太郎는 1932년 神戸시에서 출생했다.

一橋대학 사회학부를 졸업했고, 1955년 대학 재학중에『太陽の季節』를 발표하여 제1회 文学界 신인상과, 제34회 芥川상을

받아, 화려하게 문단에 데뷔 했다. 그의 데뷔 는 문단적으로도, 사회적으로도 찬, 부 양론의 반향과 함께, 기성 윤리에 반역하는 새로운 세대의 등장으로서 메스콤을 떠들석하게 하였다. 태양족(太陽族)이라고 하는 유행어가 태어나고, 사회적 스타로서 자작의 영화의 감독을 하기도 하고 출연하기도 했다. 작품도 문제작을 쓰면서, 大江建三郎, 江藤淳 등과「若い日本の会」를 결성하여, 또한 새로운 연극활동에 전념했다. 1968년에는 체제내 혁신을 부르짖으며 자민당으로부터 참의원에 출마하여 최고 득점으로 당선하였다. 그 후, 문학활동보다는 정치활동이 중심이 되었다. 대표 작품은 『亀裂』, 『死の博物誌』, 『行為と死』, 『化石の森』 등이 있다.

石原鎮太郎의 『太陽の季節』가 1955년 하반기에 芥川賞(芥川賞은 1935년에 설정되어 문단에 등용문이 되었다. 제삼의 신인들은 1952년부터 1955년에 芥川賞을 수상하거나 그 후보가 된 사람들이다. 芥川賞은 신인에게 주어지는 가장 권위있는 문학상으로 정착되고 현재에도 작가를 지망하는 사람들의 등용문)을 받게 된 것은 작품에 묘사된 기성도덕의 무시와 행동의 맹목성에 의해 시대의 전환을 상징하는 점이었다.

『太陽の季節』는 권투와 요트에 열중하는 주인공 학생 津川竜哉와 부자집 딸 英子와의 연애를 중심으로, 湘南 해안을 무대로 젊은이들의 기성세대의 윤리관에 반역하며, 자신들의 사랑의 가능성을 찾아 방황하는 청춘소설이다.

(2) 深沢七郎(1914~　)

深沢七郎는 1914년 山梨현에서 출생했다.

5인 형제중 4남이며, 중학교 졸업 후 상경하여, 약국, 빵집, 등 직업을 전전한다. 그 동안에 키타를 본격적으로 시작해, 1939년 최초의 리사이틀을 열었다. 1956년『楢山節考』을 발표하여 제1회 中央公論 신인상을 받아 주목 받았다. 1958년『笛吹川』를 발표하자, 그 평가를 둘러싸고, 찬, 부 양논이 문단을 떠들썩하게 했다. 1960년 12월 잡지「中央公論」에 『風流夢譚』을 발표하였으나, 황제에 대해 부적절한 표현을 썼다는 이유로 좌익테러사건을 일으키기도 하였다. 이사건을 계기로 일시적으로 붓을 놓고 방랑 생활에 들어간다. 1965년에 농장을 만들어 농업을 시작하고, 1971년에는 今川燒屋라는 과자집을 개업 하는 등 많은 화제를 뿌렸다. 1979년『みちのくの人形たち』로 川端康成상에 추천되지만, 사퇴하고, 다음해 같은 작품으로 谷崎潤一郎상을 수상한다. 1987년 자택에서 심부전으로 생을 마감했다.

深沢七郎의『楢山節考』는 전설을 소재로 한 작품으로, 信州의 가난한 산간마을에서 나이가 70이 되면 산에 버려야만 되는 관습 하에, 노모의 이타적이고 자기 희생적인 모습이 선명하게 묘사된 작품이며 민속전승을 소재로 하여 지금까지의 문학관에 충격을 주었다.

정치성이나 사회성을 포함한 새로운 인간의 전체상을 파악하려고 한 시도는 開高健나 大江健三郎 등-7에 의해서 행해졌다. 開

高에게는『パニック』,『輝ける闇』『裸の王様』등의 작품이 있고, 大江에게는『死者の奢り』,『同時代ゲーム』등이 있다. 『砂の女』의 安部公房나『地の群れ』의 井上光晴도 현대라고 하는 상황하에서의 인간존재의 방식을 추구하고 있다.

開高健의 『裸の王様』는 1958년 잡지「文学界」에 발표했다. 주인공 大田太郎는 초등학교 2학년이며, 아버지는 그림도구의 사장으로 판매망의 확장과 신 기획에 몰두하여 가정을 돌보지 않는 인물이고, 어머니는 계모이다. 어린 소년의 심리적 변화를 통해 인간의 이기주의를 묘사한 작품이며, 제 38회 芥川賞을 받은 작품이다.

(3) 大江建三郎(1935~)

大江建三郎는 1935년 愛媛현에서 출생했다.

東京대학 불문학과를 졸업하고, 사르트르의 영향하에 창작활동을 시작하고, 감금상태의 전후 청년의 무력감을 묘사한『奇妙な仕事』를 발표하여, 東京대학 신문 오월제상을 수상하고, 거의 같은 테마의『死者のおごり』를 발표하여 작가로 자립했다. 1958년『飼育』를 발표하여 제39회 芥川賞을 수상했다. 1950년대 후반에는 石原慎太郎와 함께 젊은 세대를 대표하는 작가로 간주되었다. 1960년대부터는 부친과 장애인인 아들과의 관계를 축으로 하는 작품『個人的な体験』을 발표하고, 모델이라고 할 수 있는 장남 光씨는 현재 작곡가로 활약하고 있다. 그 외에『万延元年のフツトボ-ル』,『性的人間』,『日常生活の冒険』등 연이어

문제작 화제작을 발표했다. 1980년대에 들어서는 신화적 구상을 수목이라고 하는 암유로 이야기하는 『雨の木を聴く女たち』, 『いかに木を殺すか』 등을 발표하며, 大江 문학은 유럽 문학계에도 영향을 미쳤다고 하여, 1989년에 유로파리아 문학상을 수상했다. 1993년에는 이탈리아 문학상인 몬테로상을 받는 등 국제적으로도 평가가 높아졌다. 외국어로의 번역 작품도 많아 현재10수개 국어 약60점에 이른다. 특히 스웨덴에서는 『万延元年のフツトボ-ル』의 스웨덴어역이 1989년에 출판되었을 때는 주요 신문에서 격찬을 받았다. 드디어, 1994년에는 일본에서 두 번째의 노벨문학상을 수상했다. 스웨덴 아카데미는 수상 이유에 대하여, 「시적 상상력에 의하여 현실과 신화가 밀접하게 응축된 상상의 세계를 묘사해 내고, 현대의 인간 양상을 충격적으로 묘사했다」고 하고 있다.

▌『飼育』
　『飼育』은 1958년 잡지 「文学界」에 발표했다. 제39회 芥川상을 수상한 작품이며, 전시하에 산촌에서 흑인병사와 마을 사람들을 둘러싼 사건의 　추이를 소년들의 눈을 통해 묘사한 작품이다.

　▶ 작품 줄거리
　우리들이 사는 마을은, 오랜 장마 때문에, 초등학교의 분교장은 폐쇄되고, 우편물은 정체되고, 읍으로부터 격절되어 있었다. 그 때문에 화장터에 시체를 운반할 수 없어 가설 화장터가 만들어 졌다.

나와 동생은, 그 가설 화장터에서, 가슴에 장식하는 기장으로 사용하는 모양이 좋은 뼈를 찾으러 갔다. 그리고 돌아오는 길에, 큰 적의 비행기를 보았다. 다음날 새벽에, 굉장한 충격 소리를 듣고, 일어나자 아버지는 집에 없고, 마을의 어른들은 다나가고 없었다.

내 친구 免ㅁ는 적의 비행기가 산에 추락하고, 어른들은 산을 뒤져 숨은 적을 찾고 있다고 가르쳐 주었다. 저녁때가 되어, 어른들은 멧돼지 올가미를 다리에 채운 흑인병사를 사냥감으로 데리고 돌아왔다. 사냥감은 우리 부자가 살고 있는 공동 창고의 지하창고에 감금 시켰다. 아버지는 읍과 연락을 하여 대처법이 결정 될 때까지 사냥감을 돌보겠다고 말했다.

다음날, 나는 아버지와 함께 산등성이를 타고 읍까지 가서, 읍사무소에서 마을과의 연락을 담당하고 있는 서기를 만났다. 그리고, 흑인 포로를 어떻게 처리할 것인지 물었지만, 읍의 대응은, 책임 회피만 하고, 확실하지 않은 것이었다. 다음날 읍사무소 서기가 와서, 현청으로부터 해답이 있을 때까지, 마을에서 흑인병사를 보관해 두도록 명령했다. 그날부터 나는 아침과 밤, 흑인병사에게 음식을 운반하는 특권적인 일을 하게 되었다. 이윽고, 낮에는 일을 하지 않으면 안되는 어른들을 대신해서, 나와 免ㅁ와 같은 소년들이 흑인병사의 감시와 식사를 돌보는 일 등 일체를 떠맡아 하게 되었다. 그동안에 감시업무는, 점차로 교류에로 변해가서, 우리들은 흑인병사의 발목에서 멧돼지 올가미를 풀어주게 되고, 흑인병사는 마치 수리공같이 망가진 멧돼지 올가미를 수리해 주기도 했다. 갑자기 친해지게 되었던 우리들과 흑인병사는 인간적인 인연으로 맺어지게 되어, 결국에는 창고에서 나오게 해서 함께 산책하게 되었다. 마을의 어른들도 그일을 야단치지 않고, 흑인 병사는 마을의 일부가 될려고 하고 있었다. 한여름이 되어도 현청에서의 명령은 오지 않았다. 우리들은 흑인병사를 마을의 공동 우물가에 데리고 가서 함께 목욕을 했다. 흑인병사의 아름다운 육체, 특히 튼튼한 섹스에 감탄한 우리들은, 염소를 데리고 온다. 흑인병사는 염소와 관계를 할려고 하지만, 잘되지 않았다. 우리들은 그 자세를 보고 환성을 질렀다. 우리들은 이 즐거운 여름이 언제까지나 끝이 나지 않는다고 믿고 있었다.

여름이 끝날 무렵이 되어, 서기가 와서 흑인병사를 현에 인도하기로 되어있다고 알려 주었다. 나는 주의를 주려고, 광장에 있던 흑인병사가 있는 곳으로 갔지만, 흑인병사는 나를 붙잡아, 지하 창고에 감금시켰다. 하루밤이 지나 널판지를 부수고 어른들이 들어왔다. 이 순간 흑인병사는 적으로 변했다. 흑인병사에게 안겨진 채, 마을 사람들과 흑인병사의 노려보고 있는 것을 보면서, 나는 마을 어른들에 대한 적의, 흑인병사에 대한 적의, 모든 것에 대한 적의를 느끼고 있었다. 그 속에서 아버지가 손도끼를 가지고 와서, 나의 왼손과 흑인병사의 머리를 내려쳤다.

의식을 잃은 나는, 다음 다음날 정신이 들었다. 하지만, 구역질이 나서, 아버지를 포함한 모든 어른들이 참을 수 없었다. 얼마안되어, 나는 흑인병사의 시체를 상환하는 허가가 나지 않았기 때문에, 그 시체는 계곡의 폐갱에 운반되어, 야생의 개를 막는 울타리가 만들어져 있는 일, 소년들은 추락한 비행기의 날개로 썰매놀이을 하고 있다는 것을 가르쳐 주었다. 그때 나는 이제 소년이 아니다 라고하는 생각에 만족했다. 서기가 썰매 타기를 하는 도중에, 바위에 부딪쳐 죽는다. 나는 서기의 시체는, 흑인병사를 태우려고 했었던 장작으로 화장되어 질 것을 생각하면서, 마치 어른과 같이 익숙해져 가는 것을 느꼈다.

(p. 231, 232, 233)

▶ 작품원문

僕は坐っている黒人兵の肩を揺すぶり、方言で叫びたてた。僕は苛だちで貧血をおこしそうだったのだ。僕にどうするごとができよう、黒人兵は黙ったまま僕の腕に揺すぶられて、太い首をぐらぐらさせているだけなのだ。僕はうなだれて彼の肩を離した。

それから急に黒人兵が立ちあがり樹のように僕の前にそびえ、僕の上膊を握りしめると、殆んど僕を引きずるように強く彼の体におしつけ、地下倉の階段を駆けおりた。地下倉の中で僕は短い時間、あっけにとられて、すばやく動きまわる黒人兵の引きしまった腿の動き、尻の肉の収縮などに眼をうばわれていた。黒人兵は揚蓋をおろし、上側の閂を支える鉄枠と対になって内側へ突き出ている環と壁から差し出された揚蓋の支えとを、修理されたままそこにかけてあった猪罠で連結した。そして、両掌を組みあわせ、うなだれて降りて来る黒人兵の脂と充血のために泥をつめられたように表情のない眼を見て、急激に僕は、黒人兵が捕えられて来た時と同じように、理解を拒む黒い野獣、危険な毒性をもつ物質に変化していることに気づいたのだ。僕は大きい黒人兵を見あげ、揚蓋にからみついた猪罠を見、自分の小さい裸足を見おろした。恐怖と驚愕とが洪水のように僕の内蔵をひたし渦まく。僕は黒人兵から跳びのき、壁

に背をおしつけた。黒人兵はうなだれたまま地下倉の中央に立っていた。僕は唇を噛みしめて下肢の震えに耐えなければならない。

揚蓋の上に大人たちが来て、始めは優しく、そして急激におそわれた鶏のように大騒ぎで、揚蓋にからんだ猪罠を揺さぶり始めた。しかし、かつて村の大人たちが黒人兵を地下倉に安心して閉じこめておくために役だった厚い樫材の蓋は、いま黒人兵のために、村の大人たち、子供ら、樹木、谷間、それらすべてを外側に閉じこめていたのだ。

明かりとりから、あわてふためいた大人たちが覗きこみ、それらはすばやく、ごつごつ額をぶつけあいながらいれかわった。地上で大人たちの態度が急速に変って行くのが感じられた。彼らは始め叫びたてた。そして黙りこみ、威嚇する銃身が明りとりからさしこまれた。黒人兵が、敏捷な獣のように僕に跳びかかり、彼の体へ僕をしっかりだきしめて、銃孔から彼自身を守った時、僕は痛みに呻いて黒人兵の腕の中でもがきながら、すべてを残酷に理解したのだった。僕は捕虜だった、そしておとりだった、黒人兵は《敵》に変身し、僕の味方は揚蓋の向うで騒いでいた。怒りと、屈辱と、裏切られた苛立たしい哀しみが僕の体を火のように走りまわり焦げつかせた。そして何よりも、恐怖が膨れあがり渦まいて、僕の喉をつまらせ嗚咽をさそった。僕は荒あらしい黒人兵の腕のなかで怒りに燃えながら涙を流した。黒人兵が僕を捕虜にする……

銃身が引きさげられ、大人たちの騒ぎが高まり、それから明りとりの向うで長い話合いが始まった。黒人兵は、僕の腕を痛みのために

痺_{しび}れるほど強_{つよ}く握_{にぎ}りしめたまま、不意_{ふ い}に狙撃_{そげき}されるおそれのない壁_{かべ}の隅_{すみ}に入_{はい}りこみ黙_{だま}って坐_{すわ}りこんだ。僕_{ぼく}は彼_{かれ}に引_ひきずられ、彼_{かれ}と親_{した}しかった時_{とき}そうしたと同_{おな}じように、彼_{かれ}のむんむんする体臭_{たいしゅう}の中_{なか}に裸_{はだか}の膝_{ひざ}をついた。大人_{おとな}たちは長_{なが}い間_{あいだ}、話_{はな}し続_{つづ}けていた。時_{とき}どき僕_{ぼく}の父_{ちち}が明_{あか}りとりから覗_{のぞ}きこみ、おとりにされた息子_{むすこ}へうなずいて見_みせるたびに僕_{ぼく}は涙_{なみだ}を流_{なが}した。そして、始_{はじ}め地下倉_{ち か ぐら}の中_{なか}に、そして明_{あか}りとりの向_{むこ}うの広場_{ひろば}に夕暮_{ゆうぐれ}が汐_{しお}のように満_みちた。

26) 現代文学의 動向

현대는 출판 저널리즘의 성황도 있어서 많은 작가들이 활약하고 있다. 그중에는 戰前에 출발한 작가도 있고 昭和40년(1965)전후에 출발한 젊은 세대의 작가도 있다. 여러 세대의 작가가 각각의 경지를 개척하고 있다.

(1) 昭和40년대 이후의 작가

昭和40년(1965)전후부터 화려한 활약을 시작한 현대작가에는 辻邦生_{つじくに お}의 『廻廊_{かいろう}にて』, 北杜夫_{きた もりお}의 『楡家_{にれ け}の人人』, 高橋和己_{たかはしかずお}의 『憂鬱_{ゆううつ}なる棠派_{とうは}』, 有吉佐和子_{ありよしさわこ}의 『華岡青州_{はなおかせいしゅう}の妻_{つま}』, 倉橋由美子_{たかはしゆみこ}의 『スキヤキストきQの冒険_{ぼうけん}』 등이다.

有吉佐和子_{ありよしさわこ}의 『華岡青州_{はなおかせいしゅう}의妻_{つま}』는 1966년 잡지 「新潮」에 발표했다. 제6회 여류 문학상을 수상한 작품으로, 의사 세이슈의 어머니와 부인은 서로 목숨을 걸고 마취실험에 헌신하고, 세이슈를

독점하려 하는 고부간의 처참한 사랑의 갈등을 묘사한 작품이다.

昭和40(1965)이후에 문단에 등장한 작가, 비평가들의 공통되는 특징으로서 이데오르기(사상주의)를 뺀 내향적성격을 지적하여 그들을 「內向の時代」라고 부르는 일이 있다. 柏原兵三의 『德山道助の帰鄕』, 黒井千次의 『時間』, 小川国夫의 『或る聖書』, 古井由吉의 『香子』, 阿部昭의 『司令の休暇』, 後藤明生의 『書かれない報告』 등이다.

(2) 古井由吉(1937~)

古井由吉는 1937년 東京에서 출생했다. 東京대학 독문과를 졸업하고, 동대학원 과정을 수료했다. 金沢대학, 立教대학에서 교편을 잡았다. 사고의 형상의 엄밀함이나 신비적인 사랑의 체험을 특징으로 하는 무지루(ム-ジル)나, 의식의 흐름에서는 부롯호(ブロツホ)에서 많은 것을 배운다. 1968년 『木曜日に』, 『圓陣を組む女たち』, 『雪の下の蟹』등을 발표하여 점차로 주목을 받고, 1970년 대학을 퇴직하고, 본격적으로 작가 생활에 들어간다. 1971년 『香子』로 제64회 芥川상을 수상했다. 『妻隱』에서는 일상차원의 남녀관계가 묘사되어 있지만, 그 문학은 세밀한 내면묘사를 특징으로 하고 있다는것에서 「내향의 세대」라고 명명되어져, 古井는 그 중심적 존재로 주목받아 현재에 이르고 있으며, 그 외에 『栖』등 많은 작품이 있다.

『香子』는 1971년 잡지 「文芸」에 발표했다. 등산중의 그는 골짜기 밑에서 정신병이 든 여대생과 만나 친하게 된다. 성적인 관

계도 갖는 등, 진전되어 가지만, 그에 있어서 참子와의 시간은
일상생활에서 떨어져 나간 비현실적인 시간이다. 도회에 있어서
폐쇄된 두 사람만의 공간속에서, 사랑의 의미를 찾으려한 작자의
야심작이다.

(3) 阿部昭(1934~)

阿部昭는 1934년 広島현에서 출생했다.

東京대학 불문과를 졸업하고, 졸업 후, 라디오 東京(현 TBS)에
입사하여, 텔레비젼, 라디오 프로를 제작하는 한편, 작품을 집필
하여, 1962년 『子供部屋』을 발표하여 文学界 신인상을 수상했
다. 『未成年』, 『大いなる日』 등에 의해 점차로 인정받고, 1970년
『司令の休暇』에 의해 작가적 위치를 확립했다. 1971년 방송국을
퇴사하고, 문필활동에 전념했다. 부모, 처자 등의 가족관계를 제
재로, 현대인의 불안을 감성적으로 비평성이 풍부한 문체로 묘사
했다. 『千年』, 『自転車』, 『無縁の生活』, 『人生の一日』, 『単純な
生活』 등의 많은 작품을 발표하고 1989년 54세의 젊은 나이로
생을 마감했다.

『司令の休暇』는 1970년 잡지「新潮」에 발표했다. 원래 해군
대령이었고, 암에 걸려 자리에 누워있는 아버지를 둘러싸고 노부
인과 두 쌍의 아들부부의 감정의 갈등과 죽음을 맞이한 아버지와
아들의 관계를 묘사한 작품이다.

현대에 활약하고 있는 작가로서는 그 외에 三浦哲郎,
河野多恵子, 田辺聖子, 柴田翔, 津村節子, 高井有一, 丸山健二,

まるやさいいち おおば しょうじかおる きょおかたかゆき ふるやまこまお みき たく
丸谷才一, 大庭みな子, 庄司薫, 清岡卓行, 古山高麗雄, 三木卓,
もりあつし たかはし
森敦, 高橋たか子 등이다. 在日朝鮮人작가에는 金石範, 李恢成,
金学泳이다.

　昭和50년(1975)대에는 전후에 태어난 작가 中上健次, 村上竜,
みたまさひろ
三田誠広 들이 등장했다. 1976년에 村上竜가『限りなく透明に近
むらかみはるき かぜ うたをきけ
いブルー』로 등장하고, 1979년에 村上春樹가『風の 歌を聴け』
よしもと
로 등장하고, 몇 년후인 1988년에 吉本ばなな가『キッチン』으로
등장했다. 이러한 신세대 작가들이 등장함으로서 1970년대 까지
의 시대 감성과 결별하게 된다. 大江健三郎의 시대가 전중, 전후
의 시대 상황을 벗어나지 못했다면 이 신세대 작가들은 그런 상황
을 배제하고 현재 처해있는 현실의 세계를 허구의 거리로 만들고
그곳에서 살고 있는 인간들을 묘사한다. 주인공이 보고 있는 세계
는 전중이나 전후의 세계가 아니라 현재의 세계 미래의 세계인
것이다.

むらかみりゅう
(4) 村上竜(1952~　)
りゅう ながさきけん させぼう
　村上竜는 1952년 長崎県 佐世保시에서 출생했다.

　아버지는 미술교사로 村上 新一郎, 어머니는 수학교사로
ふじこ
富士子이다. 고교시절 학교 옥상에 바리케이드를 쳐 무기 근신
처분을 받는다. 근신중 히피문화에 접한다. 1970년 상경 1972년
ふっさ
까지 東京都 福生시에서 지낸다. 이 때의 체험으로 처녀작『限り
なく透明に近いブル-』를 집필하여, 이 작품으로 1976년 제 19회
ぐんぞう
群像신인문학상을 수상하고, 제 75회 芥川상을 수상하며 충격적

인 데뷔를 하여, 그 후 문단의 화제를 모은다. 그 후의 활약은 눈부시고, 1980년 짐 보관함에 버려진 쌍둥이와 같이 형제의 파괴적 행동을 묘사한 장편『コインロツカ-。ベイビ-ズ』를 발표하고, 1988년 성풍속, 특히 SM클럽에서 일하는 여성을 주인공으로 일본의 병리를 묘사한 연작 단편집『トパ-ズ』를 발표했다. 파시즘과 정치문제를 과격한 일본 비판을 통해 묘사한『愛と幻想のフアシズム』, 고교 시절의 체험을 유머러스한 터치로 묘사한 자전적 소설『シツクステイ-ナイン』,『トパ-ズ』의 주제를 파헤치고 신비주의적인 V존을 더한『コツクサツカ-ブル-ス』, 여고생을 주인공으로 현대사회의 모순을 폭로한『ラブ&ポツプ』, 미국인에 의한 연속 살인을 묘사한 사이코 싸스펜스『イン ザ。ミソス-プ』 등의 작품을 발표하여 젊은 세대를 중심으로 압도적인 지지를 얻고 있다. 또한 라디오 디스크 자키나 텔레비전 토크쇼에서 사회자를 하는 등, 폭넓게 미디어 전반에서 활약하며 시대의 첨단을 달리고 있다. 또한 원작 각본 감독을 모두 혼자서 하고『限りなく透明に近いブル-』,『だいじょうぶマイ。フレンド』,『トパ-ズ』,『KYOKO』 등의 영화를 제작하고 있다.

■『코인록카 아기들(コインロツカ-。ベイビ-ズ)』
  작품『코인록카 아기들』은 1980년 출판사 講談社에서 간행했다. 野間문예 신인상 수상 작품이며, 인간을 짐짝 버리듯 버리는 각박한 현대 사회를 상징적으로 묘사한 작품이다.

▶ 작품 줄거리

　『코인록카 아기들』은 같은 날 짐 보관함에 버려진 ハシ와 キク. 두 사람은 橫兵의 고아원에 맡겨져 성장해온 둘은 유아기에 들어 자폐적 경향을 나타낸다. 둘의 치료를 맡은 정신과 의사는 태아가 듣는 모친의 심장소리를 듣게 하여 모든 충동을 억제하게 하는 치료를 행한다. 이윽고 둘은 九州의 くわやま・和代 부부에게 맡겨진다. 그 섬의 폐광에는 가제루(ガゼル)라는 히피 같은 남자가 살고 있었는데, 그는 하시와 키쿠에게 너희들은 버려진 아이들이므로 세계를 파괴할 자격이 있다고 하며, 파괴의 주문 「다치유라(ダチユラ)」를 가르쳐준다. 얼마 후 둘은 고등학교에 입학한다. 키쿠는 장대높이뛰기 선수로서 두각을 나타내는 한편, 하시는 점점 내성적으로 변해간다. 그러던 어느 날 하시는 어머니의 소식을 안다는 토쿄의 노작가를 방문하기 위해 가출한다. 키쿠와 카즈요가 뒤를 좇지만 수색 도중 카즈요가 불의의 사고로 죽고 만다. 귀향을 재촉하는 쿠와야마를 뿌리치고 키쿠는 혼자 토쿄에 머물며 하시를 찾는다. 한편, 옛날 가제루에게 들었던 「다치유라」의 정체를 밝혀내려고 조사를 시작해, 홍분제나 마약과 같은 약물이 있다는 것을 알아낸다.

　악성 화학물질로 오염돼, 외관상으로는 폐쇄되어 있지만 실재로는 뒷거래 시장이 늘어서 있는 통칭 薬島. 야꾸시마에 하시가 있다는 것을 안 키쿠는 철조망을 뛰어 넘어야 하기 때문에 연습을 한다. 키쿠가 연습하는 것을 본 모델 아네모네(アネモネ)는 키쿠가 마음에 들어 집으로 초대한다. 아네모네는 집에서 악어를 키우고 있는데, 악어 나라라는 이상향을 꿈꾸고 있다. 키쿠에게서 「다치유라」 이야기를 들은 아네모네는 「다치유라」야말로 악어 나라의 입구라고 생각해 키쿠와 행동을 함께 하게 된다. 간신히 높이 뛰기로 야꾸시마를 둘러싼 철조망을 뛰어 넘은 키쿠는 하시와 재회하게 된다. 하시는 야꾸시마에서 몸을 팔아 생활을 한다. 재회를 기뻐할 새도 없이 하시는 어렸을 때 들었던 소리를 찾기 위해 가수가 될 거라고 하며, 남색 프로듀서 D와 함께 키쿠의 곁을 떠난다. 한편 야꾸시마로 간 키쿠는 아네모네와 본격적으로 「다치유라」 탐색을 개시하여, 그 정체가 인간을 흉폭하게 하는 화학병기라는 것을 알아낸다. 그리고 「다치유라」가 小笠原^{おがさわら} 여러 섬의 깊은 바다에 봉인되어 있다는 것을 알게된다. 두사람은 깊은 바다에서 「다치유라」를 끌어내기 위해 스쿠버 다이빙 따위의 훈련을 시작한다.

그 무렵 하시는 가수로 데뷔하고, 프로듀서 D에게 임명된 스타일리스트 니바에게 끌린다. 프로듀서 D는 하시가 짐 보관함에 버려졌다는 성장 배경을 최대한으로 살린 프로모션을 전개하여 하시를 유명하게 만든다. 그 일환으로 하시와 모친을 재회시키는 기획을 하시의 양해도 없이 진행시킨다. 그 사실을 안 키쿠는 정신이 취약한 하시를 보호하기 위해 재회 중계현장으로 달려간다. 그러나 그 순간 여자를 죽이고 만다. 얄궂게도 하시 모친은 이미 죽었고 키쿠가 죽인 것은 자신의 모친이었다.

모친 살해 죄로 키쿠는 소년 형무소에 보내진다. 형무소에 간 키쿠는 그곳에서 알게 된 사람들과 직업훈련을 받는다. 아네모네도 형무소가 있는 마을에 살며, 키쿠와 연락을 계속한다. 키쿠는 형무소내의 선박

직원과 시험에 합격한다. 이것은 「다치유라」를 끌어올릴 계획의 하나
였다. 그리고 형무소 소유의 배가 훈련 항해로 출발할 때, 태풍이 부는
틈을 타 키쿠와 일행은 탈주를 계획한다. 키쿠의 계획을 예측했던 아네
모네도 바로 키쿠 일행과 합류해 전부터 준비했던 장비를 가지고 「다
지유라」를 실어내기 위해 하지쇼(八丈島)섬으로 향한다.

한편, 처음에는 그다지 알려지지 않았던 하시는 드디어 스타의 길을
달리게 된다. 그리고 니바와 결혼한다. 그러나 지나친 콘서트 여행으
로 인해 정신적으로 핍박해지고, 어릴 때 들었던 소리를 찾을 수 없다
는 압박이 더해져 신경쇠약에 걸린다. 니바와 프로듀서는 하시를 정신
병원에 넣을 생각까지 하게된다. 그 무렵 니바가 임신하자 하시는 니
바의 배를 볼 때마다 니바와 아기를 죽이라는 환청을 듣게된다. 하치
쇼섬에 깊은바다속에 잠겨있는 [다치유라]를 끌어내던 일을 하던 키
쿠 일행은 작업 도중 상자의 틈새로 흘러나온 「다치유라」로 인해 서
로를 죽이기 시작한다. 최후에 살아 남은 것은 키쿠와 다이빙을 하지
않았던 아네모네뿐이었다.

결국 「다치유라」는 키쿠와 아네모네에 의해 토료에 뿌려진다. 신뢰하
던 프로듀서 D에게도 버려지고 환청에 못 이겨 니바를 찌르고 모든
것을 잃은 하시는 「다치유라」에 의해 폐허가 된 길을 울부짖으며 걸
어간다. 그 때 하시는 심장 고동을 들으며 그 소리가 「살아라」라고
말하는 것을 알게 된다. 그리고 하시의 울부짖음은 점차 노래로 변해
간다.   (p. 299, 300)

▶ 작품 원문 『コインロッカー。ベイビーズ』

運動場を、乞食の老婆が横切っている。廃屋の炭鉱住宅に寝泊まり

して、漁師が干している魚を取ったり家々を回って米を貰い、たまに畑から芋を盗んだりして暮している浮浪者だ。昔から島の住人で、子供がなく、鉱夫だった夫は閉山前に事故で死んだ。収容された施設から脱け出して炭鉱住宅に戻り離れようとしない。害のある人物ではないのでみんな黙認して死ぬのを待っている。

ハシはこの老婆を見ると胸が痛んだ。キクによく話した。女の乞食や浮浪者を見ると、ドキッとするよ、僕を産んだ女じゃないかと思っちゃう、薄汚れて一人ぼっちで、いやしい怯えた目でペコペコ頭を下げて残飯を貰ってる女を見ると、そう思ってぞっとするんだ、だって、僕を産んだ女はきっと不幸になってるよ、僕を捨てたんだからさ、幸せになってるわけないよね、罪がある人なんだもの、かわいそうな女を見ると、おかあさんって抱きつきたくなるけど、本当に産んだ母だったら抱きつかずに殺しちゃうかも知れないね。だから、小学校に入学してすぐ、同級生にからかわれた時は猛然と怒った。今と同じように乞食の老婆は校庭を横切っていた。おい桑山、あの乞食のバアちゃんが本当のかあちゃんやろが。ハシは顔を真赤にして、謝れ、とその同級生に迫った。その同級生は図に乗ってもう一度からかった。おおい、ばあちゃん桑山のかあちゃんと間違えてごめんしてねえ。

キクがその同級生を半殺しにした。キクはこの時に暴力に目覚めた。桑山も和代もシスターも二人を殴ることがなかったので、ハシはもちろんキクも暴力には慣れていなかったのだ。キクは生まれて初めて拳を固く握りしめて他人の顎を打った。一発で相手は吹っ飛

び歯を二本折った。あまりにあっけなかったのでキクの気持ちは納
まらず、気を失うまで腹を蹴って、二人がからかわれた時、回りで
笑った連中にも殴りかかってクラスの全員を怯えさせた。普段は静
かな性格なのでよけいにキクは恐れられた。二人に敵対するものは
いなくなったが、乞食女に対するハシの悲しみは変らない。老婆は
屑箱から紫色の布を取り出している。肩や腰にあてがって身に纏え
ないとわかると、吹いてきた風の中に飛ばした。

　キクとハシは和代との約束を破り何度も廃墟を探検した。小学校の
四年になった年だ。いつものようにランドセルを窓から放り込んで
真直ぐ廃墟に向かった。二人は大まかな廃墟の地図を作り、炭鉱
住宅、坑道及び洗炭所跡、学校周辺、無人の街の四区域に分けて
それぞれに名前を付けていた。ズール、メガド、プトン、ガゼル。
いずれも二人が愛読した漫画に登場する固有名詞で、ズールは悪い
宇宙賊の首領、メガドは金星にある宇宙船基地、プトンは白鳥座
第三星防衛軍に仕えるロボット、ガゼルはスーパーマンと中国人女
性の間に生まれた正義の使者だった。炭鉱住宅、ズール地区は、
三方を丘に囲まれている。丘は蔓草が密生して蝮も多いと思われた
ので、二人はこれまで探検を断念していたのである。丘の向こうか
らは大きな建築物のせいで風が巻く時の音が聞こえる。

　丘の蔓草を刈っていて、一週間前にキクがコンクリートの階段を見
つけた。階段を上がりきると、未発見の建物と海が見えるはずだ。
そして地図も完成する。階段は丘を斜めに横断しているので、コン
クリートにも上側の蔓草が垂れている。

(5) 村上春樹(1949~　)

むらかみはるきは 1949년 京都에서 출생했다.

아버지 村上千秋, 어머니 美幸의 장남이며, 1961년 兵庫현으로 이사를 한다. 중학시절은 국어교사였던 양친의 국문학 취미에 반항하여, 세계문학전집을 탐독한다. 고교시절은 첸들러, 보네갓 등 미국문학을 원문으로 읽는다. 1968년 早稻田 대학 문학부 연극과에 입학하나, 학원분쟁으로 학교 폐쇄가 계속되는 가운데 매일 영화를 보거나 째즈클럽을 들락거린다. 1971년, 아내 陽子와 학생 결혼하고, 1974년부터는 国分寺에서 째즈클럽을 경영한다. 1975년「미국에 있어서의 여행의 사상」이라는 졸업 논문을 써서 7년만에 대학을 졸업한다. 1979년,『風の歌を聴け』가 群像신인 문학상을 수상하여, 작가로 데뷔 하게 된다.

이 작품은, 몇 개의 짧은 장을 쌓아서 이야기를 하는 독특한 스타일과 일본문학에서 볼 수 없는 소탈함으로 주목을 끈다. 이후『風の歌を聴け』의 주인공「나」를 주인공으로 한 연작『1973年のピンボ-ル』,『羊をめぐる冒険』,『ダンス。ダンス。ダンス』을 발표한다. 1985년『世界の終りとハ-ドボイルド。ワンダ-ランド』그리고 1987년에 정통적인 연애소설『ノルウエイの森』는 대단한 베스트셀러가 되어 사회에 큰 반향을 일으켰다. 1995년 개인의 내부에 도사리고 있는 폭력성과 공포와 공동체와의 관계를 일본근대역사와 중첩시키며 묘사한『ねじまき鳥クロニクル』등을 발표하고 있다.

『村上朝日堂の逆襲』등 유모어 넘치는 엣세이도 많은 인기를 얻고 있다. 그리고 1997년에는 지하철 독가스 살포사건의 피해자를 취재한 논픽션『アンダ-グラウンド』를 발표했다. 그리고 2002년에 장편소설로는 오랜만에『海辺のカフカ』를 상·하 2권으로 발표했으며 2008년 현재에도 맹활약중인 작가이다.

▊『羊をめぐる冒険』

작품『양을 둘러싼 모험』은 1982년 잡지 群像 에 발표했다. 野間 문예 신인상을 받은 작품으로, 작자가 처음으로 스토리성의 도입을 시도한 작품이며, 줄거리 전개와는 직접 관계가 없는 삽화들이 독자를 매혹하고, 이상한 등장인물들도 매력적이다.

▶ 작품 줄거리

『양을 둘러싼 모험』1978년 7월, 나와 70년대 초두를 공유했던 「아무하고나 자는 여자애」라 불리우던 여자애가 죽었다. 이야기는, 그녀의 장례식 이후부터 시작된다. 「같이 있어도 아무데도 갈 수 없어」라는 말을 남기고, 아내가 집을 나가, 나는 누구하고도 유대감을 느낄 수 없는 고아와 같은 심정을 안고 있었다.

그러던 중, 광고 대리점을 경영하는 나는 일관계로, 이상한 힘이 있는 귀를 가진 여자친구와 알게 된다. 그녀는, 나의 반쪽자리 자신을 되찾기 위해 「양을 둘러싼 모험」이 시작될 것이라 예언한다.

그런 일이 있고 나서 곧바로, 공동경영자가 회사로 나를 불렀다.

거기서 기다리고 있던 사람은, 「선생님」이라 불리우는 거물급 우익의 비서였다. 「선생님」으로부터 전권을 위임받고 있다고 하는 비서는, 쥐라고 불리우는 친구가 내게 보내준 양떼 사진에 문제가 있다고 말하고, 사진의 출처를 밝히지 않으면 회사와 나 개인의 장래는 없다고 협박하지만, 나는 응하지 않는다. 그래서 비서는 사진에 찍혀있는 등짝에 별모양의 반점이 있는 양과 「선생님」과의 관계를 이야기하기 시작한다.

1932년, 젊은 우익청년이었던 「선생님」은 요인 암살에 연좌되어 체포된다. 그때 받은 고문으로, 뇌에 피혹이 생겼다. 이 사건 후로 「선생님」은 무지하고 난폭한 우익에서, 카리스마성과 논리성을 가진 우익의 우두머리로 뛰어오른다. 그리고 전후(戦後), 「선생님」은 정치·경제·문화를 뒤에서 조정하는 거대한 왕국을 건설한다.

비서는 「선생님」의 변모는, 양의 귀신이 씌여서 그린 것으로 양을 잃어버린 「선생님」은 현재 죽을 지경에 처해 있다.

하루속히 양을 찾아 그 비밀을 해명하지 않으면, 「선생님」의 왕국은 분열해 버린다. 이 사실을 잘 생각해서, 만약 내가 사진의 출처를 밝히지 않으면, 1개월 이내에 내가 양을 찾아야 한다고 한다.

나는 하는 수 없이 양의 탐색을 개시 하고, 北海道로 간다. 그리고 이상한 힘이 있는 귀를 가진 여자애의 말에 따라 札幌의 イルカ호텔에 머물렀다. 거기에서 우리들은, 「양박사」를 만나, 그의 이야기를 듣게 된다.

소년시절부터 천재소년이었던 「양박사」는 어릴 때부터 농정에 뜻을 품고, 수퍼 엘리트로서 농림성에 입성하여, 중일전쟁 전의 滿洲로 건너가, 군을 위해 양의 증산 계획에 종사하게 된다. 그 시찰 여행 도중에 행방불명이 된 「양박사」는 그 동안 양의 혼령과 만나, 양의 혼이 씌인다. 양의 혼이 씌이게 된 「양박사」는 일본에 송환되었는데, 그 후 양은 「양박사」의 정신으로부터 나갔다고 한다.

나는 「양박사」에게, 일본에 온 양이 「선생님」한테 들어간 경위, 내가 겨난 빈농이 개척한 마을로, 그 후, 군의 의도로 면양목장이 만들어지는 등, 순조로이 발전하지만, 태평양 전쟁 후엔, 이농이 진행되어 임업으로 전환을 하기는 했지만, 지금은 인구가 드물게 되었다고 한다. 우리들은 쥬니타키마치에 도착하여 하룻밤을 자고 나서 깊숙한 산길을 걸어, 가까스로 목장에 도착한다.

그러나 짐 등, 쥐가 있던 흔적은 있지만, 사람은 어디에도 없다. 우리들은 느긋하게 쥐가 돌아오는 것을 기다릴 작정이었으나 곧바로 목장 도착 때부터 몸이 좋지 않다고 호소하던 이상한 힘이 있는 귀를 가진 여자애가 사라져 버린다.

하는 수 없이, 혼자서 쥐를 기다리기로 한 내 앞에, 양가죽으로 된 인형을 쓴 양 사내가 나타난다. 그는 현실 사회로부터 도피하여, 이 목장에 숨어 지내고 있다고 고백한다. 나는 양 사내에게 쥐에 대해 물어보지만, 양사내는 대답하지 않는다.

두사람은 어두운 침실에서 재회를 한다.

이 목장을 소유하고 있는 부자는 쥐의 부모였다.

그리고 쥐는 이 목장에서 자신도 양의 혼이 씌이게 된 것과, 양 사내의 모습을 빌어 나와 접촉했던 것을 말해 준다. 그러나, 쥐는 양이 약속한 강대한 힘을 계승할 것을 거부하여, 양을 끌어 넣은 채 자살을 했다고 한다.

쥐의 유령은, 자살의 이유를, 자신의 약함이 좋았기 때문이라고 고백한다. 그런 후에 쥐는 모든 것을 묻어버리기 위해, 나에게 별장의 폭파 장치 배선을 잇는 것을 의뢰하고 가버린다.

나는 쥐의 부탁대로 한 후, 목장을 나선다. 산 밑에서 기다리고 있는 사람이 있었는데, 「선생님」의 비서였다. 그는 쥐가 있는 장소를 알고 있었으나, 양이 씌인 쥐를 「선생님」의 후계자로 삼기 위해, 면밀한 계획을 세우고 있던 것을 나에게 이야기 한다. 비서는 거액의 현금을 나에게 주고, 별장으로 향한다. 그 때, 별장은 폭파된다.

모든 것이 끝난 후, 나는 고향마을로 돌아온다. 그리고 나와 쥐가 자주 가던 째즈바에 가서 쥐와 돈을 벌었다고 하고, 잘 아는 바텐더에게 수표를 사용하는 법을 부탁한다. 그 후 나는, 해변에서 한참을 울고난 후, 일어나 걷기 시작한다.(p. 306, 307, 308, 309)

▶ 작품원문

新聞で偶然彼女の死を知った友人が電話で僕にそれを教えてくれた。彼は電話口で朝刊の一段記事をゆっくりと読み上げた。平凡な記事だ。大学を出たばかりの駆けだしの記者が練習のために書かされたような文章だった。

何月何日、どこかの街角で、誰かの運転するトラックが誰かを轢いた。誰かは業務上過失致死の疑いで取り調べ中。

雑誌の扉に乗っている短かい詩のようにも聞こえる。

「葬式はどこでやるんだろう？」と僕は訊ねてみた。

「さあ、わからないな」と彼は言った。「だいいち、あの子に家なんてあったのかな？」もちろん彼女にも家はあった。

僕はその日のうちに警察に電話をかけて彼女の実家の住所と電話番号を教えてもらい、それから実家に電話をかけて葬儀の日取りを聞いた。誰かが言っているように、手間さえ惜しまなければ大抵のことはわかるものなのだ。

彼女の家は下町にあった。僕は東京都の区分地図を開き、彼女の家の番地に赤いボールペンでしるしをつけた。それはいかにも東京の下町的な町だった。地下鉄やら国電やら路線バスやらがバランスを失った蜘蛛の糸のように入り乱れ、重なりあい、何本かのどぶ川が流れ、ごてごてとした通りがメロンのしわみたいに地表にしがみついていた。

葬儀の日、僕は早稲田から都電に乗った。終点近くの駅で降りて区分地図を広げてみたが、地図は地球儀と同じ程度にしか役に立たなかった。おかげで彼女の家に辿りつくまでに幾つも煙草を買い、何度も道を訊ねねばならなかった。

彼女の家は茶色い板塀に囲まれた古い木造住宅だった。門をくぐると、左手には何かの役には立つかもしれないといった程度の狭い庭があった。庭の隅には使いみちのなくなった古い陶製の火鉢が放り出され、火鉢の中には十五センチも雨水がたまっていた。庭の土は黒く、じっとりと湿っていた。

彼女が十六の歳に家を飛び出したきり、というせいもあって、葬儀は身内だけのひっそりとしたものだった。参列者の殆んどが年寄りの親戚で、三十を過ぎたばかりの彼女の兄だか義理の兄だかが葬儀をとりしきっていた。

父親は五十代半ばの小柄な男で、黒い背広の腕に喪章を巻き、門のわきに立ったまま殆んど身動きひとつしなかった。彼の姿は洪水がひいた直後のアスファルト道路を思わせた。僕が帰り際に黙って頭を下げると、彼も黙って頭を下げた。

僕がはじめて彼女に会ったのは一九六九年の秋、僕は二十歳で彼女は十七歳だった。大学の近くに小さな喫茶店があって、僕はそこでよく友だちと待ちあわせた。たいした店ではないけれど、そこに行けばハードロックを聴きながらとびっきり不味いコーヒーを飲むことができた。

彼女はいつも同じ席に座り、テーブルに肘をついて本を読み耽っていた。歯列矯正器のような眼鏡をかけて骨ばった手をしていたが、彼女にはどことなく親しめるところがあった。彼女のコーヒーはいつも冷めて、灰皿はいつも吸殻でいっぱいになっていた。

本の題名だけが違っていた。ある時にはそれはミッキー・スピレインであり、ある時には大江健三郎であり、ある時には「ギンズバーグ詩集」であった。要するに本でさえあればなんでもいいのだ。店に出入する学生たちが彼女に本を貸し与え、彼女はそれをとうもろこしでも齧るみたいに片っ端から読んでいった。本を貸したがる人間ばかりいた時代だから、彼女は一度も本には不自由しなかったと思う。

ドアーズ、ストーンズ、バーズ、ディープ・パープル、ムーディー・ブルーズ、そんな時代でもあった。空気はどことなくピリピリしていて、ちょっと力を入れて蹴とばしさえすれば大抵のものはあっけなく崩れ去りそうに思えた。

我々は安いウィスキーを飲んだり、あまりぱっとしないセックスをしたり、結論のない話をしたり、本を貸したり借りたりして毎日を送っていた。そしてあの不器用な一九六〇年代もかたかたという軋んだ音を立てながらまさに幕を閉じようとしていた。

彼女の名前は忘れてしまった。死亡記事のスクラップをもう一度ひっぱり出して思い出すこともできるのだけれど、今となっては名前なんてもうどうでもいい。僕は彼女の名前を忘れてしまった。それだけのことなのだ。昔の仲間に会って、何かの拍子に彼女の話が出ることがある。彼らもやはり彼女の名前を覚えてはいない。ほら、昔さ、誰とでも寝ちゃう女の子がいたじゃないか、なんて名前だっけ、すっかり忘れちゃったな、俺も何度か寝たけどさ、今どうしているんだろうね、道でばったり会ったりしても妙なものだろうな。

── 昔、あるところに、誰とでも寝る女の子がいた。それが彼女の名前だ。

もちろん厳密に定義するなら、彼女は誰とでも寝たというわけではない。そこには彼女なりの規準が存在したはずだ。とはいうものの現実問題として眺めてみれば、彼女は大抵の男と寝た。僕は一度だけ、純粋な好奇心から、その規準について彼女に質問したことがある。「そうねえー」　彼女は三十秒ばかり考え込んだ。「もちろん誰とでもいいってわけじゃないのよ。嫌だなって思う時もあるわ。でもね、結局のところ私はいろんな人を知りたいのかもしれない。あるいは、私にとっての世界の成り立ちかたのようなものをね」「一緒に寝ることで?」「うん」今度は僕が考え込む番だった。「それで ……

それで少しはわかったのかい?」「少しはね」と彼女は言った。

(6) 吉本ばなな(1964~)

よしもとばななは 1964년 東京에서 출생했다.

아버지 吉本隆明는 시인이며 평론가이다. ばなな는 日本대학 예술학부 문예학과를 졸업했다.

대학졸업 작품 『달빛 그림자(ム-ンライト。シャドウ)』로 1986년 예술 학부장(芸術学部長)상을 받았다.

1988년 1월 『キツチン』으로 제6회 海燕신인문학상을 받고, 작가로 데뷔하고, 1988년 단행본 『キッチン』으로 제 16회 泉鏡花상을 받았다. 그리고, 1989년에는 단행본 『キッチン』과 『うたかた/サンクチュアリ』로 예술선장(芸術選奨)신인상을 받았다.

1989년 『TUGUM I』로 제2회 山本周五郎상을 받고, 간행하는 작품마다 속속 상을 받아 화제를 모은다.

젊은 여성의 구어체를 그대로 문장으로 옮겨 놓은 것같은 문체를 사용하고, 소녀만화를 연상시키는, 일상적이고, 친밀감 있는 작품을 묘사해, 특히 젊은 여성들로부터 압도적인 지지를 받는다.

이후, 1989년에는 오카르트적인 신비주의적 비전을 그린 표제작이 포함된 단편집 『白川夜船』을 발표하고, 1990년 레즈비언, 가족, 초능력, 종교 등 작자 자신의 테마를 응집시켰다고 하는 『N・P』, 1993년 『とかげ』, 1994년 사고로 기억이 혼란해진 주인공이, 자신의 정체성을 찾기 위한 여행을 하는 『アムリタ』등 모두 인기 있는 작품을 발표하고 있다.

또한, 작품의 대부분이, 영어, 이탤리어 등 세계 각국에서 번역되어, 삭국에서 높은 평가를 받고 있다. 1993년에는 이탤리에서 『N・P』가 번역서에 주어지는 스칸노(スカンノ) 상을 받았으며 2008년 현재도 맹활약중인 작가이다.

▌『キツチン』

작품『부엌』은 1987년 잡지「海燕(かいえん)」에 발표했다. 신인 문학상을 수상한 작품으로, 주인공은 음식을 만들고, 또는 함께 먹을수 있는 장소인 부엌을 좋아하고 사랑한다. 각박하게 살고있는 현대인을 새롭게 묶어주고, 새로운 힘을 얻을 수 있는 장소, 위안을 받을 수 있는 장소로 묘사하고 있다.

▶ 작품 줄거리

『부엌』의 주인공 나, 桜井(さくらい)みかげ는, 이 세상에서 부엌을 가장 좋아한다. 손에 잘 익고, 기능적이며 아름다운 부엌도 좋지만, 지저분해도 상관없다. 정말 너무 지쳤을 때는, 부엌에서 죽고 싶다고까지 생각해본 적도 있다.

나는, 어려서 부모를 잃고, 친할머니와 둘이 살았는데, 어느날 할머니가 돌아가셨다. 이럭저럭 장례식도 끝나고, 어쩔줄 몰라 하다가, 현실로 돌아와보니, 지금 사는 집은 혼자 살기엔 너무 넓고 해서, 이사를 해야 하는 등, 잡다한 일이 산더미처럼 쌓여 있었다.

그러던 차에 田辺(たなべ) 雄一(ゆういち)가 찾아와서는 어머니와 함께 살고 있는 자신의 집으로 오라고 권했다. 유이치는, 할머니의 단골 꽃집의 아르바이

트 점원으로, 할머니와 친한 사이였으나, 나는 할머니의 장례식이 치러질때까지 거의 그를 몰랐었다.

하지만 그의 진지한 태도를 신용해서, 우선 그의 집을 방문해 보기로 했다.

처음 유이치의 아파트를 찾아갔을 때, 그는 그의 어머니를 소개했다. 웬걸 어머니 えり子씨는 사실은 그의 아버지로, 유이치의 어머니가 돌아가셨을 때 모든 것을 버리고 성전환을 하여, 여성이 되어, 지금은 오카마(원래 남자가 여성이 된사람)바를 경영하며, 기구한 인생을 사는 사람이었다. 그날밤 유이치가 부탁하는 대로, 그의 집에 묵었다. 다음날 아침, 유이치의 아파트에서 아침식사준비를 하고 있을 때, 나는 에리꼬씨와 이야기를 나누었다. 그렇게 이야기를 하는 중에, 유이치와 에리꼬씨의 사람됨에 이끌려, 나는 그들의 집에서 함께 살 것을 결심했다.

그 후, 나는 전에 살던 집과 유이치의 아파트를 왔다 갔다 하면서, 짐을 옮기기 시작했다. 그 때, 옛 애인 宗太郎 로부터 전화가 걸려 왔다. 나는 소타로와 근처 공원에서 만나기로 했다. 그와 만났을 때, 그는 유이치의 집에서 지내고 있는 것으로, 대학에서 소문이 나 있다는 것과 유이치와 그의 애인이, 나 때문에 싸웠다는 것을 알려줬다. 그리고 나서, 소타로는 나를 격려 해주고 갔다.

그날 밤, 애인과의 일을 유이치에게 물어 보았더니, 애인과 헤어 졌지만, 그건 너 때문이 아니었어 라고 말했다.

그날 밤, 전에 살던 집에서 완전히 나와 버렸다. 그리고, 유이치의 아파트로 돌아가는 버스 속에서, 할머니와 손자의 대화를 들으며, 감상적인 기분에 잠긴다.

그날 밤, 나는 꿈을 꾸었다. 그것은 유이치와, 전에 살던 집의 부엌을 청소하는 꿈이었다. 청소를 하고 유이치는 나에게, 너를 집으로 불러 들인 것은, 심사숙고하여 결정한 것, 그리고, 너의 마음을 가장 잘 아는 것은 나야 라고 말하며 웃었다. 바닥 청소가 끝났을 때, 유이치는 돌아가는 길에 라면을 먹으러 가자고 했다. 그 때 잠이 깼다.

잠이 깬 나에게, 유이치가 라면 먹으러 가자 라고 한다. 나는 내 꿈을 유이치가 알고 있는 것을 이상히 여기면서도 받아들여, 옅은 감동으로, 가슴 속에 묻어 두었다.

다음날 아침 나는 에리꼬씨와 이야기를 나누었다. 에리꼬씨는 자신의 인생 철학을 말한 뒤, 나의 솔직한 마음을 좋아한다면서 나를 길러주신 할머니를 칭찬했다. 나는 그것이 무척 기뻤다.

나는 언젠가 이집을 떠나게 될 것이다. 그리고 여러 가지 고생을 하는 일도 있겠지만 언젠가 떨치고 일어나 돌아올것이다. 내 힘의 근원인 부엌으로……

나는 그것을 언제든지 어디에서든지 많이 갖고 싶다고 생각하고 있었다.(p. 310, 311, 312)

▶ 작품원문

私がこの世でいちばん好きな場所は台所だと思う。

どこのでも、どんなのでも、それが台所であれば食事をつくる場所であれば私はつらくない。できれば機能的でよく使い込んであるといいと思う。乾いた清潔なふきんが何枚もあって白いタイルがぴかぴか輝く。

ものすごく汚い台所だって、たまらなく好きだ。

床に野菜くずが散らかっていて、スリッパの裏が真っ黒になるくらい汚いそこは、異様に広いといい。ひと冬軽く越せるような食料が並ぶ巨大な冷蔵庫がそびえ立ち、その銀の扉に私はもたれかかる。

油が飛び散ったガス台や、さびのついた包丁からふと目を上げると、窓の外には淋しく星が光る。

私と台所が残る。自分しかいないと思っているよりは、ほんの少しましな思想だと思う。

本当に疲れ果てた時、私はよくうっとりと思う。いつか死ぬ時がきたら、台所で息絶えたい。ひとり寒いところでも、誰かがいてあたたかいところでも、私はおびえずにちゃんと見つめたい。台所ならいいなと思う。

田辺家に拾われる前は、毎日台所で眠っていた。

どこにいてもなんだか寝苦しいので、部屋からどんどん楽なほうへと流れていったら、冷蔵庫のわきがいちばんよく眠れることに、ある夜明け気づいた。

私、桜井みかげの両親は、そろって若死にしている。そこで祖父母が私を育ててくれた。中学校へ上がる頃、祖父が死んだ。そして祖母と二人でずっとやってきたのだ。

先日、なんと祖母が死んでしまった。びっくりした。

家族という、確かにあったものが年月の中でひとりひとり減っていって、自分がひとりここにいるのだと、ふと思い出すと目の前にあるものがすべて、うそに見えてくる。生まれ育った部屋で、こん

なにちゃんと時間が過ぎて、私だけがいるなんて、驚きだ。

まるでSFだ。宇宙の闇だ。

葬式がすんでから三日は、ぼうっとしていた。涙があんまり出ない飽和した悲しみにともなう、柔らかな眠けをそっとひきずっていって、しんと光る台所にふとんを敷いた。ライナスのように毛布にくるまって眠る。冷蔵庫のぶーんという音が、私を孤独な思考から守った。

そこでは、結構安らかに長い夜が行き、朝が来てくれた。

ただ星の下で眠りたかった。

朝の光で目覚めたかった。

それ以外のことは、すべてただ淡々と過ぎていった。

しかし！　そうしてばかりもいられなかった。現実はすごい。

祖母がいくらお金をきちんと残してくれたとはいえ、ひとりで住むにはその部屋は広すぎて、高すぎて、私は部屋を探さねばならなかった。

仕方なく、アパＸＸ情報を買ってきてめくってみたが、こんなに並ぶたくさんの同じようなお部屋たちを見ていたら、くらくらしてしまった。引っ越しは手間だ。パワーだ。

私は、元気がないし、日夜台所で寝ていたら体のふしぶしが痛くて、このどうでもよく思える頭をしゃんとさせて、家を見にいくなんて！　荷物を運ぶなんて！　電話を引くなんて！

と、いくらでも上げられる面倒を思いついては絶望してごろごろ寝ていたら、奇跡がボタもちのように訪ねてきたその午後を、私はよくおぼえている。

ピンポンとふいにドアチャイムが鳴った。薄曇りの春の午後だった。

私は、アパXX情報を横目で見るのにすっかり飽きて、どうせ引っ越すならと雑誌をヒモでしばる作業に専念していた。あわてて半分寝まきみたいな姿で走り出て、なにも考えずにドアのカギをはずしてドアを開いた。(強盗でなくてよかった) そこには田辺雄一が立っていた。

「先日はどうも。」と私は言った。葬式の手伝いをたくさんしてくれた、ひとつ歳下のよい青年だった。聞けば同じ大学の学生だという。今は私は大学を休んでいた。

「いいえ。」彼は言った。「住む所、決まりましたか?」

「まだ全然。」私は笑った。「やっぱり。」

「上がってお茶でもどうですか。」

「いえ。今、出かける途中で急ぎですから。」彼は笑った。

「伝えるだけちょっと、と思って。母親と相談したんだけと、しばらくうちに来ませんか」

「え?」私は言った。

「とにかく今晩、七時頃うちに来て下さい。これ、地図。」

「はあ。」私はぼんやりそのメモを受けとる。

「じゃ、よろしく。みかげさんが来てくれるのをぼくも母も楽しみにしてるから。」

彼は笑った。あんまり晴れやかに笑うので見慣れた玄関に立つその人の、瞳がぐんと近く見えて、目が離せなかった。ふいに名を呼ばれたせいもあると思う。

「……じゃ、とにかくうかがいます。」　悪く言えば、魔がさしたというのでしょう。しかし、彼の態度はとても〝クール〟だったので、私は信じることができた。目の前の闇には、魔がさす時いつもそうなように、一本道が見えた。白く光って確かそうに見えて、私はそう答えた。

彼は、じゃ後で、と言って笑って出ていった。

私は、祖母の葬式までほとんど彼を知らなかった。葬式の日、突然田辺雄一がやってきた時、本気で祖母の愛人だったのかと思った。

27) 評論

전후의 평론에는 잡지「新日本文学」이나「近代文学」의 사람들을 중심으로 출발했다. 전후 사회의 국제화와 다양화는 여러 가지 문제를 제기하고 문학의 세계에도 그것이 투영되어 여러 갈래에 걸친 평론이 쓰여졌다. 주목할 만한 평론으로서는 光正人『第二の青春』, 桑原武夫『第二芸術』, 加藤周一, 中村真一郎, 福永武彦『1946文学的考察』, 伊藤整『逃亡奴隷と仮面紳士』, 唐木順三『現代史への試み』, 平野謙『芸術と実生活』, 中村光夫『風俗小説論』, 福田つねあり『芸術とは何か』, 中野好夫『もはや戦後ではない』, 河上撤太郎　『日本のアウトサイダー』, 高橋義孝『文学研究諸問題』등이 있다.

昭和35년(1960)에 안보조약비준(일본과 미국의 안전보장 조약 개정에 대해서 혁신세력과 학생으로부터 맹렬한 반대운동이 일

어났다. 昭和35년(1960)6월15일 국회에서 개정비준은 강행되고 이어 당시의 岸信介 내각은 총사퇴함)을 둘러싸고 정치문제가 크게 부각되어 이후 전후의 방식에 재검토가 추가되게 되었다. 이시기 이후의 대표적 평론에는 橋川文三의 『日本浪漫派批判序設』, 奧野健男의 『純文学は可能か』, 秋山駿의 『内部の人間』, 吉本隆明의 『共同幻想論』, 江藤淳의 『漱石とその時代』, 山崎正和의 『不機嫌の時代』, 梶木剛의 『横光利一の軌跡』가 있다.

3. 詩歌

1) 近代詩

일반적으로 운문문학이라 하면 특별한 형식상의 규제가 없이 쓰여진 산문문학에 대하여 음수율을 비롯한 형식의 제한을 두고 쓰여진 문학 형태를 말한다. 日本에서 詩라고 하면 明治초기까지는 漢詩를 의미했었고 거기에 和歌를 더하여 詩歌라 불리웠던 것이 1882년경부터 기존의 것과는 전혀 다른 형태를 가진 서양시의 영향을 받게 되어 새로운 시대의 감정이나 사상을 표현하는 시형을 창조하려는 운동이 일어났다. 그것이 新体詩이며, 후일 자유시 혹은 단순히 詩라는 명칭으로 불리우게 된다.

이러한 새로운 형태의 장시를 처음으로 소개한 것이 1882년 井上哲次郎등이 쓴『新体詩抄』로, 번역시와 창작의 실례를 보여

줌으로서 시의 형태는 물론 사용되는 언어, 시 정신의 새로운 면모를 도입하게 되지만, 초기 단계인 만큼 7, 5조의 문어체를 취하고 있다.

또한 森鴎外를 중심으로 한 新声社 동인의『於母影』역시 형식상으로는 정형의 리듬을 가지고 있으나, 서양 근대시의 참신한 시정을 보여주고 있어 新体詩가 지니고 있는 예술적 가치를 일반대중에게 알리는 역할을 했다.

그 후 北村透谷를 중심으로 하는「文学界」가 창간되어 낭만주의 운동이 전개되는데 きたむら는 평론을 통한 이론적인 지도자로 활약하고,『若菜集』의 島崎藤村 은 봉건적 도덕관념에 억압되어 있던 인간의 감정을 해방시켜 솔직하면서도 품위를 갖춘 시를 써서 明治期의 新体詩가 비로소 예술적 경지에 이르렀다는 평을 받고 있다.

이외에도 민족의 이상을 강한 어조로 노래하여 당시 청년들에게 널리 애송되었던 土井晩翠 의『天地有情』와「明星」을 창간한 与謝野鉄幹을 중심으로 한 新詩社의 동인들로 高村光太郎, 石川啄木, 北村白秋 등이 활약하였다.

특히 蒲原有明는 시의 핵심을 이루는 상징적인 시풍을 개척하여 실질적인 의미에서 일본 근대시의 시작이라 할 수 있으며, 영문학자이면서 불문학자, 그리고 시적 천재성까지 겸비하여 유럽의 시를 예술성 높게 소개한 上田敏의『海潮音』은 시의 형태상 내용상의 변혁에 큰 영향을 미쳤다.

이리하여 自由詩 즉 詩의 탄생을 보게 되는데 川路柳虹등이 형식상의 제약에서 벗어나 자유로운 어휘의 선택과 함께 감정을 솔직하게 표현하려는 口語自由詩를 시도하였으나 시기상조로 일반 대중의 호응을 얻지 못하였다. 이를 대신하여 아직은 文語自由詩가 시단을 장악하였는데 北村白秋의 『邪宗門』은 예민한 감각과 화려한 시어를 구사하여 후대에 이르러서도 민요, 동요부문에서 그 업적을 인정받고 있다. 『月に吠える』의 萩原朔太郎는 口語自由詩의 형태를 취한 독자적인 상징시를 선보임으로서 일본 근대 상징시를 완성시켰으며, 반민중시파 시인으로 宮沢賢治, 堀口大学가 있다.

大正 말기부터 프로레타리아 시운동이 일어났으나 정부의 탄압으로 대부분의 시인들은 전향하거나 침묵하게 되어 곧 쇠퇴하고, 프로레타리아 시에 대치하여 잡지 「詩と詩論」을 중심으로 한 초현실주의 즉, 전위 예술운동이 일어나 산문시를 창조하려는 시도가 있었다.

三好達治、北川冬彦 등은 民衆詩의 장황함에 반발하여 短詩나 新散文詩를 주장했다.

昭和期에 들어서면 제1차 세계대전으로 예술활동에 제약을 받으면서 「四季」의 立原道造, 中原中也와 「歷程」의 草野心平, 伊藤静雄 등은 일정한 유파에 속하지 않고 독자적인 시의 경지를 열어나가 오늘로 이어지고 있다.

(1) 新体詩

東京大学教授 外山正一, 矢田部良吉, 井上哲次郎 세사람이

서양의 시를 번역하고 또한 유사한 작품을 써서 『新体詩抄』를 간행했다. 세 사람 모두 현대의 사상을 노래하기 위해서는 옛날 말과 옛날 짧은 시의 형태로는 불가능하다는 생각을 가지고 있었다. 그러나 그들의 실제 작품은 옛날 말을 사용한 7.5조의 작품이 되어버리고 단지 장시를 가능하게 하는데 불과했다. 또 그들은 학자이지만 시인적 재능에 뛰어나지 못하고 작품의 완성도도 훌륭하다고는 말할 수 없었다. 그러나 이 시의 형식은 明治의 청년들에게 환영받아 2개월 후에는 竹内節編 『新体詩歌』가 간행되고, 그 외에도 비슷한 시집들이 있었다. 그중에서도 湯浅半月의 『十二の石塚』, 落合直文의 『孝女白菊の歌』는 장편 서사시로서 역작이다.

▶ 新体詩 원문

『新体詩抄』「グレー氏墳土感懐の詩」冒頭 (矢田部良吉訳)

山々かすみいりあひの　　산 산이 저물어 어둑어둑한 해질녁의

徐に歩み帰りゆく　　조용히 걸어 돌아가는구나

やうやう去りて余ひとり　　드디어 다 돌아가고 나만 홀로

鐘はなりつつ野の牛は　　저녁 종소리가 울리고 들판의 소는

耕へす人もうちつかれ　　논 밭을 갈던 사람들도 피로에 지쳐서 사라지고

たそがれ時に残りけり　　해질녁에 홀로 남아있구나

(2) 浪漫詩

　독일　유학에서　돌아와　얼마안된　森鴎外가　落合直文,

小金井喜美子（こがねいきみこ） 등과 新声社(S.S.S.)를 만들고 서양시, 漢詩,
『平家物語』（へいけものがたり）의 일절 등을 여러 가지 연구 끝에 번역한 번역詩集
『於母影』（おもかげ）를 간행했다. 또 정치혁명의 꿈에 실패한 시인 北村
透谷（きたむら とうこく）는 明治22년(1889)『楚囚の詩』（そしゅう）, 明治24년(1891)『蓬莱曲』（ほうらいきょく）
를 발표하고 후에 잡지「文学界」의 지도적 입장에 섰다.『おもか
げ』는 낭만의 향기높은 기술적 노력도 평가받아 透谷의 작품은
근대인의 고뇌가 표현되었기 때문에 양자 모두 후대에 끼친 영향
은 컸다.

「文学界」에서 透谷의 영향을 받은 島崎藤村은『若菜集』（わかな しゅう）에
청춘의 고뇌와 기쁨을 노래해『一葉舟』（ひとは ぶね）,『夏草』（なつくさ）,『落梅集』（らくばいしゅう）계속
써서 청춘을 탈피하고 장년의 의식에 달한 것을 나타냈다. 같은
시기에 土井晩翼（つちいばんすい）은 한자를 비롯한 넓은 지식에 바탕으로한 웅장
한 작품을 발표하고 경향의 대조적인 藤村과 나란히 칭송 받았
다. 그중에서도『天地有情』（てんちうじょう）속의「星落秋風五才原」（ほしおつしうふうごちゃうげん）은 널리 애독
되었다.

与謝野鉄幹（よさのてっかん）은 歌人으로서 활약을 많이 했지만 이 시기 『東
西南北』,『天地玄黄』（てんちげんおう）의 시가집에 국토적 시풍을 나타냈다. 또
明治33년(1958) 낭만적 문학잡지「明星」（みょうじょう）을 창간해서 많은 후배
를 양성했다.

▶ 『若菜集』

―島崎藤村―

初恋
<ruby>初恋<rt>はつこい</rt></ruby>

まだあげ初めし前髪の　이제 갓 땋아올린 머리로

林檎のもとに見えしとき　사과나무 밑에 나타났을때

前にさしたる花櫛の　앞머리에 꽂은 꽃모양 머리장식이

花ある君と思ひけり　꽃같은 임인줄 알았지요

やさしく白き手をのべて　상냥하게 하얀손을 내밀어

林檎をわれにあたへしは　사과를 나에게 건네주었을때

薄紅の秋の実に　연분홍 빛깔의 가을 열매에

人こひ初めしはじめなり　사람을 사랑하게 된 시초입니다

▶ 『落梅集』

「千曲川旅情の歌」―島崎藤村―

小諸なる古城のほとり　고로모의 옛 성 근처

雲白く遊子悲しむ　구름은 하얗고 여행자는 슬프다

緑なす繁縷は萌えず　초록의 별꽃은 아직 피지 않고

若草も藉くによしなし　어린풀도 때 이르다

しろがねの衾の岡辺　흰눈이 쌓인 푹신한 언덕

日に溶けて淡雪流れる　햇빛에 담설이 녹아 흐른다

▶ 『天地有情』

「星落秋風五才原」冒頭 ―上井晩翠―

祁山(きざん)悲秋の風更けて

陣雲(ぢんうん)暗し五才原(ごぢやうげん)

零露(れいろ)の文(あや)は繁(しげ)くして

草枯れ馬は肥ゆれども

蜀軍(しよくぐん)の旗光(はたひかり)なく

鼓角(こかく)の音も今しづか

• • •

丞相病篤(じようしやうやまひあつ)かりき

(3) 象徴詩(1)

잡지 「明星」에 원고를 투고했던 薄田泣菫(すすだきゆうきん) 『暮笛集(ぼてきしゆう)』에 蒲原(かんばら)有明(ありあけ)는 『草わかば』에 낭만적 시를 실었지만 두사람 모두 상징시를 만들려고 고심하고 있었다. 그리고 上田敏(うえだびん)이 번역시집 『海潮音(かいちようおん)』에 상징시를 발표하자 きゅうきん은 『白羊宮(はくようきゆう)』을 有明은 『有明集』을 간행해서 상징시를 달성했다.

▶ 『海潮音(かいちようおん)』

「山のあなた」 (カアル=ブッセ) ―上田敏 訳―

山のあなたの空遠く

「幸(さいはひ)」住むと人のいふ。

噫、われひとゝ尋めゆきて、

涙さしぐみかへりきぬ。

山のあなたになほ遠く

▶「幸」

住むと人のいふ。

『有明集』「智慧の相者は我を見て」前半 —蒲原有明—

智慧の相者は我を見て今日し語らく、

汝が眉目ぞこは兆悪しく日曇る

心弱くも人を変ふおもひの空の

雲、疾風、襲はぬさきに遁れよと。

噫遁れよと、嫋やげる君がほとりを、

緑牧、草野の原のうねりより

なほ柔かき黒髪の縮の波を、——

こを如何に君は聞き判きたまふらむ。

(4) 口語自由詩

구어자유시적 발상은 근대시의 출발점부터 있었지만 실제 작품은 明治 후반이 되어 자연주의 영향하에 시작된다. 川路柳虹이 발표한 시 「はきだめ」는 제목부터 지금까지의 시와는 다른 세계를 나타내고 있다. 일찍이 낭만적 시집 『あこがれ』를 간행하고 있었던 石川啄木는 일상의 감정을 구어 자유시에 노래한다. たくぼく는 文語詩를 썼지만 口語詩의 중요함을 절실하게 느끼고 있었다. 그 생각은 평론 『喰らうべき詩』에 나타내고 있다.

文語詩와 口語詩 : 작품이 문어인가 구어인가는 형식상의 문제에 지나지 않는다. 그러나 형식은 내용의 성질에 큰 영향을 준다. 文語는 일상 말하는 말로부터 분리해서 문장으로 쓰는 말로 연마된 것이다. 漢語的으로 강하고 격조 높고 또는 말의 우아함에 고상하고 풍아하게 표현한 것이지만 그것은 그것에 어울리는 내용 때문에 도구가 된것은 당연하다.

그것에 비해 구어는 직접적이 아닐지는 몰라도 일상 생활에서 사용하는 언어를 사용한 문장이다. 따라서 내용도 일상생활에서의 문제, 현대의 상황을 나타내는데 어울리는 내용을 활발하게 표현할 수 있는 것이다.

이렇게 보면 형식적으로 문어시(文語詩)인가 구어시(口語詩)인가의 문제 이상에, 내용적으로 문어적인가 구어적인가 하는 문제가 중요하다는 것을 알 수 있다.

啄木의 詩는 인칭대명사, 활용어 모두 문어시를 의미하고 있지만 당시의 현대에 대해서 표현하려고 했던 점은 구어적 내용이다. 아마도 문어가 가지고 있는 의미의 강함을 이용하려고 했기 때문에 형식적으로 문어시가 되었을 것이다.

▶ 『路傍の花』
「塵塚」冒頭―川路柳虹―
　隣の家の穀倉の裏手に
　臭い塵溜が蒸されたにほひ、

塵溜のうちにはこもる

いろいろの芥の臭み

梅雨晴れの夕をながれ漂つて

空はかつかと爛れてる。

石川啄木「はてしなき議論の後」第一連

われらの且つ読み、且つ議論を闘はすこと、

しかしてわれらの眼の輝けること、

五十年前の露西亜の青年に劣らず。

われらは何を為すべきかを議論す。

されど、誰一人、握りしめたる拳に卓をたたきて

V NAROD! と叫び出づるものなし

<注>V NAROD＝ロッア

語で「人民の中へ」の意。

(5) 象徴詩(2)

泣きん, 有明의 뒤를 이어받은 상징시는 北原白秋와 三木露風에 의해 전개되었다. 白秋는 『邪宗門』에 감각적 이국 취미를 화려한 말로 노래하고 露風은 사상적 서정적 세계를 침잠한 말로 『廃園』, 『白き手の猟人』등으로 이어졌다. 白秋와 露風이 두사람이 활약한 시대를 白・露시대라고 부른다.

(6) 耽美派

「明星」종간후 얼마 안 있어「スバル」가 창간되었다. 낭만적 경향의 지도자로서 森鴎外를 모시고 石川啄木를 발행인으로 출발했지만 たくぼく는 자연주의적 방향을 지향해 멀어져갔다. 그 때문에 실질적으로 중심이 되었던 것은 白秋, 木下杢太郎(きのしたもくたろう), 高村光太郎(たかむらこうたろう)등의 예술가의 모임「パンの会(かい)」였다. 杢太郎에게는 『食後の唄(うた)』가 있다.

(7) 理想主義의 詩

明治의 말에 시작되는「白葉(しらかば)」는 시의 세계에도 큰 영향을 주었다. 탐미적 경향으로부터 출발한 高村光太郎는 白樺派의 영향과 후에 부인이 되는 長沼智恵子(ながぬまちえこ)와의 만남에 의해 인도주의적 내용의 구어자유시를 만들게 되었다. 그의 시집『道程(どうてい)』은 前半이 탐미적 경향의 文語自由詩, 後半이 智恵子에의 사랑을 노래한 인도적 경향의 口語自由詩이다.

千家元麿(せんけもとまろ)의『自分は見た』, 尾崎喜八(おざききはち)의『空と樹木(じゅもく)』도 白樺派의 영향하에 있다. 난해한 상징시집『聖三稜玻璃(せいさんりょうはり)』으로부터 일변한 그리스도교 전도사 山村暮鳥(やまむらぼちょう)의 『風は草木(くさき)にささやいた』, 『抒情小曲集(じょじょう)』의 청춘의 고뇌로부터 탈피한 室生犀星(むろうさいせい)의 『愛の詩集』등도 이속에 포함된다. 또한 宮沢賢治(みやざわけんじ)가 농업지도와 법화경 보급을 하면서 쓴『春と修羅(しゅら)』도 이상주의의 詩속에 포함시켜도 좋을 것이다.

(8) 民衆詩

大正 민주주의와 호이트망(Walt Whitman 미국시인)이나 카펜
다의 영향하에 百田宗治, 白鳥省吾, 富田砕花, 福田正夫등이 민
중시를 주장했다. 사상이 대중에게 침투되는 것을 목표로 쉬운말
로 썼기 때문에 일시적으로 많은 독자를 모았지만 산문적인 경향
이 짙어 시단으로부터 「非詩」라고 비난받았다.

(9) 近代詩의 달성

萩原朔太郎의 『月に吠える』와 『青猫』는 우울한 감정을 구어
자유시로 상징시 풍으로 표현한 것으로서 근대시의 달성을 의미
한다. 이것은 그 후의 시인들에게 있어서 하나의 출발점으로서도
중요한 것이다. 후에 시인들에게의 영향이라는 점에서는 오랫동
안의 유학에서 돌아온 堀口大学의 번역시집 『月下の一群』도 중
요하다. 또 근대시의 집대성의 의미에서는 佐藤春夫가 연인
谷崎千代에의 사랑을 노래한 『殉情詩集』은 文語定型詩로 훌륭
하고 日夏耿之介가 자신의 미의식을 노래한 『転身の頌』는 상징
시로서도 훌륭하다.

▶ 『月に吠える』

「見しらぬ犬」部分―萩原朔太郎―

ああ、どこまでも、どこまでも、

この見もしらぬ犬が私のあとをついてくる。

きたならしい地べたを遠ひまはつて、

わたしの背後で後足をひきずつてゐる病気の犬だ。

とほく、ながく、かなしげにおびえながら、

さびしい空の月に向かつて遠白く吠えるふしあはせの犬のかげだ

아아 어디까지나 어디까지나

알지도 못하는 개가 내뒤를 따라온다

더러운 땅바닥을 기어서

내 뒤에서 발자국을 질질끌고있는 병이든 개다

멀리 길게 슬픔에 떨면서

쓸쓸한 하늘의 달을 향해 멀리 짖어대는 불행한 개의 그림자

2) 現代詩(大正말기~현대)

현대시의 시작을 어디에 두느냐에 관해서는 여러 가지 견해가 있다. 현대의 시라고하는 의미에서 현대를 정의하고 그시대에 만들어진 시라고하는 견해가 있는가하면 현대를 戰後라고 보는 견해와 昭和라고 보는 견해가 있다. 전후라고 하는견해는 역사의 변화점에 눈을 돌린 것이고 확실히 시 그자체의 출발점이 되어있고 유력한 견해이다. 한편 昭和라고 하는 견해는 大正에서 昭和에의 元号의 변화로 구분을 지을려고 한것에 지나지 않는다. 시로서의 현대라고 보면 근대시와의 관련성이 문제가 된다. 근대시를 현대시에의 과정으로 취급하면 文語로 노력하고 있던 근대시가 口語詩로서 완성된 萩原朔太郎로부터 현대시로 볼수있을 것

이다. 또 근대시를 전시대의 것으로서 부정하고 새로운 것을 만들려고 시도를 시작한 때를 현대시의 시작으로 보는 견해가 있다. 이 책에서도 그 방침을 따르려고 한다. 이것은 작품에 변화를 볼뿐만이 아니고 시인의 현대시 의식을 평가하는 견해이다. 이 방침이면 戰後詩의 출발도 크게 구분이 된다. 단지 동시대의 작품의 위치 파악이 곤란한 것이기 때문에 戰後詩의 문학사적 위치 파악은 아직 정해졌다고는 말할 수 없다. 아무튼 明治이후의 시는 명칭은 어떻든 大正 중반까지, 敗戰까지, 戰後의 3개의 시기를 가지고 있는 것은 확실하다.

大正후반에 선행 예술 부정의 경향을 나타낸 시의 운동이 일어난 시점에 현대시의 시작을 볼 수 있다. 이것은 사회에 눈을 돌린 방향과 예술에 눈을 돌린 방향으로 분리하지만 前者는 전쟁전야에 권력에 억압 받았다. 권력은 전쟁긍정을 강요하고 시인도 시련을 맞이하게 된 것이다. 전후시는 전쟁시를 쓴 시인을 쫓아가는 것에서 시작되었다.

(1) 現代詩의 시작
平戸兼吉은 日比谷에서 「日本未来派宣言運動」라고하는 전단지(ビラ)를 배포하고, 高橋新吉은 『ダダイスト新吉の詩』를 간행, 萩原恭次郎, 壷井繁治, 岡本潤등은 『赤と黒』을 창간했다. 모두 선행예술의 부정을 지적한 것이다. 더욱이 『赤と黒』의 동인들은 문학활동에 만족하지 않고 アナーキスと(無政府主義者)로서 행동을 하기에 이른다.

(2) 프로레타리아(プロレタリア)詩

アナーキズム(無政府主義)은 コミユニズム(共産主義)에 세력을 빼앗겨 그중에 中野重治, 小野十三郎, 小態秀雄등의 드러나지 않는 활동이 보여진다. 그러나 小林多喜二가 피살된 昭和8년(1933)경부터 프로레타리아 시는 詩壇의 표면에서 모습을 감추었다.

▶ 『中野重治詩集』

「歌」前半

お前は歌ふな

お前は赤ままの花やとんぼの羽根を歌ふな

風のささやきや女の髪の毛の匂ひを歌ふな

すべてのひよわなもの

すべてのうそうそとしたもの

すべての物憂げなものを撥き去れ

すべての風情を擯斥せよ

(3) モダニズム

詩잡지 『亜』에 모인 安西冬衛나 北村冬彦, 三好達治등은 민중시의 긴시(글이 쓸데없이 길기만함)에 반발해서 短詩, 신산문시를 주장했다. 또 西脇順三郎은 영국으로부터 돌아와 超現実主義(シュールレアリズム)의 그룹(グループ)을 만들고 있었다.

이 양자를 春山行夫가 연결해서『詩と詩論』이 창간되었다. 그러나 현실에 눈을 돌린 北村冬彦등은 西脇측에 가까운 편집 방침의 春山에 불만을 품고 탈퇴하고『詩. 現実』를 창간한다. 新散文詩로 三好達治의『測量船』, 초현실주의의 詩로 西脇의『Ambarvalia』, 신산문시, 단시로 安西冬衛의『軍艦茉莉』, 北村冬彦의『戦争』이 있다.

▶『測量船』

「郷愁」―三好達治―

蝶のやうな私の郷愁！……。蝶はいくつか籬を越え、午後の街角に海を見る……。私は壁に海を聽く……。私は本を閉ぢる。私は壁に凭れる。隣の部屋で二時が打つ。「海、遠い海よ！と私は紙にしたためる。―海よ、僕らの使ふ文字では、お前の中に母がゐる。そして母よ、仏蘭西人の言葉では、あなたの中に海がある。」

▶『Ambarvalia』

「天気」―西脇順三郎―

(覆された宝石) のやうな朝

何人か戸口にて誰かとささやく

それは神の誕生日

▶『軍艦茉莉』

「春」―安西冬衛―

てふてふが人匹韃靼海峡を渡つて行つた。

▶ 『戦争』

「戦争」—北川冬彦—
義眼の中にダイヤモンドを入れて貰つたとて、何にならう。苔の生
えた肋骨に勲章を懸けたとて、それが何にならう。

3) 戦時体制下の 詩

(1)『四季』派

小林多喜二가 심한 고문으로 죽은 昭和8년(1933)에 프로레타
리아 문학이 압살되었을 때를 전시체제하로 보고 있다. 이해에
詩誌『四季』가 堀辰雄에 의해서 개인지로서 창간되고 다음해
昭和9년(1934) 三好達治나『帆.ランプ.鴎』의 丸山薫을 편집에
포함시켰다.『山羊の歌』의 中原中也,『わがひとに与うる哀歌』
의 伊東静雄,『萱草に寄す』의 立原道造등이 동인이 되었다.『詩
と詩論』의 모더니즘(モダニズム)을 경과한 서정파의 잡지이다.

(2)『歴程』派

昭和10년(1935)에 창간된 詩誌『歴程』에는『第百階級』.『蛙』
등의 시인 草野心平이나 中原中也 등이 모였지만 각자의 개성
을 존중하고 특정의 경향으로 빠지는 것을 피했다. 宮沢賢治는
이 잡지의 추도호에서 세상에 알려졌다고 해도 좋다. モダニズム

의 계통은 昭和12년(1937)에 『新領土』를 창간, 동인의 村野四郎(むらのしろう)의 『体操詩集』은 新即物主義(ノイエザハリヒカイト)로서 알려졌다.

(3) 戦時下의 詩

戦時下의 시는 시인이 전쟁을 어떻게 파악하고 있느냐는 시점에서 보는 견해가 중요하다. 高村光太郎, 三好達治, 伊東静雄 외에 많은 시인이 전쟁을 찬미하는 전쟁시를 썼지만 小野十三郎은 叙景에 위장한 저항시집 『大阪』를 썼다. 金子光晴(かねこみつはる)은 탄압 때문에 발표할 수 없었던 저항시를 戦後 『落下傘(らっかさん)』, 『蛾(が)』, 『鬼(おに)の児(こ)の唄(うた)』의 삼부작으로 정리했다.

▶ 『萱草(わすれぐさ)に寄す』

「はじめてのものに」前半 ―立原道造―
ささやかな地異(ち い)は　そのかたまに
灰(はい)を降らした　この村にひとしきり
灰(はい)はかなしい追憶のやうに　音たてて
樹木の梢(こずえ)に　家々の屋根(いえいえ)に　降りしきつた

その夜　月は明(あか)かつたが　私はひとと
窓に凭(もた)れて語りあつた（その窓からは山の姿が見えた）
部屋の隅々(すみずみ)に　峡谷(きょうこく)のやうに　光と
よくひびく笑ひ声が溢(あふ)れてゐた

▶ 『鬼の児の唄』

「冥府吟」後半 —金子光晴—

冥府の天王は、おもひのほか気のやさしい男、おもひやりふかい男。

ある日、魂どもをみんなよび集めて言つた。

— 汝ら、日頃ののぞみをかなへて、今すぐに、汝らのこうへないはれ着、

肉体を身につけて、人の世にかへることをゆるしつかはさう。

その時、魂どもは、おもひ掛けなく一同尻込みして、

— 御掟ありがたく候へど、このことひらにおゆるし下さいませ。

いま、人の世はどこへ行つても、たべる自由、ねる自由、ものをいふ自由はおろか、

胸一ぱい空気をすふ自由もないとの

ことでございますので。

4) 戦後의 詩

戦前에 활약한 西脇順三郎, 村野四郎, 三好達治, 金子光晴, 草野心平 등이 뒤로 물러나지는 않았지만 戦後詩는 전쟁체험의 확인에 의해 시작되었다고 보아야만 할것이다. 하나는 시인의 전쟁 책임이라고 하는 문제로서 吉本隆明, 鮎川信夫등에 의해 행해진 전쟁시인 비판이고, 또 하나는 전쟁체험을 가지고 전후의 현실에 직면해 간다고 하는 詩作이다. 鮎川은 田村隆一,

黒田三郎등과 『荒地』를 창간했다. 그후 関根弘, 長谷川竜生등의 『列島』, 谷川俊太郎, 大岡信등의 『櫂』등 많은 동인지가 출발했다. 그 외에 中村真一郎등의 韻을 중요시한 마치네―포에치크 그룹이 있다.

▶ 『荒地詩集1951』

「死んだ男」前半 —鮎川信夫—

たとえば霧や

あらゆる階段の跫音のなかから、

遺言執行人が、ぼんやりと姿を現す。

— これがすべての始まりである。

遠い昨日……

Mよ、君は暗い酒場の椅子のうえで、

歪んだ顔をもてあましたり、

・・・・・・・・・・・・・・・・・・・・・・

手紙の封筒を裏返すようなことがあつた。

「実際は、影も、形もない？」

— たしかに死にそこなつてみれば、そのとおりであつた

昨日のひややかな青空が

剃刀の刃にいつまでも残つている

5) 近代短歌

『古今和歌集』을 견본으로 고상하고 우아함을 중심으로 비 개성적 작품의 堂上派, 桂園派등 말하자면 旧派和歌의 지배는 明治30년경까지 남아 있었지만 그중에서 출발한 落合直文은 浅香社를 결성하고 단가를 누구나 만들 수 있도록 할려고 했다. 直文의 문하로부터 나온 与謝野鉄幹은 부인 晶子와 잡지「明星」으로 낭만적 가풍을 전개하여 많은 동조자를 얻었다. 한편 正岡子規는『万葉集』을 중시하고 사실적 가풍을 주장하여「アララギ」파의 기초를 만들었다. 明治시대 말 자연주의의 영향하에 石川啄木나 若山牧水가 활약했다. 자연주의의 영향을 통과해서 「明星」계는 北原白秋, 吉井勇등의 탐미적 경향으로 향하고,「アララギ」파는 斉藤茂吉 등의 主情的 写生으로 나아갔다. 大正시대는「アララギ」파가 주류를 차지했지만 白秋나 木下利玄은 반「アララギ」로서「日光」을 창간 昭和期의 既成歌壇批判을 최초로 개시했다. 그러나 전시하에 있어서 短歌도 통제를 받아 愛国歌로 빠지는것이 많았다. 戦後 短歌 부정론의 반성하에 단가는 부활하고 특히 昭和25년(1950)경부터 많은 신인이 등장했다.

(1) 和歌의 혁신

明治26년(1893), 落合直文은 浅香社를 결성 旧派和歌에 비판적인 현실주의 방향으로 나아갔다. 그러나 国学 등, 어릴때부터

받은 생활환경의 영향도 있어서, 혁신이라고 하기에는 미온적인 것이었다. 오히려 문하에 모인 与謝野鉄幹, 金子薫園, 尾上さいしゅう 등, 또한 일시적으로 협력도 했었던 다른 계통의 正岡子規, 佐佐木信綱 등의 활동을 기다리지 않으면 안 되었다.

(2) 明星派

与謝野鉄幹은 『亡国の音』으로 旧派의 たをやめぶり(여성적 詠風)을 亡国調로서 부정하고, ますらをぶり(남성적 영풍)을 제창해서 『東西南北』, 『天地玄黄』에 실작을 나타냈다. 또 그는 明治32년(1899) 「新詩社」를 결성하고, 다음해 「明星」을 창간했다. 후에 鉄幹의 부인이 된 与謝野晶子는 관능적인 恋愛歌를 만들고, 鉄幹의 歌風에 까지 영향을 줄 정도였다. 두 사람의 연애는 鉄幹의 『紫』, 晶子의 『みだれ髪』에 나타나있다. 晶子에 나타나는 연애 찬미는 낡은 도덕으로부터 탈피를 노래하고 있고 근대단가의 성립을 의미하고 있다. 「明星」에는 北原白秋, 吉井勇, 窪田空穂, 石川啄木등 훌륭한 歌人이 모여서 낭만파 가인의 중심이 되었다.

(3) 根岸短歌会

正岡子規는 明治31년(1898) 『歌よみに与うる書』에서 구파의 古今調를 비판하고, 『万葉集』과 原実朝를 중시하여 소박한 사생(写生)을 주장했다. 그 실천으로서 열린 월예노래모임(月例歌会)가 根岸短歌会이다. 子規는 35년(1903)에 젊은 나이에 요

절하지만 死後『竹の里歌』가 간행되었다. 문하에는 후에 叫び의
설을 노래하는 伊藤左千夫, 섬세한 감각으로 잘 알려진 연작『鍼
の如く』의 長塚節, 온후한 작풍의 岡麓등이 모였다. 子規의 계
승에 가장 열심이었던 左千夫는 모임의 기관지「馬酔木」의 편집
에 임했다.

(4) 자연주의 단가

明治35년(1903) 尾上さいしゅう와 金子薫園은『叙景詩』를
간행한다.「明星」의 恋愛歌편중을 비판하는 의도를 가진 叙景歌
集이다. 두사람 모두 후진 지도에 열심이었고 さいしゅう는
車前草社를 결성하여 若山牧水, 前田夕暮을 육성하고, 薫原은
白菊会를 결성하여 土岐哀果를 육성했다. 牧水는 감상적인 자
기 고백의 노래를『海の声』에, 夕暮는 자기를 응시하는 노래를
『収穫』에 나타냈다. 이것은 모두 자연주의 영향하의 작품이다.
「明星」에 속해있던 窪田空穂, 石川啄木도 자연주의적 경향을
가졌다. 啄木는 哀果와 함께 자연주의로부터 사회주의적 사상
에 까지 접근했다. 그러나 작품은 일상의 감정을 중시한 것이고
生活派라고 불려졌다. 啄木에게『一握の砂』,『悲しき玩具』, 哀
果에게『NAKIWARAI』,『黄昏に』이 있다. 두 사람 모두 三行書
를 애용했다.

(5) 耽美派

芸術家集団「パンの会」나 雑誌「スバル」에 의한 歌人은

吉井勇, 北原白秋, 高村光太郎이다. 勇은 京都祇園을 무대로한 것등 悲哀를 포함한 享楽耽美의 작품을 『酒ほがひ』에 나타내고 白秋는 민감한 관능으로 異国趣味, 都会情緒, 江戸취미를 취하고 외로움이 뒷받침 되어진 작품을 만들고 『桐の花』에 정리했다.

(6) アララギ派

正岡子規의 가풍을 이어받은 伊藤左千夫는 明治41년(1908)에 「アララギ」를 창간했다. 여기에 모인 사람들은 島木赤彦, 斉藤茂吉, 中村憲吉, 古泉千樫, 土屋文明, 釈迢空, 石原純등이다. 子規의 이상을 지키려고 했던 左千夫는 자연주의나 탐미주의의 문예사조를 알고 있는 젊은 동인들에게 만족하지 못하고 충돌도 있었다. 그러나 左千夫가 죽은후 アララギ派는 赤彦, 茂吉를 중심으로 발전해서 현대에까지 계속되는 계보가 되었다.

작품집은 茂吉의 『赤光』, 赤彦과 憲吉의 공저 『馬鈴薯の花』, 赤彦의 『太虚集』, 憲吉의 『林泉集』, 純의 『靄日』, 文明의 『ふゆくさ』, 迢空의 『海やまのあひだ』, ちかし의 『屋上の土』등 훌륭한 작품이 많았다.

(7) アララギ派의 歌論

アララギ가 歌壇에 오랫동안 세력을 유지한 것은 훌륭한 작품 뿐만이 아니고 훌륭한 歌論에 의한 것이었다. 우선 赤彦이 인생의 외로운 곳(寂寥相)에 이르는 鍛錬道로서 写生을 설명했다. 천재가 아니고 단련에 의한 것이기 때문에 보통사람들에게 길이 열

린 것이지만 비개성적인 방향에 アララギ를 향했기 때문에 후에
일어나는 アララギ 비판의 화살을 만들어버린 느낌이 있다. 茂吉
은 사생을 실상에 개입해서 대상과 자기의 일체화를 재는 것으로
위치를 다졌다. 따라서 주관성이 강한 것이고 子規를 목표로 한
순수한 객관묘사로 부터의 혁명이었다.

(8) 反アララギ 短歌

　大正期에　アララギ系　이외에서　활약하던　歌人도　있다.
佐佐木信綱　門下에는　川田順, 木下利玄이 나왔다. 利玄은
『一路』에 있어서 자연을 응시한 위에서의 묘사에 「白樺」의 동
인으로서의 작풍이 보여진다. 『潮音』을 창간한 太田水穗는 芭蕉
연구에 기초한 상징단가를 제창해 済藤茂吉의 사생설과 논쟁을
벌였다. 가집에는 『雲鳥』가 있다. 그 외에 アララギ와는 다른 입
장에서 활약한 가인으로서 「明星」으로부터 출발하고, 이 시기 생
활에 눈을 돌린 窪田空穗가 있다. 또 尾上さいしゅう, 金子薫園
도 소박한 활동을 계속하고 있었다. 大正13년(1924), 『日光』이
창간 되었다. 大正期에 反アララギ 로서 활약하고 있었던 木下
利玄, 川田順, 北原白秋, 前田石暮, 土崎善麿(哀果), アララギ에
서 탈퇴한 古泉千樫, 石原純, 釈迢空 등이 모였다. 이미 자신의
가풍을 쌓아올린 동인들도 있기 때문에 통일이 되지 않고 오래
끌었지만 アララギ에는 자극이 되어서 昭和期의 短歌史의 원점
이라고 까지 생각할 정도의 의미를 가졌다.

(9) 昭和期의 短歌

『日光』창간이 불을 붙인듯이 昭和期는 기성가단에 대한 비판이 강했다. 新興短歌운동이라고 불리우는 口語短歌를 중심으로 하는 집단이다. 그러나 구어단가도 定形. 自由詩의 대립이나 생활파, 무산파와 예술파의 대립 등으로 분열을 반복했다. 無産派에서는 『緑の旗』의 西村陽吉, 『烈風の街』의 渡辺順三, 芸術派에는 石原純, 前田夕暮등이 활약했다. 이 영향은 歌壇에 크게 작용하여, アララギ까지도 散文化의 경향을 가질 정도였다. 이러한 경향을 비판하고 白秋는 『多磨』를 창간하여 신낭만주의를 제창, 『高志』의 木俣修, 『群鶏』의 宮しゅうじ를 육성했다. 그 외에 歌壇과의 접촉을 가지지않았던 会津八一이 『鹿鳴集』에, 明石海人이 『白描』에 독특한 가풍을 나타냈다.

(10) 戦後의 短歌

전시하에서 권력에 저항할 수도 없었고, 권력의 측에 서기도 했던 단가의 무력성, 범죄성은 전후가 되어 白井吉見의 『短歌への訣別』, 小野十三郎의 『短歌的抒情に抗して』등의 단가 부정론의 출현을 초래했다. 이 부정론 중에서 비판을 받아들여 출발한 것이 久保田正文, 木俣修의 『八雲』이다. 済藤茂吉, 釈迢空 등 老大歌의 작품이 많았지만, 近藤芳美가 자신의 가풍을 세워 『埃吹く街』를 간행했다. 茂吉, 迢空이 죽은 昭和28년(1953)이후가 전후의 제2기가 되지만 이 시기는 『白い風の中で』의 生方た

つえ등 여류가인과, 『水葬物語』의 塚本邦雄』, 『斉唱』의 岡井隆, 『空には本』의 寺山修司 등의 前衛歌人이 활약한다.

6) 近代俳句

俳句의 혁신은 正岡子規가 구파의 俳句를 비판한 明治25년(1892)에 시작된다. 사생을 중시한 子規의 문하에는 河東碧梧桐, 高浜虚子가 모였다. 子規사후의 明治시대는 子規의 사생을 철저하게 한 へきごとう가 활약하여, 드디어 新傾向俳句라고 불리우는 自由律의 俳句에 달했다. 그러나 明治시대 말에 虚子가 俳句에 복귀해서 定形律의 구를 만들어 주관적인 俳句로부터 재출발해서 많은 후배를 육성하고 신경향 俳句를 능가하게 되었다.

昭和시대에 들어와서 水原秋桜子가 虚子의 사생을 비판하여 新興俳句運動을 일으켜 個性의 표현을 주장하게 된다. 그러나 전쟁중의 권력의 탄압에 의해 俳句는 쇠퇴하고, 戦後의 俳句 제2예술논으로 더욱 타격을 입었다. 제2예술논의 논쟁중에 재출발한 俳句는 많은 작가를 탄생시키고 前衛俳句에 이르기까지 폭넓은 지지를 받아 오늘날에 이르렀다.

(1) 俳句의 혁신

구파의 俳句는 月並라고 부르는 月例会에서 행해지는 것으로 지식에 기초를 둔 새로운 맛이 없고 서투르게 익살을 떠는 것이었다. 正岡子規는 이것을 비판하고 새로운 俳句를 제창했지만

그것은 明治시대의 사회, 문화 전반에 걸쳐 개량운동의 하나의
표현이기도 했다.

(2) 正岡子規

明治25년(1892) 子規는 『獺祭書屋俳話』를 발표하여 구파의
俳句를 부정하고 28년 『俳諧大要』에서 더욱 새로운 俳句의 자
세를 명확하게 했다. 거기에는 芭蕉 이상의 与謝蕪村을 평가하
고 지식 이론보다도 감정을, 공상보다 사실을 설명했다. 이 "写
実"에는 明治시대가 되어서 들어온 洋画의 사생의 영향이 보인
다. 子規의 俳句는 『寒山落木』에 정리되어있고, 생활에 눈을 돌
린 写生句가 많다. 又 『墨汁一滴』, 『仰臥漫録』, 『病床六尺』 등
의 수필도 写生文으로서 간과할 수없다. 子規는 明治30년에 俳
誌 『ホトトギス』가 창간되자 그지도에도 임했다. 子規의 문하에
는 후에 俳句界를 두 갈래로 나누는 河東碧梧桐, 高浜虚子외에
内藤鳴雪, 夏目漱石, 飯田蛇笏 등 훌륭한 俳人이 나왔다.

(3) 新傾向俳句

子規가 죽은후 碧梧桐와 虚子는 句風의 차이로부터 대립하여
虚子는 俳句로부터 멀어졌다. 碧梧桐은 子規의 写実를 더욱 발
전시켜 두 번에 걸친 全国遍歴의 여행중에 상징시적인 俳句를
만들기에 이르렀다. 더욱이 그는 「無中心論」이라고 칭하는 중심
점이 없는 句를 추칭하기에 이르렀다.

이러한 碧梧桐의 활약을 이론적으로 지적하고 비판하던 사람

이 大須賀乙字이다. 그러나 碧梧桐의 도달점은 고전적인 俳句로부터 너무 동떨어져버렸기 때문에 乙子나 荻原井泉水, 中塚一碧楼등 유망한 俳人도 멀어져 갔다. 井泉水의 自由律俳句로부터는 種田山頭火가 나왔다. 碧梧桐의 기행문과 俳句의『三千里』가 있다.

野は枯れて蘆辺さす鳥低きかな　河東碧梧桐

葱を洗ひ上げて夕日のお前ら　河東碧梧桐

妙高の雲動かねど秋の風　大須賀乙字

土にいけんとす手のひらの美しい種　荻原井泉水

どうしょうもないわたしが歩いてゐる　種田山頭火

(4) ホトトギス派

明治45년(1912) 高浜虚子가『ホトトギス』에서 俳句를 再開한다. 虚子는 俳句定型의 17음과 秀題를 중시하여 신경향 俳句와 대립했다. 虚子는 碧梧桐보다 주관적이지만, 안이한 주관을 피하기 때문에 객관의 写生을 주장하고 후에 花鳥諷詠의 문학으로 자리 잡았다. 飯田蛇笏, 村上傀城, 前田普羅등 주관적 경향의 작가도 활약했다.

遠山に日の当りたる枯野かな　高浜虚子

露の幹静に蟬の歩き居り　たかはまきょし

芋の露連山影を正うす　飯田蛇笏

電晴れてくわつ然とある山河かな　村上鬼城

オリヲンの真下春立つ雪の宿　前田普羅

(5) 昭和의 俳句

　昭和時代에 들어오자 『ホトトギス』에는 주관적 경향을 가진 水原秋桜子, 阿波野清畝, 山口誓子와 객관적 경향의 高野素十가 두각을 나타내고, 四S시대를 만들었다. 이어서 松本たかし, 川端茅舎, 中村草田男등이 등장한다. 그러나 秋おうし는 서정성을, せいし는 도회나 인공의 소재를 중시하여 虚子의 객관적 花鳥諷詠로부터 멀어져서 新興俳句운동을 시작했다.

　秋桜子의 『馬酔木』로부터는 加藤楸邨, 石田波卿등이 나와 활약했지만 有季俳句와 無季俳句의 대립이나 프로레타리아(프로레타리아) 俳句가 성행하는 등 여러가지 움직임이 있었다. 戦時体制下에서는 排句도 탄압을 받아 신흥 俳句는 침묵하고 俳句界도 戦時体制 일색이었다.

鶏頭も暮れゆく靄をまとひけり　水原秋桜子

水澄みて金閣の金さしにけり　阿波野清畝

こほろぎが深き地中を覗き込む　山口誓子

もちの葉の落ちたる土にうらがへる　高野素十

万緑の中や吾子の歯生え初むる　中村草田男

学問の黄昏さむく物を言わず　加藤楸邨

(6) 戦後의 俳句

昭和21년(1946) 평론가 桑原武夫가 발표한 『第二芸術-現代俳句について一』에서 俳句가 사회적 책임을 회피했기 때문에 동료들 끼리 즐기는 취미적인 것 즉 유희이지 예술이 아니라고 말했다. 俳句를 부정함으로서 俳句의 본질과 작자가 개개의 놓여진 위치에 대한 반성이 일어났다. 이것이 기회가 되어서 戦前부터의 俳人도 재출발하고 西東三鬼, 秋元不死男 등도 활약한다. 前衛俳句에는 金子兜太가 나왔다.

　　　機関車の身もだえ過ぐる寒き天　さいとうさんき
　　　冷されて牛の貫禄しづかなり　あきもとふじお
　　　湾曲し火傷し爆心地のマラソン　かねことうた

4. 劇文学

1) 연극의 개량과 창시

江戸시대에 크게 발전한 歌舞伎는 明治이후에도 살아 있었지만 明治시대의 개량주의 의 물결 속에서 연극을 하는 사람이나 작가들도 개량의 신경을 썼다. 새로운 연극은 자유민권 운동의 수단으로서 태어난 新派가 발전하고 정치운동으로부터 독립하여 발전했다. 또 하나의 새로운 연극인 新劇은 서양 연극의 영향을 직접 받아 시작한 것이다.

(1) 歌舞伎의 개량

明治 신정부는 개화의 수단으로서 연극개량을 받아들였다. 이것은 明治19년(1886) 末松謙澄등의 연극 개량회로 발전한다. 새로운 시도이기 때문에 일시적으로 불평을 사는 일도 있었지만 新富좌로부터 새로운 歌舞伎좌에로의 시대를 열었다. 이 시대를 작품으로 지탱한 사람은 河竹黙阿弥이다. 江戸시대로부터 활약하고 있었던 もくあみ는 시대의 변화에 눈을 돌려 散切もの(明治의 세상을 묘사한 작품이며, 江戸시대 상투를 틀어올린 머리가 아니고 상투를 자른 머리로 세상을 상징한 표현), 活歴もの (당시의 사실이나 풍속을 존중하여 사실적인 것에 눈을 돌린 かぶき의 각본)라고 불리우는 작품을 썼지만 개량운동의 선에 따른 나머지 흥미로움이 적었다. 活歴もの는 依田学海, 福地桜痴 등에게 받아 들여졌다.

(2) 新歌舞伎

이러한 작품에 대해서 つぼうちしょうよう는 『我が邦の史劇』에서 역사도 인간도 묘사되지 않은 것을 부정하고 자신이 『桐人葉』,『牧の方』,『沓手鳥孤城落月』 등의 新史劇라고 불리우는 작품을 발표했다. 또 森鴎外도 劇評 외에 『玉くしげ両うらしま』,『日蓮上人辻説法』의 작품을 나타냈다. 나아가 しょうよう이후의 작품을 新歌舞伎라고 말한다.

(3) 新派〔しんぱ〕

자유민권 운동중에 국회개설이 가까워오자 明治20년(1888) 자유당 장사(壮士) 角藤定憲〔すどうさだのり〕〔そうし〕는 장사 연극을, 川上音二郎〔かわかみおとじろう〕는 オッペケペー 節로 時事, 정치풍자를 시작했다. 川上는 明治24년에는 書生연극으로 전환하고, かわかみ로부터 독립한 伊井蓉峰〔いいようほう〕는 남녀 혼합 개량극을 시작했다. 이것이 歌舞伎에 대해서 「新派」라고 불리우는 극의 시작이었다. 드디어 최초의 정치색이 빠진 연극으로서의 노력으로 尾崎紅葉〔おざきこうよう〕의 『金色夜叉〔こんじきやしゃ〕』, 徳富蘆花〔とくとみろか〕의 『不如帰〔ほとどぎす〕』, 泉鏡花〔いずみきょうか〕의 『高野聖〔こうやひじり〕』, 『婦系図〔おんなけいず〕』 등을 각색 상연하여 호평을 받아 歌舞伎를 압도했다.

(4) 新劇運動

明治39년(1906) 坪内逍遥〔つぼうちしょうよう〕와 島村抱月〔しまむらほうげつ〕등 早稲田派〔わせたは〕 문학자를 중심으로 「문예협회」를 발족했다. 연극 연구소를 설립해서 배우를 양성하고 しょうよう나 シェークスピア(William Shakespeare 영국 극작가) イブセン(Henrik Ibsen 노르웨이 극작가)의 작품을 상연했다. 호평을 얻었지만 ほうげつ와 松井須磨子〔まついすまこ〕의 연애사건과 내분 때문에 大正2년(1913)에 해산하고 같은해 ほうげつ와 すまこ는 「芸術座〔げいじゅつざ〕」를 결성했다. 芸術座에서는 입센과 톨스토이 등의 작품도 상연했다. 明治42년(1909) 2대째 市川左団次〔いちかわさだんじ〕와 小山内薫〔おさないかおる〕 「自由劇場〔じゆうげきじょう〕」을 창립했다. 주로 셰익스피어, 입센, 하우

프트멘(Gerhart Hauptman 독일 극작가, 소설가) 등의 서양연극이
나 呂井勇등의 신작을 공연하여 호평을 받았지만 左団次의 歌舞
伎인으로서 사정이 있어서 大正3년에 거의 소멸되었다.

어느 극단도 모두 ほうげつ의 유럽 유학으로부터의 귀국이나
さだんじ의 같은 연극 시찰후 귀국 직후의 창립에 상징되었듯이
서양 연극의 영향을 강하게 받았다. 더욱이 沢田正二郎는 격투
에 특색이 있는 新国劇를 만들었다.

(5) 戯曲작품

희곡과 연극은 밀접한 관계가 있는 것은 물론이지만 근대에
들어와서부터 많은 경우 座付작자가 아닌 독립한 작가에 의한
것이었다. 明治40년(1907), 자연주의 작가 真山青果가
『第一人者』를 발표한다. 前後해서 岩野泡鳴, 正宗白鳥, 이어
서 반자연주의 작가의 여러파도 희곡을 쓰기 시작했다.

2) 발전과 분열

大正13년(1924)「築地小劇場」가 만들어져서 신극운동은 비약
적인 발전을 했지만 昭和시대에 들어와서 예술파와 프로레타리
아파로 분열되었다. 신극은 일시적으로 저조했지만 昭和4년
(1929)에 대합동으로 부활한다.

「築地小劇場」는 小山内薫와 土方与志가 중심이 되어 1924년
에 창립되었다. 완비된 무대 설치로 많은 공연을하고 友田恭助,

田村秋子, 山本安英등의 배우가 육성되었다. 이 연극활동의 의의는 연출을 중시하는 것이었다. かぶき등에서 보여지는 연기자의 예능으로부터 연출가의 작품으로의 변화이다.

(1) プロレタリア 연극

おさないかおる가 昭和3년(1928)에 죽자 다음해 ひじかたよし를 중심으로 新築地劇団이 분열되었다. 창립 후 얼마 안되어 좌익극장(좌익운동의 한조직)과 접촉하여 급속하게 좌경화되었다. 또 村山知義, 久保栄를 중심으로 昭和9년(1934)에 결성된 것이 新協劇団이다. むらやま와 くぼ의 대립은 있었지만 대립은 오히려 리얼리즘(リアリズム)을 발전시키는 좋은 결과를 낳았다. 그러나 전시 체제하에서 昭和15년에 모두 해체되었다.

(2) 芸術派

昭和7년(1932)つきじ소극장의 이상을 실현하려고 했던 ともだきょうすけ와 たむらあきこ부부에 의해 築地座가 창립되었다. 잡지「劇作」에 뒷받침되어져 훌륭한 신작을 발표했다. つきじざ는 昭和11년에 해산하지만 ともだ는 다음해 12년에 文学座를 결성했다. ぶんがくざ의 활동은 전후에 까지 계승되고 있다.

(3) 新派의 동향

昭和4년(1929) 新派大合同에의해 일시적 저조함으로부터 탈출해 더욱이 11년 川口松太郎를 중심으로 新生新派가 결성되었

다. 本流新派와의 분열이 생겼지만 분열로 인해 新派의 인기를
회복했다.

前進座의 출발

昭和6년 歌舞伎界의 낡은 전통에 불만을 품고 출세하지 못했
던 배우들이 河原崎長十郎를 중심으로 ぜんしんざ를 창립하여
구작품으로부터 신작품까지 레퍼터리(レパートリー)를 넓혔다.

(4) 昭和의 희곡

小山内薫의『第一의 世界』, 藤森成吉의『磔茂左衛門』,『何
が彼女をさうさせたか』의 뒤를 이어 岸田国士를 중심으로 하는
잡지「劇作」가 많은 신인을 소개했다. 田中千禾夫의『おふくろ』,
森元薫의『華ばなしき一族』 등이다. 国士에게도 『驟雨』,『牛山
ホテル』 등이 있다. 또 岡本綺堂의 문학에도 잡지「舞台」를 창간
하여 長谷川伸 北条秀司 川口松太郎등이 작품을 발표했다. 그
외에 真船豊의 『鼬』, 久板栄二郎의 『北東の風』, 久保栄의
『火山灰地』가 있다. 반파시즘에서는 三好十郎의『浮標』, 프로
레타리아 연극에서는 村山知義의 『暴力団記』가 주복된다.

(5) 戦後

昭和20년(1945) 新劇이 合同公演 『桜の園』(러시아 소설가,
극작가 Chekhov의 작품)로 부활한 것을 비롯해 각 연극집단이 활
발한 행동을 개시했다. 이러한 연극의 움직임에 호응하듯이 새로

운 희곡도 많이 쓰여졌다.

연극계의 동향

일본 정부의 탄압이 비교적 적었던 歌舞伎, 前進座, 新派는
그대로 행동을 확대했다. 신극은 합동공연을 계기로 살아남아
있던 文学座, ぶどうの会, 전시중에 결성되었던 俳優座, 부활한
新協劇団 등 새로운 그룹의 활동도 성행했다.

(6) 戦後의 희곡

森本薫의『女の一生』 真船豊의『中橋公館』, 두 작품 모
두 대작이다. 그러나 전후의 희곡은 木下順二의 『夕鶴』,
『蛙昇天』, 加藤道夫의『なよたけ』등 신인 극작가와 福田恒存
의『キテイ颱風』, 三島由紀夫의『鹿鳴舘』安部公房의『友達』
등 소설가에 의한 작품에 의해 특징 지어졌다.

著者　金 碩 子
日本 國立 東京學藝大學 大學院 修士課程 수료
일본문학 석사(일본 근대문학 전공)
日本 專修大學 大學院 博士課程 수료
일본문학 박사(일본 근대문학 전공)
현재 단국대학교 문과대학 일어일문학과 교수

著書
川端康成の硏究, 단국대학교 출판부, 1996. 5
현대일본문학 100선, 단국대학교 출판부, 1999. 6
大學標準일본어1, 삼원출판사, 1992. 2
大學標準일본어2, 삼원출판사, 1998. 2
대학 일본어(공저), 단국대학교 출판부, 1999. 2
일본 근・현대 작가와 작품연구, 2003. 8
川端康成『雪國』연구, 2005. 1
川端康成『千羽鶴』연구, 2006. 2

譯書
그리고나서(夏目漱石원작), 단국대학교 출판부, 1997. 9

論文
川端康成研究『雪國』を中心に, 일본학보(13집), 한국일본학회
広津柳浪研究『今戸心中』を中心に, 일본학보(15집), 한국일본학회
吉本ばなな研究『キッチン』論, 일본학보(51집), 한국일본학회
해외 한국어 및 한국학 강의프로그램 현황과 개선에 관한 연구
　　일본학보(66집), 한국일본학회, 외 다수.

일본 근·현대 문학사

초판인쇄 2008년 8월 22일   **초판발행** 2008년 8월 28일

저자 김석자
발행처 제이앤씨
등록번호 제7-270

주소 서울시 도봉구 창동 624-1 현대홈시티 102-1206
전화 (02) 992 / 3253
팩스 (02) 991 / 1285
URL http://www.jncbook.co.kr
E-mail jncbook@hanmail.net

ISBN 978-89-5668-632-5   93830   **정가** 15,000원